W0015124

LES LIENS ARTIFICIELS

NATHAN DEVERS

LES LIENS ARTIFICIELS

roman

ALBIN MICHEL

Pour Heidegger, pour Gainsbourg,
pour Anaële aussi.
Pour les âmes entrouvertes au charme du néant.

Je cherche une autre vie et des songes réels,
Un mirage charnel, un semblant authentique
Et des apparitions qui m'ouvriraient les yeux.
Je veux qu'un autre monde éclipse enfin le nôtre.
Amis ou ennemis sans jamais nous connaître,
Nous serons tous, là-bas, reliés autrement.

Il nous faut effacer la présence des choses,
Construire un univers plus léger que l'extase
Où nous naviguerons dans un réseau d'images.
Nous aurons sublimé les abîmes de l'homme,
Ces deux sombres fléaux : le silence et l'ennui,
Qui rythment nos espoirs, béances réciproques.

Le monde est éprouvant car il existe mal.
Tout, en lui, configure un brouillon de souffrance.
Il est hanté d'un manque impossible à combler.
Nous ne demandons rien, si ce n'est un ailleurs.
Et nous nous lèverons vers l'aube qui s'en vient
Belle des ascensions qui déjà s'y préparent.

J'attends que les humains trouvent leur harmonie,
Que nous dépassions le joug de la naissance.
Dérivant sur des ondes idéales et au ciel,
Éblouis au reflet des choses disparues,
Suspendus dans le temps ou flottant dans l'éther,
Nous n'aurons pas de corps et respirerons mieux.

Nous allons rehausser notre âme qui étouffe.
Au jardin du futur s'élabore un zénith,
Un âge où s'exaucent tous nos rêves d'hier,
Un paradis qui naît à l'ombre du néant.
Ce n'est pas un serment, c'est une certitude :
Nous allons la bâtir, l'humanité qui vient.

Il y a un credo dont le monde a besoin.
Une simple pensée qui demande à éclore,
Un message si pur qu'il en devient brûlant.
Je vous le livre ici, presque éteint et sans voix :
« On ne vit ensemble qu'en étant séparés.
Ensemble et séparés ; séparés, mais ensemble. »

Conditions d'utilisation de l'Antimonde

Le 7 novembre 2022, un nouveau compte fit son apparition sur Facebook, au nom de « Julien Libérat *bis* ». Comme on pouvait s'y attendre, cet événement suscita la plus parfaite indifférence. Mais Julien Libérat ne perdit pas de temps. En guise de première publication, il divulgua une capture d'écran : un carré noir où figurait un texte. Les phrases étaient sobres et les lettres violettes. Le lendemain, lisait-on, il se filmerait en direct pour effectuer un « geste symbolique ». Comme s'il doutait de l'intérêt qu'inspireraient ces lignes, il ajouta que ceux qui assisteraient à ce moment « s'en souviendraient à vie ». Encore fallut-il envoyer le lien à ses amis puis, quand il eut épuisé la liste de ses connaissances, à des profils sélectionnés au hasard. Sans compter qu'une option payante lui permettrait d'augmenter rapidement la visibilité de sa page, ce qui était la seule urgence, et Julien dépensa à cette fin le restant de ses économies.

Le bouche-à-oreille et la promotion fonctionnèrent. Vers minuit, son annonce affichait déjà des centaines de likes. Le prendrait-on seulement au sérieux ? La question ne se posait pas. Il y eut, bien sûr, une avalanche de commentaires moqueurs qui, par dizaines, tournaient en dérision et avec méchanceté le ton compassé, faussement mystérieux, de cette déclaration – mais quelle meilleure publicité ? Les railleurs s'agglutinaient comme des mouches sur son profil Facebook. Ils lui faisaient de la lumière sans même le vouloir. Après tout, ce genre d'ironie fielleuse était une manière comme une autre de dissimuler un arrière-goût de curiosité, de voyeurisme, d'incertitude : et si cet inconnu avait vraiment quelque chose dans le ventre ? Et s'il s'apprêtait à verser dans le sensationnel ? Un petit parfum d'intrigue commençait à se répandre. Si les gens ricanaient, c'est parce qu'ils brûlaient d'en avoir le cœur net. La situation, en somme, se passait exactement comme Julien l'avait imaginée. Les choses étaient prêtes, l'engrenage se mettrait en marche sans l'aide de personne. Il suffirait de demeurer silencieux et d'activer le mode avion jusqu'au moment venu. Fort de cette résolution, il éteignit son téléphone et partit se coucher.

La vidéo commença avec quelques minutes de retard. Mal cadrée. On y vit d'abord les narines de Julien, deux petits cratères où se multipliaient des poils solitaires, puis son front pixellisé, une oreille imprécise, quelques mèches de cheveux en bataille, un angle de son menton. Le téléphone bougeait trop vite, l'image n'était pas nette. Julien finit par équilibrer l'objectif et prit le temps de trouver le meilleur cadre. Alors son buste apparut tout entier. Immobile, il toisait la caméra du regard, conférant à sa vidéo des airs de photographie. Sur Facebook, les commentaires défilaient en contrebas de l'écran. À leur manière, les haters décrivaient sa physionomie : « pk il bouge pas se mec ? on dirait une statut il fait reup ! », « j'en ai vue des faces de cul mais toi t'as une putain de tronche de Teletubies déglingué mdr ! ». Les internautes ne s'y trompaient pas. Sa tête était étrange, presque indéchiffrable. Elle ressemblait à un cadavre exquis, à une figure qu'auraient façonnée des mains multiples, négligentes et cruelles. Des mains entrecroisées qui, voulant toutes donner vie à un homme différent, se seraient disputées à l'infini pour dessiner Julien, chacune repassant sur l'esquisse de ses rivales, recommençant les choses à zéro jusqu'à engendrer, à elles toutes, un millefeuille monstrueux. La tête de Julien n'était pas laide : elle était impossible. S'y superposaient un visage de gendre idéal et une gueule de désespéré. Un visage contre une gueule, une gueule contre un visage, qui paraissaient avoir été calqués l'un sur l'autre afin de se livrer, en vain, une guerre d'usure.

Pendant de longs moments, il demeura immobile. En silence, il défiait l'objectif et racontait sa vie avec les yeux. On aurait dit qu'il essayait de faire sortir sa gueule, de déshabiller en même temps son visage, et de les réconcilier pour de bon. Son public s'impatientait :

« bah alors c est quoi le scoop ?! », « il va faire quoi cette enculé ? », « eh les gens imaginez il se suicide hehe », « sa race le mec a un regard radioactif ça se voit il a de la merde plein le cerveau ». Certains commençaient même à se déconnecter : « des merdeux comme toi qui font les putaclic sur fcb avec des annonces bidon, y'en a plein, ciao les nazes ».

Du côté de Julien, tout se passa dans une atmosphère de calme, de façon presque apaisée. Lentement, il escalada une table, ouvrit sa fenêtre et monta sur le rebord. Les internautes étaient partagés. « Merde faut appeler les secours, vite !! », « fais pas ça STP », criaient les uns, tandis que les autres jubilaient : « il s'est pris pour un pigeon le Teletubies », « c quoi le délire le mec est totalement ouf », « vas-y, le zozio, montre nous comment tu voles ! ».

Dehors, il pleuvait, et Julien ne ressentait aucun vertige. Dans le ciel laiteux, une lumière grise, pesante, se déchargeait vers le bas. L'averse était violente. Elle créait des lignes verticales qui reliaient les nuages au sol, comme des harpons tendus dans le jour et accrochés au vide. Il était difficile d'imaginer que de l'eau circulait à travers ces lignes. Devant, le boulevard était large, les voitures roulaient parmi les marronniers. Julien agrippa son téléphone. Écarquillés, ses yeux révélaient une paix inviolable et profonde. Il ne restait qu'à retrouver l'unité. La pluie s'intensifia et il tomba avec elle. À ce moment précis, Julien ne se suicidait pas ; il était une goutte d'eau qui s'écoulait au beau milieu des autres.

Il pleuvait donc, et la vie pleut, elle aussi. Elle a capitulé avant de commencer. Sa trajectoire est sourde, son mouvement ne lui appartient pas. Elle ne part de nulle part et finit exactement au point de son commencement, sauf qu'elle a, entre-temps, perdu toute sa hauteur. Entraînée par son propre poids, elle n'est rien d'autre qu'une vitesse têtue précipitée vers le rien. Le pire étant qu'elle ne peut pas décider du voyage qu'elle va parcourir : tout est écrit d'avance, il faut s'en remettre au vent, aux forces environnantes et aux puissances hostiles. La goutte tombe raide, sans dévier un seul instant de sa ligne, sans se permettre de danser, de s'enfuir, d'être libre. Elle diminue, elle descend, mais ne se déplace pas. Le temps passe et la défaite augmente. Alors le cap disparaît totalement, c'est la grande culbute.

Le sol se rapprochait et, sur la vidéo, les commentaires pullulaient. Les insultes avaient cessé, totalement remplacées par des effusions d'horreur. « Merde on peut pas resté la san rien faire », « aidez le ! », « le pauvre », « c atroce omg ». Toutes ces petites phrases inutiles et idiotes ne l'aideraient pas à remonter sur sa fenêtre. Elles s'écrivaient en vain, accompagnaient Julien dans sa chute, tapissaient le bout de bitume où son corps s'écraserait. Dans un instant, c'en serait fini de son crâne. Il éclaterait sous la grisaille du ciel.

La cervelle dégoulinerait avec le flegme d'un fromage coulant. Autour du corps démantibulé, une mare de sang tracerait une auréole maladroite. Entre le garage Citroën et l'espace Raymond-Devos, parmi les fientes des pigeons et les mégots écrasés, il s'offrirait une mort de Christ, ridicule et sublime, invisible et glorieux.

Ce n'était pas la première fois que quelqu'un se suicidait en direct sur les réseaux sociaux. Sur internet, à vrai dire, on n'était jamais le premier à faire quelque chose. Tout avait déjà été essayé par quelqu'un d'autre. La défenestration filmée constituait donc déjà un véritable genre en soi à l'époque où Julien s'y essaya, avec ses codes et ses lieux communs. Il y avait eu de nombreux précédents, sur Périscope, sur YouTube, et même sur Instagram. À chaque fois, les plateformes finissaient par bloquer l'accès aux vidéos concernées, pour éviter de heurter la sensibilité des utilisateurs.

L'acte de Julien ne présentait donc rien de particulièrement original. Dans les jours qui suivraient, il serait rapporté dans la presse qu'un jeune professeur de piano s'était donné la mort sous les yeux ébahis d'une centaine de personnes. Son ancien employeur, l'Institut de Musique à Domicile, publierait un communiqué en hommage à celui qui y avait enseigné pendant près de sept ans, un garçon gentil, pétri de bonnes valeurs, toujours passionné, quoique mystérieusement absent au cours des derniers mois. Des articles seraient publiés sur les réseaux sociaux et les lecteurs exprimeraient leur tristesse à coups de smileys chagrinés. À la télévision, des éditorialistes analyseraient ce fait divers comme un symptôme du nihilisme ambiant. Était-il normal, se demanderaient-ils avec stupéfaction, que notre jeunesse se suicide en selfie ? N'était-ce pas inadmissible, et même hallucinant, que des internautes aient rédigé des commentaires haineux devant un tel spectacle ? Pourquoi ces lâches se cachaient-ils derrière leur pseudo ? Que faisaient les administrateurs de Facebook pour empêcher ce genre de catastrophes ? Enfin, dans quel monde détraqué vivait-on ? Marchait-on sur la tête ?

Au fil des semaines, des mois, des années, à la faveur de ce qu'il convient donc d'appeler le temps long, surgiraient peu à peu des questions plus précises, relevant tous les éléments qui ne tournaient pas rond dans cette affaire. Pourquoi Julien restait-il mutique d'un bout à l'autre de la vidéo ? Si son intention reposait sur le souhait d'exhiber son suicide, n'aurait-il pas dû, selon toute logique, en expliquer également les motifs auprès de son « public » ? Mais non, il ne justifiait rien, ne livrait aucune clé à ceux qu'il prenait à témoin, pas la moindre piste, pas même le plus petit indice pour y comprendre quoi que ce soit. Cette mort silencieuse, ce saut accompli dans un mélange de froideur et d'inspiration, l'indifférence du futur défunt face au flot des moqueries, sa tête de condamné confiant, de sacrifié impassible, tout cela avait des airs de mise en scène macabre. L'acte paraissait à la fois mûrement calculé et improvisé à la dernière minute. Comme dans une sorte de performance abstraite ou d'avertissement codé. Aucune lettre d'adieu, sinon cette capture d'écran où il définissait sa défenestration comme un « geste symbolique »... Où était le symbole dans cette affaire ? Et surtout, pourquoi ce regard de défi lancé à la caméra ? Pourquoi ce visage pacifié, dépourvu de détresse, presque heureux au moment de se jeter dans le vide ?

Lentement, la vérité commencerait son travail, tout en intuitions provisoires et en balbutiements. Obstinée dans le doute, elle partirait en quête de lambeaux d'hypothèses. Au gré du hasard, parfois de la persévérance, elle rencontrerait sur son chemin d'infimes certitudes, ténues comme des pointes, menant parfois à d'autres hypothèses. Ces bribes d'explications, pièces rudimentaires d'un puzzle inconnu, il faudrait s'armer de patience pour les recoller ensemble dans l'espoir qu'elles se recoupent enfin. À mesure qu'on progresserait dans cette tâche ingrate, elles se juxtaposeraient avec une rigueur croissante, de plus en plus nombreuses, de plus en plus précieuses. À son rythme, l'histoire de Julien se laisserait exhumer. Elle émergerait depuis ses profondeurs, naufragée de l'oubli où il était prévu qu'elle sombrât pour l'éternité. Progressivement, elle gagnerait la surface, susceptible d'être retracée à peu près telle que Julien l'avait vécue. À terme, ce fait divers retrouverait la lumière, sa lumière, celle d'un événement.

Devant un téléphone ou un écran quelconque
Les êtres de mon genre n'ont vraiment aucune chance
Tout va encore plus mal, on enrage, on suffoque.
Dans un grand lac de bile et de médiocrité
La solitude nous noie, et le ressentiment.

Tout à l'heure, j'ai allumé mon ordinateur.
Je n'avais rien à faire, ça a scrollé tout seul.
Facebook aime vomir tout son flot de poubelles.
Twitter et Instagram ? Un mélange du pire.
La régression a lieu ; elle mène vers l'infini.

Nous ne sommes plus des hommes, mais des nombrils hurleurs.
On raconte sa vie, on like et on dislike.
On essaie vainement d'attirer l'attention
On s'écoule, comme les autres, dans ce stock incessant
Où toutes nos vanités s'entassent comme des ruines.

Scrolling

PARTIE I

SUR LE FIL DE L'ACTUALITÉ

Chapitre 1

Le dimanche à Rungis était un jour malade. Depuis qu'il y habitait, Julien se débrouillait par tous les moyens pour rentrer chez lui aussi tard que possible. Du matin jusqu'au soir, un climat de solitude s'abattait sur la ville. Dans les rues désertes, il n'y avait aucun commerce d'ouvert à moins de vingt minutes. Si l'on s'aventurait à sortir, les vitres des bureaux éteints signalaient que la commune était aussi fermée qu'eux. Rungis ressemblait à un espace abandonné à la suite d'une catastrophe nucléaire. Seul le son des avions qui décollaient d'Orly rappelait l'existence du monde. Des inconnus devaient y siroter un jus de tomate en écoutant l'hôtesse leur annoncer qu'ils s'envolaient vers une contrée disputée par les plages et la mer. Cloîtrés dans leur appartement, les Rungissois attendaient calmement que le soleil se couche et le début d'une nouvelle semaine, comme s'ils acceptaient de végéter, immobiles et inertes à l'orée d'un grand aéroport. Parmi eux, une règle tacite semblait s'être instaurée : le dimanche, chacun restait plus ou moins chez soi – et il ne venait à l'esprit de personne de perturber cette atmosphère de silence ou de vide, ce parfum d'éternel confinement.

Julien vivait à Rungis depuis le 8 février. Après sa rupture avec May, quand elle l'avait chassé du studio qu'ils louaient ensemble, il avait essayé, sans grand espoir, de solliciter l'aide de ses parents. En vain, naturellement. Ces derniers invoquèrent un de ces prétextes dont ils avaient le secret : leurs volets à repeindre, des factures monumentales à cause d'un problème de plomberie, le moteur de leur voiture à changer… Avec eux, chaque période était toujours difficile. Julien connaissait trop bien leur manière de tourner autour du pot, de noyer le poisson, de justifier leur égoïsme congénital par mille absurdités. Aussi, lors du déjeuner où il leur fit part de sa situation, quand son père lui expliqua que, même avec la meilleure volonté du monde, ils ne pourraient lui financer le moindre demi-loyer, il n'eut pas la force de monter sur ses grands chevaux. Il se contenta de répondre qu'il les comprenait. En un sens, c'était sincère : il n'avait plus l'âge d'accuser ses parents de son propre pétrin.

À mesure que s'enchaînèrent les visites immobilières, Julien renonça peu à peu à son désir de ne pas trop s'éloigner de la rue Littré. Dans Paris intra-muros, son dossier lui donnait à peine la capacité de louer une chambrette lugubre avec WC sur le palier. Alors il dut se résoudre à cette vérité : en tant que jeune « artiste », il ne pouvait s'installer décemment dans la capitale de son propre pays. Chaque jour, il élargissait davantage son horizon de recherche, jusqu'à tomber sur l'annonce d'un studio en sous-location au cœur de Rungis. Tel qu'il appréhendait alors les choses, cette adresse resterait provisoire : tout au plus l'affaire de dix jours ou un mois, le temps de migrer vers une banlieue moins lointaine, à l'instar de Montrouge ou d'Issy-les-Moulineaux. Pour cette raison, il ne prit même pas la peine d'aménager son pied-à-terre. «Pied-à-terre», d'ailleurs, n'était pas le mot juste. Rungis, dans son esprit, ferait office de zone de transition. Il ne s'agirait de rien d'autre qu'une ville d'attente.

Désormais, les dix jours duraient depuis plus de trois mois et Julien ne songeait plus du tout à la perspective d'un quelconque déménagement. Non qu'il se sentît chez lui à Rungis, loin de là. Rien n'exprimait davantage d'indifférence ou de tiédeur que cette ville délimitée par une autoroute, des hangars et un aéroport. Reste qu'en un sens cette banlieue était exactement à sa taille. Ni villageoise ni trop impersonnelle, Rungis ne constituait pas une petite ville, mais une grande ville miniature. Essentiellement peuplée de bureaux, la commune comptait davantage de machines à café que d'habitants. Il s'ensuit qu'on y rencontrait assez peu d'êtres humains. Pourtant, tout y était domestiqué, à commencer par les fleurs que la municipalité faisait planter à tour de bras afin de maximiser le bien-être des administrés et d'obtenir un label prestigieux. Rungis, pour cette raison, était un endroit où il ne se passait rien, absolument rien, mais où l'on reniflait, dans l'air ambiant, une senteur attachante et absurde : celle d'une aventure qui, ne demandant qu'à naître, recherchait encore le lieu de son départ.

Ce soir-là, pourtant, un début d'épopée s'ébauchait : pour la première fois depuis longtemps, Julien allait jouer un concert dans un bar du Ve arrondissement, à l'occasion de sa réouverture. Thibault Partene, le patron du Piano Vache, lui avait appris la grande nouvelle dans un SMS victorieux : « Hello, mon cher pianiste, j'ai la joie de t'annoncer qu'après deux ans de stores baissés, nous allons enfin reprendre nos soirées *spring jazzy* ! A priori, il y aura pas mal de clients américains. Du coup, j'ai pensé à leur foutre une compilation de musiques de films de Woody Allen, comme au bon vieux temps… Tu penses pouvoir préparer une dizaine de morceaux pour la semaine prochaine ? Si oui, ok pour 100 euros ? Amitiés. »

Le Piano Vache était situé au sommet de la montagne Sainte-Geneviève, légèrement en contrebas du Panthéon, dans l'étroite rue Laplace, venelle où atterrissaient, chaque soir, des essaims de vacanciers en quête de péripéties. Il faut dire que depuis 2011, date à laquelle *Midnight in Paris* était sorti au cinéma, l'attractivité touristique de ce quartier ne cessait d'augmenter, dépassant presque celle de Montmartre ou des Champs-Élysées. Dans le film de Woody Allen, en effet, le héros masculin, un Américain idéaliste incarné par Owen Wilson, se promène en rêvassant dans le Ve arrondissement. À minuit, tandis qu'il contemple le parvis de l'église Saint-Étienne-du-Mont, un miracle s'opère : il voyage dans le temps et se retrouve dans le Paris des Années folles, en compagnie de Hemingway, de Fitzgerald et même de Picasso.

Depuis, le parvis en question symbolisait la féerie parisienne ; il était devenu une étape incontournable pour quiconque visitait Paris en été. Tous les soirs, des dizaines de touristes y fumaient une cigarette le cœur rempli d'adrénaline. Comme le miracle allenien n'advenait pas, ils faisaient quelques mètres à la recherche d'un bar romanesque. Au bonheur de Thibault Partene, ils s'engouffraient dans la rue Laplace où la chaussée était tellement exiguë que les immeubles paraissaient s'embrasser au-dessus de leur tête. Leur cigarette n'était pas encore éteinte qu'ils découvraient la devanture du Piano Vache, avec ses fenêtres cintrées et son lambrequin rétro. Les mots « Le Piano Vache » étaient imprimés sur le store banne dans une typographie vintage ; un liseré subtil redoublait le fût de chaque lettre, ce qui leur donnait un air dansant et une allure de croches. De plus en plus émerveillés, les « *burgers* » – comme Thibault Partene les surnommait parfois – pénétraient dans une salle à la lumière tamisée et aux murs couverts d'affiches contestataires, on leur apportait de la bière et, jusqu'à une heure du matin, Paris était une fête.

Comme l'ensemble des commerces, des bars, des boîtes, des bistrots et des restaurants, et donc à l'image de l'économie mondiale dans sa quasi-totalité, le Piano Vache avait gravement souffert de la crise sanitaire. De confinement en reconfinement, de déreconfinement en redéconfinement, de couvre-feu en masque obligatoire, de passe sanitaire en mille autres protocoles, le tout sur fond d'une absence prolongée de touristes, Thibault Partene avait fini par déposer le bilan. Le bar était resté fermé pendant près de deux ans, jusqu'à ce que sa licence soit cédée à un nouveau propriétaire. Dans les textos qu'il envoya à Julien entre 2020 et 2022, il alternait entre deux colères opposées mais non contradictoires : tantôt il s'en prenait aux « dingos du gouvernement » ; tantôt, dans ses phases d'extrême lassitude ou de résignation, il rabattait ses insultes sur le virus lui-même, « ce connard de corona », « ce salopard de virus qui nous gâche la vie », « cette ***** de maladie qui a tout dézingué ». Jamais, au cours de ses rages, il ne reprochait à l'épidémie d'avoir tué des gens. Il semblait plutôt lui en vouloir d'avoir coulé son bar.

Il n'empêche qu'en ce 15 mai 2022 l'optimisme était au rendez-vous. En entrant dans la salle, déjà remplie aux trois quarts, Julien trouva qu'elle n'avait pas beaucoup changé, si ce n'est qu'elle s'avérait beaucoup plus propre qu'auparavant : des graffiti et des posters du

Che continuaient de décorer les murs sous l'égide des poutres apparentes, mais la lumière était plus vive, et les tables luisaient comme si leur patine de crasse et les traces d'alcool s'étaient évaporées. Tandis que Julien dépliait ses partitions, il repéra deux ou trois spectateurs sur lesquels son regard se fixerait pendant la soirée, histoire de prendre le pouls du public à intervalles réguliers. Il y avait d'abord une table d'Américaines qui riaient avec ostentation et prenaient des stories. Plus loin, un retraité descendait une pinte de bière, les joues vérolées et les yeux dans le vide. Dans un angle, enfin, à l'autre bout de la pièce, un couple attendait sa commande. L'homme portait des baskets et un pantalon blanc. Très bronzé, il s'efforçait de se tenir bien droit et se recoiffait toutes les dix secondes. Quand son amie tournait la tête, il lorgnait son profil du coin de l'œil, se penchait timidement vers elle, s'avançait de quelques centimètres. Manifestement, il hésitait à la prendre par l'épaule. La fille, pour sa part, passait son temps à ajuster son masque ; c'était sa manière de se remaquiller.

– *Ladies and gentlemen, welcome to the Piano Va-a-ache !*

Le camarade Partene improvisa quelques phrases en anglais, ponctuant son propos de mots-clés : il invoqua à trois reprises le « *Frenchy style* » et le « *Parisian way of life* ». Julien, qui l'écoutait d'une oreille distraite, se demanda s'il existait une « Parisian way of taking the RER pour venir gagner 100 euros dans un bar kitsch ».

Thibault disserta ensuite sur le thème de la soirée et fit un petit clin d'œil à Julien : c'était le signal pour lancer la musique.

Au moment de poser ses doigts sur le clavier, Julien se sentit investi d'un vertige immédiat à la vue de ses mains. Elles étaient là, étendues et rigides comme des vieilles turbines, chargées de toutes les maladresses dont elles étaient capables. Et si le moteur ne se rallumait pas ? Et si la machine se révélait rouillée ? C'était surtout son annulaire qui lui faisait peur : contrairement au pouce ou à l'index, le « doigt de l'amour » ne dispose d'aucune puissance interne. Attaché au majeur telle une cerise à sa comparse, bloqué dans son articulation, il n'a pas le pouvoir de se hisser tout seul, de prendre de l'élan pour frapper la touche de plein fouet. Faute d'entraînement, ce truc se transforme en orteil, en branche de bois mort. Et lui, excepté les cours particuliers, depuis combien de temps n'avait-il pas joué sur un vrai piano, devant un public réel ? Qu'est-ce qui excluait qu'il ait perdu la main ? Julien tenta de chasser cette idée, mais il était trop tard : le syndrome de l'imposteur faisait son come-back. Déjà, ses tempes bourdonnaient. Tel un métronome déréglé, son cœur accélérait. C'est foutu, s'entendit-il penser, car il le savait bien : il perdait ses moyens sitôt qu'il craignait de les avoir perdus.

« Take the A-Train » ne dure jamais plus de deux ou trois minutes, quel que soit le tempo. Ce morceau, Julien le connaissait par cœur. Au début, les doigts trillent, sifflent comme une locomotive et grimpent vers les dièses : le train se met en marche. Lentement, la main gauche s'active. Nonchalante, elle roule à gauche du clavier, escalade entre les touches et dégringole soudain. De ses montées et descentes émane une phrase enrouée et pleine de sang-froid. On reconnaît la ligne de basse, qui récidivera jusqu'à la fin du morceau comme un mouvement de bielle. De son côté, la main droite se trémousse. Pour elle, le piano n'est rien qu'un immense trampoline. Elle voltige sur le clavier à la vitesse d'une araignée sauteuse et retombe sur ses pattes en évitant de faire des fausses notes. Entre deux croches, elle se donne le temps de faire un peu la folle, de swinguer en suspension dans l'air, de danser à la place des notes. Si le courant a pris, le pianiste oublie ses doigts et sourit les yeux rivés vers le public. Il est monté dans le *A-Train* avec les spectateurs, il se laisse entraîner dans le wagon du jazz, ça roule à toute allure, il y a des sons qui tanguent, la musique bringuebale et les clients sautillent.

Sauf que Julien n'arrivait pas à chasser cette obsession funeste et lancinante : faisait-il dérailler le *A-Train* ? Dès l'ouverture, ses doigts ripèrent sur la mauvaise touche et loupèrent une croche. Personne ne s'en aperçut, mais cette erreur le stressa, son stress le fit suer et sa sueur l'angoissa de plus belle : Julien hésita à s'interrompre pour tout reprendre à zéro. Mais un instinct de survie le poussa à continuer comme si de rien n'était. Mal lui en prit. Tandis que le supplice s'éternisait, il regardait ses doigts avec l'impression que, comme de piètres skieurs au milieu d'une piste de slalom, ils se cassaient la gueule entre les bémols et les dièses. Quand les Américaines se mirent à glousser, ce fut le coup de grâce. À partir de là, il lui sembla que la locomotive débloquait totalement, qu'elle se transformait en une voiture-bélier : que, d'obstacles en discordances, elle rendait l'âme sous le regard sévère de Partene et de Che Guevara.

Les clients eurent le réflexe d'applaudir quand même, à l'exception du retraité qui soupirait dans ses lunettes en signe de mystère. Quant aux Américaines, elles semblaient satisfaites des stories qu'elles prenaient. Seul le couple de timides paraissait ignorer ce fiasco ; l'homme bronzé au pantalon blanc était trop occupé à initier une approche. Tels les pions d'une partie d'échecs, ses mains se rapprochaient à pas comptés du bras de son amie. Celle-ci ne réagissait pas. Ce serait pour plus tard.

Julien avala trois gorgées de bière et reprit ses esprits. Pour réussir « Rhapsody in Blue », il fallait fermer les yeux et imaginer le générique de *Manhattan* : l'aube qui se lève en noir et blanc sur des gratte-ciel géométriques. Dans un paysage de façades métalliques et de néons ardents, les piétons sortent de chez eux pour aller au travail. Ils prennent leur temps tout en se dépêchant, ils se mêlent aux vitrines, aux taxis, aux marquises des immeubles. On se dit que chacun d'entre eux déplace avec lui des petites intrigues : histoires d'amour ou rendez-vous secrets. Tous, ils courent vers leurs aventures tandis que le soleil joue à cache-cache entre les tours. Au coin d'une rue, un building l'engloutit comme un nuage, c'est la nuit au beau milieu du jour. Le voici qui resurgit, encore plus lumineux, dardant ses rayons au-dessus d'un océan d'ormes : Central Park prend un bain de zénith. Puis le tempo s'accélère, la musique continue et les silhouettes défilent. La mélodie s'étaye et il fait déjà nuit.

Et là, avait-il saccagé Gershwin ? Les réactions du public étaient contradictoires. D'un côté, les Américaines réglèrent leur note et partirent : était-ce parce qu'il avait transformé *Manhattan* en navet et New York en Pyongyang ? De l'autre, le vieux monsieur au regard vide frétillait des épaules. Quant aux tourtereaux coincés, ils continuaient d'avoir peur de conclure. Rien de probant, en somme. De morceau en morceau, Julien s'enfonça toute la soirée dans le calvaire de ses doutes et de ses partitions. Sur son pupitre, les bières gratuites s'accumulaient comme des médicaments. Le répertoire entier de Woody Allen y passa, d'*Annie Hall* à *Radio Days*, de Sidney Bechet à Isham Jones, de *Deconstructing Harry* à Carmen Lombardo. Les heures s'écoulaient, le bar se vidait peu à peu au rythme de ce jazz et Julien se sentait de plus en plus coupable chaque fois qu'un client réclamait l'addition.

Chapitre 2

Si Serge Gainsbourg avait eu vingt-huit ans en 2022, aurait-il joué au Piano Vache pour arrondir ses fins de mois ? Se serait-il angoissé, lui aussi, à l'idée d'avoir perdu la main ? Aurait-il accumulé les verres pour pallier cette crainte ? Se serait-il soudain levé de son piano, diable en boîte jaillissant de l'alcool, scandalisé devant ce bar tout propre où un public coincé se démotivait à une vitesse éclair ? Dans le Noctilien du retour, Julien se posait sérieusement la question. Chaque fois qu'il réfléchissait sur sa propre situation, il ne pouvait s'empêcher de penser à Gainsbourg. Dix stations le séparaient de Rungis et la réponse crevait pourtant les yeux : Gainsbourg était mort depuis trois décennies – et, avec lui, c'était toute une vision de la musique qui avait disparu. Une musique carbonisée d'aristocrates déchus, d'ivrognes délicats et de cancres érudits hantés par les classiques. Une musique composée au pinceau, qui tutoyait les morts de Brahms à Beethoven et les ressuscitait dans d'immenses rondes macabres provocatrices à souhait. Une musique indansable où des voix altérées renonçaient à chanter, sinon par effraction, comme si ça leur coûtait d'imiter l'acoustique des notes, de quitter la gueule de bois où elles marinaient avant même d'avoir bu. Chanter, Gainsbourg avait autre chose à faire. La gorge pleine de chats, éraillé de la glotte, reclus dans un XIXe siècle mental où Huysmans et Rimbaud lui soufflaient des phrases déjà surréalistes, il les frôlait de temps à autre du bas de sa déréliction. En unité de style avec la poésie et les compositeurs, sa bouche s'ouvrait en talk-over comme une oreille parlante.

Qu'aurait donc dit Gainsbourg ? Quels conseils lui aurait-il donnés ? Continuer à jouer dans des bars en attendant de percer ? Griffonner des chansons dans son coin avec l'espoir qu'elles deviennent des tubes ? Épouser les modes de l'époque, s'essayer au rap ou à la pop, picorer deux, trois idées chez les stars du moment ? S'entêter au contraire dans ses goûts désuets ? Assumer à 1 000 % son côté inactuel, millénial has-been, jeune puceau du succès déjà presque ringard ? Se fantasmer poète maudit à la gloire impossible ? Partir en quête d'un buzz qui le rendrait célèbre ? Ou se prendre tout simplement pour Julien Libérat ? Julien Libérat, oui : un musicien surqualifié qui flippait comme un usurpateur devant ses partitions. Un ancien surdoué du conservatoire qui traînait depuis sept ans un bullshit job à l'IMD, l'Institut de Musique à Domicile, entreprise qui méritait amplement son surnom de « Uber de la musique ». Un autoentrepreneur vendant ses services de « pianiste certifié et pédagogue » à des particuliers qui l'évaluaient sur sa page à la fin de chaque cours. Un prof qui, malgré ses 4,8 étoiles, ne pouvait plus saquer la tronche de ses élèves. Un hyperactif épuisé par le RER et son boulot à la con. Un type qui habitait à cinq minutes d'Orly et ne voyageait pas. Un quasi-trentenaire enfermé dans un mode de vie digne d'un étudiant. Un asocial qui se voulait chanteur et ne dansait jamais. Un célibataire confiné dans la mémoire de son couple raté. Un faux dandy qui connaissait Bach sur le bout des doigts et s'habillait chez H&M en solde. Un mégalo froussard, adepte de formes obsolètes et de totems défunts, aspirant malgré tout à imposer ses vieilleries comme des avant-gardes. Un orgueilleux en manque de confiance, plus rêveur qu'émotif, bardé de diplômes et de timidité, de freins et d'ambitions en passe de s'éteindre.

Le Noctilien venait de contourner Villejuif. Pour tuer le temps, Julien regarda ses SMS non lus. La veille, il avait reçu un texto d'Irina Elevanto, sa référente à l'IMD : « Bonjour Julien, tu as oublié d'indiquer la date de tes congés estivaux sur ton profil. Pourrais-tu les préciser au plus vite ? Sinon, cette négligence pourrait créer des malentendus dans les réservations. Merci et bien à toi, Irina. » Sans réponse de sa part, elle l'avait relancé à 14 h 28, puis à 16 h 44 et même à 19 h 59, une minute avant de quitter son bureau. Profitant des dernières stations, Julien rédigea quelques mots d'explication : « Chère Irina, débuta-t-il poliment, non ce n'est pas une erreur, je n'ai pas prévu de prendre de congés cet été ; merci d'avoir pensé à moi et bonne soirée, nuit ou matinée, Julien. »

Voilà, se dit-il en expédiant le message : son été de merde était officiellement acté. Vingt-huit ans, mine de rien, était un âge où les destins commençaient à se sceller, à durcir comme de la lave, à se refermer pour de bon sur les êtres, à les prendre au piège de leurs inclinations. Aujourd'hui, la journée s'achevait avec la même vanité que toutes les précédentes : dans un face-à-face de fatigue et d'ennui.

Mais il y avait eu cet autre texto. Quelques heures avant le début du concert au Piano Vache, May lui avait écrit pour la première fois depuis des semaines. En rangeant dans leur ancien studio, elle avait retrouvé une poignée de bricoles et lui avait suggéré de venir les récupérer. À la lecture de ce message, Julien s'était promis de refuser ou de ne rien répondre, en somme de l'ignorer. Quarante minutes plus tard, sa résolution déjà oubliée, il était arrivé devant le porche du 26 rue Littré. Ça lui avait fait tout drôle de constater qu'elle avait déjà effacé son nom sur l'étiquette de l'interphone. En dessous de « Carpentier », la mention « Libérat » se noyait dans une tache d'encre : à l'image du reste, on devinait à peine qu'elle avait existé. Il sonna. Une fois, deux fois, trois fois. Il ne se passa rien.

Julien inspira à pleins poumons et s'efforça de ne penser à rien. Par-dessus tout, il fallait éviter de tomber dans les pièges de May. D'ailleurs, à ce compte-là, rien ne prouvait qu'elle finirait par ouvrir. Et si elle avait fait exprès de lui donner une date où elle serait absente ? Et si c'était une de ses amies qui lui ouvrait la porte ? Et si, pire encore, l'amie était un homme ?

– Oui ? fit dans l'interphone une voix pantelante.

C'était bien elle. Il s'annonça et, de nouveau, il y eut un silence, comme si May hésitait entre plusieurs réactions possibles, avant d'opter pour une repartie aigre-douce :

– C'est toi qui as sonné sans cesse ? J'étais dans la douche, ajouta-t-elle sur un air de reproche déguisé en information. Bon, laisse-moi le temps de m'habiller et je t'ouvre.

Avant de gagner l'ascenseur, Julien s'inspecta dans le miroir du hall. Une vraie tronche de déterré, avec ses cernes blafards qui lui creusaient le regard. Au moins, May ne pourrait pas le soupçonner de s'être endimanché. D'ailleurs, à présent qu'il y prêtait attention, de la chassie pendillait au creux de son œil droit, symptôme d'une toilette expéditive. Du bout des doigts, il l'enleva et continua son chemin. Mais alors qu'il s'apprêtait à appuyer sur le bouton, il fit quelques pas en arrière et revint dans l'entrée. De nouveau, il se posta en face du miroir et le considéra.

En raison de la disposition du hall, cette glace murale reflétait aussi bien l'intérieur de l'immeuble que les pavés de la rue Littré. En bas à droite, les premières marches de l'escalier surgissaient de l'angle, ornées d'un tapis de Smyrne dont les fleurs persanes apparaissaient flottantes. On aurait dit qu'en se réfléchissant dans la plaque de verre, elles se détachaient de l'étoffe où elles étaient brodées. À mesure qu'on les observait, leurs pétales se dilataient sur la surface du miroir. Arrondis, aériens, ils prenaient un mirage de relief et semblaient s'évaser. Soudain, un paysage naissait : ces fleurs de tissu poussaient en se réverbérant.

Ce miroir, ces fleurs, c'était May qui leur avait donné toute leur importance. Sans elle, Julien y aurait à peine prêté attention. Mais il y avait cette photo datant du matin où, pour la première fois, ils avaient mis les pieds au 26 de la rue Littré. Ce jour-là, la visite immobilière venait de s'achever. En sortant du studio, galvanisés par l'idée de vivre à deux, ils s'attardèrent dans l'entrée de l'immeuble. Une nouvelle page s'ouvrait dans l'histoire de leur couple. Ils se connaissaient depuis moins de six mois et voici qu'ils avaient décidé de sauter le pas. D'ici quelques semaines, c'en serait fini des rendez-vous au café, des métros pour se retrouver à mi-chemin, des orgasmes dans les toilettes des bars, des SMS envoyés dans la nuit, peut-être aussi des crises de jalousie et des malentendus. Ces habitudes se verraient aussitôt remplacées par d'autres problématiques : acheter des meubles, organiser une crémaillère, se répartir les tâches ménagères, apprendre à repasser, à monter une étagère, à se façonner leur propre mode de vie – et tant d'autres choses, toujours plus prosaïques, et pourtant exaltantes, qui devenaient réelles ici, au seuil de cette habitation.

Pour l'instant, ils déambulaient dans le hall de l'immeuble. Devant eux, le miroir était là, témoin de cet inconnu, de ce vertige, de toutes ces questions.

– Regarde comme nous sommes beaux ! s'exclama May en désignant leur reflet.

Traduction : il fallait immortaliser la scène, c'est-à-dire prendre une photo et la publier sur Instagram. Julien grogna intérieurement. Ce rituel allait prendre des plombes – et sa seule hâte, sur le moment, était de se délasser devant une bière dans le premier bar du quartier. Mais, désireux de ne pas faire d'histoires, il s'exécuta sans broncher. Tandis qu'elle dégainait son iPhone, il l'enlaça comme le font les couples pour montrer qu'ils sont heureux et récolter des likes.

– Tiens-toi prêt ; une, deux, trois…

Le résultat se révéla décevant, à cause du cadrage. Le selfie-mirror, en effet, était un art exigeant : si le téléphone se positionnait en face de la glace, il occupait tout l'espace du cliché ; pour éviter qu'il ne se superpose à leur visage, il importait de le tenir légèrement de biais, à hauteur du menton. Perfectionniste, elle recommença.

Deuxième tentative. Cette fois, ce n'était plus la distance qui posait problème, mais l'allure de Julien, que May jugeait trop molle :

– Attrape ma hanche avec plus de fermeté, indiqua-t-elle, sinon ça ne donne pas l'impression que nous sommes un couple fusionnel.

Il se plia à cette directive. Troisième tentative et troisième complication :

– Ton sourire, signala-t-elle avec un peu de dépit dans la voix. Il est beaucoup trop crispé : on dirait une statue de cire ! Sois plus zen quand tu poses. D'ailleurs, tu n'es pas obligé de sourire. Tiens, incline la tête et lève les yeux vers l'objectif pour que ton regard paraisse plus ténébreux.

Il y eut ensuite un quatrième essai (« Trop sérieuse, ta mimique »), puis un cinquième (« Décale-toi un chouïa vers la gauche »), un douzième, un quinzième – et ainsi de suite jusqu'au moment où le cliché fut parfait :

– Voilà, s'écria-t-elle enfin. Là, tout est impec' ! Tu as vu comme nous sommes beaux ?

Oui, ils étaient beaux, et elle particulièrement. Sur la photo, elle portait une veste et un chemisier noirs sur lesquels ses mèches blondes descendaient en cascade. À sa gauche, Julien semblait songeur. Les yeux dans ses pensées, la chemise entrouverte, il avait un air lointain de Michel Berger, avec moins de cheveux. Le portrait était réussi : il ressemblait vraiment à un reflet, on aurait dit que le téléphone faisait partie de la glace, ou que celle-ci n'était rien d'autre qu'un immense écran archivant les visages de ceux qui s'y miraient.

De son côté, May s'occupait de rendre le selfie « super parfait ». Dans un état d'extrême concentration, elle se consacrait aux derniers préparatifs avant sa publication. À une vitesse démentielle, ses doigts exploraient les options d'Instagram. Retouche de la luminosité. Réglage de la saturation. Effet tilt-shift. Calibrage des ombres. Sélection du meilleur filtre. Écriture de la légende, enfin : c'était le moment le plus compliqué.

– Tu préfères « Bonnie and Clyde » ou « Partners in crime » ?

– C'est un peu nunuche, non ? Et puis, ajouta-t-il en camouflant son impatience, tu ne préfères pas qu'on aille boire un verre et qu'on y réfléchisse tranquillement ?

May était d'accord avec Julien : il fallait trouver autre chose. Sur Google, elle chercha une « belle phrase romantique et mystérieuse ». Elle atterrit sur un site internet qui recensait des citations à propos de l'amour. L'algorithme constituait cette anthologie en repérant des mots-clés (« sentiments », « passion », « désir »), raison pour laquelle les alexandrins de Racine et de Baudelaire côtoyaient des réflexions signées Pierre Desproges : « L'amour c'est comme les cartes ; si tu n'as pas de partenaire, il te faut une bonne main. » Pendant une éternité, May fit défiler ce ballet de sentences, avant de tomber sur la bonne : « La passion est le pressentiment de l'amour et de son infini auquel aspirent toutes les âmes souffrantes. Honoré de Balzac. » Alors, enfin, elle put dévoiler ce selfie-mirror à la face du monde. C'était officiel : à travers cette photo, May Carpentier (@may_crptr) informait ses deux cent trente-sept abonnés qu'en ce 27 juin 2017 elle aimait le reflet de son couple.

Cinq ans plus tard, la cage d'escalier n'avait pas bougé, ni les fleurs persanes. Entre-temps, les cheveux de Julien avaient poussé, sa ressemblance avec Michel Berger s'était intensifiée et May avait gagné des followers, beaucoup de followers. Seul le miroir, à vrai dire, était vide. Dedans, on ne voyait plus rien. Un selfie contre des simulacres. Une photo contre une apparition. Toute leur histoire, au fond, se résumait à cela, à la victoire de l'ombre sur l'image et de la nuit sur l'ombre.

Chapitre 3

– Dix minutes pour monter six étages ! Tu t'es endormi dans l'ascenseur ou quoi ?

La porte du studio était entrouverte. En s'avançant, Julien manqua de se prendre les pieds dans des cartons de déménagement. À l'autre bout de la pièce, May fumait une cigarette. Une serviette enroulée en turban autour de ses cheveux, elle semblait s'être habillée à la hâte. D'instinct, il remarqua sa robe. Une robe patineuse aux motifs étranges : des cordes beiges entremêlées les unes dans les autres, qui se nouaient et se dénouaient au gré des ondulations de la mousseline bleue. Drôle de tenue pour un dimanche midi, pensa-t-il. Drôle de style, surtout, si différent de son allure habituelle. Puis il comprit, ou du moins se persuada d'avoir cerné le message de cette robe : May avait changé d'image, elle n'était plus la même, la page était tournée. D'ailleurs, elle ne prit pas la peine de le saluer vraiment. Sans le regarder dans les yeux, sans se tourner vers lui, elle se forçait à tirer sur sa cigarette aussi lentement que possible.

Quand elle fut consumée, May écrasa son mégot contre les arabesques du garde-corps, se pencha par la fenêtre et le jeta en travers de la rue. Puis, désireuse d'expédier la conversation, elle entra directement dans le vif du sujet, comme si c'était Julien qui venait de la faire patienter :

– Voilà, dit-elle en désignant la table basse qui jouxtait le canapé, j'ai rassemblé les affaires dont je t'avais parlé. Sauf erreur, tout y est : ton manuel de piano, la partition du *Clavier bien tempéré*, tes écouteurs et ta carte Vitale.

Julien feignit de s'intéresser à ces objets. Un à un, il rangea ses effets personnels dans sa mallette de travail. En retrait, toujours adossée à la fenêtre, May multipliait les mimiques d'impatience. Un discret mordillement des lèvres, des battements du pied, une manière étrange d'allumer, cette fois frénétiquement, une deuxième cigarette… Tout indiquait qu'elle brûlait d'en finir. Il fallait dans l'urgence trouver une solution. S'il demeurait passif, la scène se terminerait comme elle avait commencé, avec une impression d'occasion manquée. Alors il tenta quelque chose :

– Dis, May, l'interpella-t-il d'une voix faussement indifférente, ça ne te dérange pas si je me sers un café ? J'ai enchaîné les cours particuliers toute la matinée et là, je ne tiens plus debout.

Le stratagème crevait les yeux. Des cafés, il y en avait plein le quartier : il suffisait de traverser la rue.

Mais May n'oserait pas refuser. Comme il l'avait prévu, elle éteignit sa cigarette, se décida à quitter sa lucarne et l'accompagna dans l'espace cuisine. Pendant que la machine Nespresso s'activait, Julien se sentait pousser des ailes : il reprenait enfin le contrôle de la situation. Il était chez lui, dans l'appartement où il avait vécu pendant près de cinq ans, il en partirait quand il s'y résoudrait. En attendant, il ne comptait pas se laisser humilier davantage par celle qui l'en expulsait. Au demeurant, Julien ne voyait qu'une seule issue possible : puisque tout était foutu et que May entretenait le silence, autant la pousser dans ses retranchements.

– Tant que j'y suis, tu aurais une cigarette ? demanda-t-il en exagérant le côté « je-fais-exprès-de-paraître-naïf ».

– Tu fumes, maintenant ?

– Absolument pas. Mais, poursuivit-il sur sa lancée pseudo-candide, c'est sans doute la dernière fois que je t'ai devant moi. Autant en faire l'occasion d'une première clope.

Comme il s'y attendait, May tiqua à la mention de la « dernière fois » – et encore plus à celle de la « première ». Elle affecta de n'avoir pas entendu ses deux phrases et lui tendit une cigarette. Il temporisa avant de l'allumer. Selon son estimation, s'il la fumait aussi lentement que possible, il resterait encore cinq ou six minutes avant le grand adieu. Qu'attendait-il de cet intermède ? Qu'elle revienne sur leur séparation ? Qu'elle l'embrasse dans un élan de fougue ? Qu'elle fonde en larmes et lui demande pardon ? Qu'elle l'insulte et lui dise ses quatre vérités ? Que, comme d'habitude, il ne se passe rien ? Que ce bref intervalle retarde l'instant où leur rupture serait totalement actée ? Ou, tout simplement, qu'ils restent côte à côte le temps d'une ultime cigarette ?

– Le départ, c'est pour bientôt ? l'interrogea-t-il en désignant les cartons.

– En septembre. Mais je quitte Paris pour trois mois, d'où les préparatifs.

– Et où vas-tu ? enchérit-il, bien décidé à ajouter des questions aux questions.

– Excuse-moi, mais pourquoi devrais-je te donner ma nouvelle adresse ? Où veux-tu en venir, à la fin ?

Premier quart de la cigarette et les tabous se brisaient déjà. Mission réussie.

– Sans vouloir te vexer, se radoucit Julien en redoublant ses airs d'ingénu, je te demandais simplement où tu envisageais de voyager. Mais si je n'ai plus le droit de m'intéresser à toi… Ou si tu te persuades que je vais traverser la planète pour te suivre en catimini… Alors c'est toi qui as des arrière-pensées. Et ça, je n'y peux rien. D'ailleurs, rassure-toi : même si l'idée me traversait l'esprit, je suis à découvert. À cause de mon déménagement.

Mise de l'adversaire face à ses propres contradictions et petite culpabilisation sur la fin pour porter l'estocade. Procédé imparable. May eut un léger mouvement de recul. Elle retira sa serviette, dévoilant un carré de mèches blondes. À son tour d'allumer une cigarette.

– Pour ta gouverne, je passe l'été à New York. Avec quelqu'un qui s'appelle Sébastien, finit-elle par lâcher dans un demi-sourire en forme de soupir.

New York et Sébastien. La ville de leur dernier voyage et l'homme qui le remplacerait. Quelle était la pire de ces informations ? D'un côté, New York... Là où ils étaient partis deux ans auparavant, juste avant le premier confinement, pour passer Noël au Vanderbilt YMCA, une auberge de jeunesse à 60 euros la nuit, avec dortoirs et douches collectives. Comme il s'en souvenait, de ces promenades infinies, de ces disputes ininterrompues du matin jusqu'au soir ! De ces musées et de ces bars qu'ils arpentaient au rythme des conflits. De ces quartiers visités à mesure qu'ils exploraient le territoire de leurs oppositions : May qui n'en pouvait plus de sortir avec un mec laborieux et ric-rac, de devoir toujours composer avec son grand sérieux et ses petits moyens, de ceci et de cela, de cela et de ceci, de tout et surtout de rien, de cette double peine, les espoirs de changement et la résignation. Lui qui n'acceptait plus qu'elle le regarde de haut pour mieux le tirer vers le bas, qu'elle siphonne son énergie avec sa valse de reproches permanents et d'injonctions contradictoires, qu'elle le rende coupable de ses propres regrets, qu'elle lui fasse porter le poids immense de son imaginaire et l'étouffe au nom de tout cet air qu'elle souhaitait respirer. Elle et lui qui, de crises en différends, de conflits en réconciliations, de parenthèses d'amour en hurlements furieux et de baisers en cris, se lançaient des promesses qu'ils ne tiendraient jamais : à leur retour à Paris, tout serait différent, Julien demanderait une augmentation à l'Institut de Musique à Domicile, postulerait dans un orchestre, May lui redonnerait confiance, ils apprendraient tous deux à miser sur la vie. Ces serments, bien sûr, s'étaient noyés au large de New York, avec l'épidémie et leur distanciation.

Étrangement, c'était surtout le mot de « Sébastien » qui le scandalisait. Pourtant, il n'y avait rien d'incroyable dans ce mathématisme : si May avait un copain, il fallait bien, d'un point de vue strictement logique, que cet homme ait une identité. À cet égard, qu'il se nommât Sébastien, Peter ou John-Emmanuel ne changeait rien à la situation. C'était un détail, un frisson au milieu d'un séisme. Mais voilà, ce frisson le révoltait davantage que le séisme entier et il n'y pouvait rien. Un peu comme dans cette scène d'*Oscar* où Louis de Funès, en apprenant la grossesse de sa fille, hurle cette réplique fameuse : « Dis-moi que ce n'est pas vrai, vous n'allez pas l'appeler Blaise ? » Quand il avait douze ans, Julien riait aux éclats devant cette séquence, comme si le mot de « Blaise » était la goutte d'eau qui faisait déborder le vase des quiproquos, des malentendus et de l'absurdité. Et maintenant qu'il se retrouvait face à la même conjoncture, il comprenait que Louis de Funès ne surjouait en rien le dépit de son personnage. Apprendre une mauvaise nouvelle est une chose ; savoir que cette mauvaise nouvelle porte un prénom précis, qu'elle existe en dehors de l'imagination, qu'elle s'enracine dans un objet du monde – comprendre que ce choc est un effet de la réalité, cela n'a rien à voir.

– New York ? Tu aurais pu au moins changer la destination, dit-il en camouflant le motif premier de son indignation.

– Je n'ai rien choisi du tout, figure-toi. Et ce n'est pas comme si tu m'en avais empêchée, se défendit-elle en exhalant un halo de fumée autour de ses lèvres.

Sur ce point, comment lui donner tort ? Voilà trois mois qu'elle l'avait quitté et qu'il faisait le mort. Pas la moindre initiative pour revenir vers elle : aucun texto, aucune lettre enflammée, aucune invitation à boire un verre pour discuter de la situation, aucune tentative de la rendre jalouse, pas même un message d'insultes rédigé dans un moment d'ivresse. Rien, sinon le silence et la disparition. Non que Julien ne pensât pas à elle, qu'il lui en voulût ou qu'il eût enterré tout espoir de la reconquérir, le problème n'était pas là. Mais, chaque fois qu'il songeait à se manifester, la simple idée de faire un pas vers elle l'épuisait d'avance. Il faudrait se battre et s'accrocher, l'écouter et convaincre, parler du passé et de l'avenir, exprimer autant d'énergie, autant de jubilation qu'à l'époque de leurs premiers rendez-vous. Les choses devraient redevenir aussi intenses que jadis et l'intensité ne s'improvisait pas. Dans son cas, il ne ressentait en lui qu'un bloc de passivité. May l'avait quitté, c'était à elle d'agir. Pour sa part, il la laisserait faire, il attendrait qu'elle le retrouve ou le perde de vue, qu'elle l'appelle ou l'efface, qu'elle tranche entre l'oubli et la mélancolie. Et toute leur histoire, finalement, se résumait à ce geste incertain : pendant cinq ans, chacun avait attendu de l'autre qu'il ait fini d'attendre. Au fil des jours, l'attente était devenue l'horizon, le tempo de leur couple. Une attente aveugle, sans objet et sans but. L'attente de tant de métamorphoses qu'aucun événement n'aurait su la combler. Une attente béante, une mort d'attente. Julien et May s'étaient aimés. Alors ils avaient observé leur amour s'ennuyer devant eux, transformant l'instant en avenir et le futur en rien.

Quatre mois plus tard, l'attente avait porté ses fruits. Ils étaient là, l'un devant l'autre, entre des cartons de déménagement et une cigarette déjà éteinte.

– Et toi ? Que fais-tu cet été ? finit-elle par lui demander alors qu'il s'apprêtait à reposer sa tasse de café dans l'évier.

– Pas grand-chose, rétorqua-t-il sèchement. Je ne pars pas, en tout cas.

– Tu as un programme ?

– Oui et non… Depuis deux ou trois semaines, je me suis lancé dans un projet d'album. Rien de concret pour l'instant, mais je compose des paroles de chansons dont les mélodies reprendraient des morceaux de Bach. L'album s'appellerait *De Bach à nos jours*, en clin d'œil au titre du fameux manuel de piano. En gros, j'essaie de combiner la musique grand public et les classiques. Ça faisait assez longtemps que j'avais cette ambition en tête. Mais là, je compte me mettre au boulot plus sérieusement.

Pourquoi lui disait-il tout cela ? May s'était toujours méfiée de ces histoires d'album. Ou plutôt elle y avait cru au tout début, quand Julien y croyait lui-même, qu'il accumulait les nuits blanches pour écrire ses premières chansons, persuadé qu'elles intéresseraient quelqu'un. Comme ce quelqu'un semblait inexister, May s'était peu à peu résignée. Plus Julien s'acharnait, plus il délaissait sa carrière de pianiste au profit de ses brouillons d'albums, et moins elle supportait de le voir se noyer dans son obstination. Tant bien que mal, elle s'efforçait de le rappeler à la réalité. Un soir, alors que Julien pestait à la suite d'un énième refus, elle l'avait carrément engueulé : « Enfin, s'était-elle emportée, tu n'en as pas assez de ne jamais te remettre en question ? Les producteurs ne veulent pas de toi, peut-être qu'ils se trompent ou qu'ils te respecteraient davantage si tu étais pistonné, mais c'est comme ça, ils ne voient pas en toi l'âme d'un créateur. Et peut-être aussi que leur regard est juste. Un chanteur, ça se défonce sur scène, ça saute, ça se drogue, ça gesticule, ça prend son pied à enflammer des foules. Pourquoi persistes-tu à te rêver en Gainsbourg des temps modernes ? Alors que tu détestes parler de tes émotions ? Que je ne t'ai jamais entendu jouer autre chose que du classique ou du jazz ? Non, franchement, avait-elle fini comme un ultimatum, cherche plutôt une place qui te convienne. Un orchestre philharmonique… Un conservatoire… Une chorale d'église… »

– Ah bon ? Et de quoi parleront-elles, tes chansons ? demanda-t-elle, sans doute pour se rassurer quant à l'absence de lien entre ce projet et leur rupture récente.

– Je ne sais pas vraiment, sans doute de tout et de rien, conclut-il un peu sèchement pour esquiver le sujet – pour éviter, surtout, de dévoiler le véritable titre de son futur album : *Ensemble et séparés.*

May hésita à allumer une nouvelle cigarette et se ravisa au dernier moment. En le raccompagnant jusqu'à la porte, elle ralentit le pas. Julien sentit qu'elle hésitait à dire quelque chose. Sur le palier, il l'observa sans rompre le silence. Sa robe était décidément singulière, presque hypnotique, avec ces dessins de cordes qui s'enlaçaient partout, montant et descendant le long des coutures. Dansantes comme des lianes, elles semblaient se mouvoir et entourer son corps. Plus elles se mêlaient dans les yeux de Julien et plus May se taisait. L'espace d'un instant, il eut l'impression qu'un rictus allait prendre le contrôle de ses lèvres, puis de tout son visage. Il n'en fut rien. L'ascenseur arriva, les portes se fermèrent.

Chapitre 4

Ensemble et séparés. Aucune autre formule ne résumait aussi bien ce que Julien pensait du monde. Ce titre lui était venu comme une inspiration, au beau milieu d'une nuit d'insomnie, alors que leur couple vivait ses derniers jours. Allongée en position d'étoile de l'autre côté du lit, May dormait à poings fermés. Elle était diablement belle quand elle ne posait pas. D'une beauté presque enfantine, enfin qui n'avait rien de sexuel. De quoi rêvait-elle ? Quelles pensées son sommeil tressait-il ? Impossible à savoir, il devait y avoir tout un monde là-dedans, un monde comme tous les autres, un continent de mémoire aux nuances brouillées, un puits sans fond où s'égaraient des odeurs confuses et des visions cryptées, un univers enfin, peuplé de comètes et de trésors perdus, intraduisibles dans le langage des mots. Dire que Julien avait passé cinq ans à partager son lit avec elle et qu'il n'avait jamais eu l'idée de l'observer dormir. Il y avait tant de choses qu'il avait envie de lui dire, maintenant qu'elle n'était pas en mesure de l'entendre, tant de phrases qui s'évaporeraient à la venue du jour. Peut-on se séparer d'une femme qui dort ? Et rester avec elle quand elle ouvre les yeux ? C'était pourtant comme ça que la vie se déroulait : côte à côte dans le noir, chacun isolé dans sa nuit intérieure, recherchant un soleil dont il ne reste rien.

Ensemble et séparés, donc. L'idée de Julien s'arrêtait là. Elle tenait en ces deux mots contraires qui revenaient au même. Dit comme cela, son intuition ressemblait à un slogan publicitaire, celui d'une application de rencontre ou d'un réseau social, de Twitter ou Tinder. Et Julien voyait bien le lien avec ces deux plateformes. Tinder et Twitter, séparés et ensemble, quel meilleur résumé de son prochain album-concept ? L'histoire de deux êtres qui maladroitement tentèrent de s'aimer au royaume des likes, des smileys et des crushs, des targets et des émoticônes. Le récit d'une passion qui débuta en match et s'acheva en clash. D'une rupture programmée dès le commencement. D'un anamour moderne au pays des smartphones.

À demi-mot, ses chansons évoqueraient ses moments avec May. Certaines mettraient en scène leurs disputes éternelles, les reproches et les plaintes, les critiques en boomerang ; on y entendrait des voix se brouiller de couplet en couplet et se superposer dans un méli-mélo de griefs stériles. D'autres restitueraient la monotonie des habitudes, l'effacement progressif des instants de désir, les corps qui s'éloignent parce qu'ils ont fusionné.

D'autres enfin raconteraient l'après. Les souvenirs qui reviennent en désordre, teintés d'une pellicule de mélancolie. Le remords et le soulagement de se retrouver seul. Les intermittences de sensations plurielles, parfois contradictoires : la jalousie et la libération, la soif de tourner la page et la mauvaise conscience de la savoir tournée… Mais ces réminiscences ne seraient qu'un prétexte. Tel que Julien voyait les choses, l'enjeu de son album se situerait ailleurs : il faudrait, à travers leur histoire, réverbérer toutes les ruptures engendrées par le monde actuel. May et lui n'étaient que des exemples. Les échantillons d'une fatalité. Les victimes collatérales d'une époque, celle de Twitter et de Tinder, qui séparait les êtres en croyant les unir.

Pour la première fois, songeait-il, il écrirait des chansons qui lui ressembleraient : des textes noirs et tristes, quasiment des poèmes, où il parlerait avec ses tripes, quitte à épancher une forme de rage ou de ressentiment. Quant à la musique en elle-même, aux mélodies et aux rythmiques, il se laisserait aller. Fini les tentatives de caresser le public dans le sens du poil et les vaines concessions aux dernières tendances. Avec *Ensemble et séparés*, il composerait des morceaux qu'il aurait envie d'entendre : il s'exprimerait tel quel, sans postures ni faux-semblants, donnant libre cours à sa passion pour Jean-Sébastien Bach. Un peu à la manière de Gainsbourg qui, dans sa période la plus créative, avait eu le génie de récupérer des thèmes de Beethoven, de Chopin ou de Brahms pour en faire des tubes. Ça avait donné des chansons cultes interprétées par Jane Birkin, France Gall et lui-même. Sauf qu'étonnamment Gainsbourg ne s'était jamais vraiment intéressé à Bach, malgré l'estime qu'il lui vouait. Quel étrange paradoxe… Vouloir actualiser des artistes d'antan en oubliant le plus actuel d'entre eux. Car Bach n'était-il pas l'inventeur par excellence de la musique populaire ? Ses cantates, par exemple, étaient d'une vitalité stupéfiante. Parfois presque dansantes, elles exprimaient un dynamisme inédit pour le XVIIIe siècle. Certes, les livrets étaient datés, eux qui célébraient les Évangiles ou les hauts faits d'un prince germanique. Mais, Julien en était convaincu, il suffirait de remplacer les refrains sur le Christ par des vers sur l'anamour en 2022 et la musique de Bach deviendrait plus moderne que les accords d'Angèle, plus originale que les sons de Nekfeu.

Le seul problème, c'était de trouver le déclic. De se mettre au travail. Or, c'est ici que Julien bloquait. Il ne pouvait pas s'empêcher de penser, sitôt qu'il essayait d'écrire une chanson, à ces trois autres albums qu'il avait déjà composés ces dernières années, et que tous les producteurs de Paris avaient successivement refusés. Les producteurs de musique, Julien commençait à les connaître et à les détester : des faux cools habillés en T-shirt qui se comportaient comme des businessmen en costume-cravate. Ils se la jouaient sympathiques, ils te tutoyaient, ils te caressaient dans le sens du poil, ils te tapaient dans le dos, ils devenaient ton meilleur ami en l'espace d'un instant. Mais, derrière leurs airs de postadolescents attardés, leur coolitude fonctionnait comme une arme. Dès que tu leur demandais si tes chansons les intéressaient, le masque s'effritait. Leur bonhomie s'évaporait tout aussi vite qu'elle était apparue, soudain remplacée par une froideur de banquier. Ils se mettaient alors à t'expliquer que ton style ne marcherait jamais, qu'il était trop ringard ou bien trop novateur, trop banal si ce n'est trop étrange, trop simple et mille fois trop compliqué – bref, qu'il fallait que tu oublies : tu ne serais jamais chanteur, te faisaient-ils comprendre avec un zeste de dépit dans la voix, comme s'il s'agissait d'une fatalité et qu'elle les rendait tristes. Tu devrais continuer gentiment ta carrière de pianiste, suggéraient-ils en guise de conclusion, histoire de donner l'impression que, par-dessus le marché, ils se souciaient de toi. Ils veillaient à garder le beau rôle alors même qu'ils te fermaient la porte au nez. Ils jubilaient de rester magnanimes alors qu'ils injectaient en toi le pire des poisons, le venin de la haine et l'esprit de vengeance. Ils se doutaient bien qu'en rentrant dans ta piaule, tu les maudirais jusqu'à l'éternité, c'est-à-dire jusqu'à ta prochaine résolution de venir les charmer. Mais ils restaient gentils. En gardiens de l'Éden, en Sphinx de la gloire, en chiens de garde d'une hiérarchie injuste, ils s'employaient à camoufler les rouages du système dont ils étaient les sbires. Et May avait raison : Julien n'était pas pistonné et il n'était pas rare.

Comment composer un album quand on est obsédé par l'idée qu'il s'écrira en vain ? Chaque soir, après ses cours particuliers, il ruminait cette angoisse. Cette fois, il n'avait pas le droit à l'erreur. Après tant d'années d'entêtement, il jouait sa dernière carte. Son ultime tentative. Un échec de plus et il s'arrêterait pour de bon. Cette pensée suffisait à le paralyser. En pénétrant dans son studio, Julien commençait par ouvrir une bière et faire cuire une pizza surgelée. Effrayé à l'idée de bâcler sa chanson, il s'obligeait à se reposer un peu, histoire de décompresser, d'oublier un instant le syndrome de l'imposteur et ses marottes néfastes. Il allumait son Mac et allait sur YouTube, prétextant devoir réécouter attentivement telle ou telle cantate de Bach. Seulement, la page d'accueil l'invitait plutôt à consulter des vidéos dont il n'aurait jamais pu imaginer spontanément l'existence : « Un perroquet dénonce en direct le meurtrier de sa maîtresse », « Un locataire détruit son appartement pour se venger de ses propriétaires », « Il explose l'iPhone d'un inconnu par terre », « Un étudiant regarde des films porno dans un amphithéâtre », « Cauet fait une blague téléphonique au président de la République », « Un journaliste vomit en plein direct », « Un chimpanzé rigole à une blague », « Un clochard gagne 300 millions d'euros au Loto », « Un Russe se jette d'un immeuble de vingt étages sans se blesser», «Un néonazi apprend qu'il est juif». Alors la même petite valse démarrait : il se disait toujours que non, il n'avait jamais vu de néonazi apprendre sa judéité, que ce serait sans doute amusant à regarder, et puis que ça prendrait à peine trois minutes. Le néonazi disparaissait, immédiatement remplacé par un florilège de caméras cachées. Julien cliquait et, de fil en aiguille, sautant de vidéo en vidéo, il se retrouvait à découvrir des domaines entiers de la vie humaine dont il n'avait jamais entendu parler et, à vrai dire, qui ne l'intéressaient pas spécialement. Ainsi de l'Anthill Art, discipline consistant à verser de l'aluminium liquide dans une fourmilière, ce qui donnait naissance à une statue qui, une fois déterrée, dévoilait la profondeur impressionnante de ces cités entomologiques, portant à la lumière leurs ramifications et tous ces corridors destinés par nature à demeurer invisibles.

Le temps passait et il ne faisait rien. Vingt et une heures, déjà. L'inspiration s'éteignait. Les angoisses se muaient en paresse, son travail n'avançait pas d'un pouce. En guise de climax, il atterrissait sur les pages des YouTubeurs. Souvent, l'écran lui suggérait de visionner des sketchs qu'il avait déjà vus. Vidé de toute son énergie, il les regardait quand même. D'une semaine à l'autre, il tournait ainsi en rond sur internet, torturé par des blagues. À force, il en vint notamment à connaître à fond la vidéo «Être ch'ti» de Norman, où l'humoriste fameux expliquait avec malice que les Ch'tis avaient mauvaise réputation, notamment à cause de la téléréalité et des clichés, mais qu'ils ne devaient pas être perçus comme des beaufs, qu'ils étaient des êtres humains comme les autres, qu'ils ne méritaient pas d'être réduits à des généralisations, qu'il fallait qu'on s'aime tous et qu'on partage sa vidéo après avoir appuyé sur le petit pouce bleu qui était trop mignon.

Julien n'avait jamais ri une seule fois devant cette vidéo. Il détestait cette manière de convoquer sans cesse les stéréotypes les plus éculés tout en les condamnant après en avoir ri. Qu'est-ce qui le poussait donc à faire de ce sketch un rituel du soir ? Y avait-il, en France, des millions de Julien qui cliquaient comme des robots sur des liens abhorrés ? Cette question lui effleurait généralement l'esprit vers minuit, au moment où il visionnait pour la millième fois une vidéo comique sur la jalousie dans les couples. Les yeux totalement carbonisés, il partait se coucher. Une fois qu'il était endormi, toutes les vidéos qu'il avait regardées le poursuivaient. Incrustées dans ses pupilles, elles se mélangeaient dans une synthèse absurde. En surchauffe, son cerveau composait un best-of de tous les best-of qui s'étaient succédé sur son ordinateur. Ses rêves étaient peuplés de perroquets qui mangeaient du maroilles, de chimpanzés furieux et de Juifs néonazis. Il en avait mal au crâne jusqu'au sommet de la nuit.

Chapitre 5

« Cette semaine, votre temps d'écran a été supérieur de 8 % par rapport à la précédente, pour une moyenne de 6 heures et 56 minutes par jour. » Il était là, l'héritage de May. Elle, la fille toujours si connectée, droguée aux actus et aux stories Insta, branchée à ses followers et aux influenceuses – elle lui avait légué la seule chose qu'il voulait oublier de leur couple : l'addiction aux écrans. Depuis qu'il vivait seul, son rapport hebdomadaire empirait de lundi en lundi. La notification tombait à minuit pile ; à la différence de l'horloge de Cendrillon, sa fonction ne consistait pas à clore une soirée féerique, mais à inaugurer une semaine de merde. Julien ne découvrait cette alerte qu'au réveil. À chaque fois, les chiffres s'envolaient, sauf qu'il n'y gagnait rien, bien au contraire : les 8 % étaient reversés directement aux écrans, ils les lui avaient volés, c'était comme une sorte d'impôt prélevé sur ses moments de vie. La notification prenait garde de ne pas le heurter, elle qui ne disait jamais : « Vous avez passé plus de temps sur votre smartphone que la semaine dernière. » Non, c'était le temps d'écran qui augmentait tout seul, comme une maladie, comme une tumeur qui enflait en lui ; oui, exactement, Julien était envahi par une vague de médiocrité, il souffrait d'une sorte de cancer de la concentration, il était contaminé par un venin secret, par un champignon qui pourrissait en lui et lui rongeait l'esprit.

8 % de plus-value. Six heures et cinquante-six minutes pendant sept jours. Sept fois sept heures, c'est-à-dire quarante-neuf, soit trois mille minutes ou deux journées entières. L'équivalent d'un week-end. La partie libre de son quotidien qu'il sacrifiait sur l'autel du rien. Viendrait un jour, inexorablement, où son temps d'écran occuperait tout l'espace. Alors il ne serait plus personne. Comme un monstre, son smartphone l'engloutirait pour de bon. Sans opposer la moindre résistance, il s'offrirait au processus, il se laisserait transformer en chose dans le plus grand silence et il n'y aurait plus de Julien Libérat, seulement un mutant à l'apparence vaguement humaine, un automate en proie à des machines de souffrance.

Vers la mi-juin, il y eut justement un dimanche où Julien se drogua de vidéos jusqu'au tournis. Ce jour-là, il n'essaya même pas de chercher l'inspiration. Tout juste arrivé chez lui, il déplia l'écran de son Mac, prêt à faire surgir un ouragan de visions. En même temps qu'il décapsulait une canette de bière, il ouvrit le fil d'actualité de Facebook et scrolla pendant des heures, laissant les images s'ajouter aux images, les commentaires aux commentaires, les vidéos aux vidéos. Toute cette bouillie se succéda dans un désordre absurde : pourquoi lui montrait-on ce chaton qui miaulait comme un connard dans une salle de bain ? Il eut à peine le temps de se le demander que son écran lui imposa les coups de gueule d'un influenceur qui dénonçait l'injustice, puis des vedettes exhibant leur vie de luxe dans un océan de vulgarité, et encore des chatons, des journaux qui annonçaient des faits divers, des comptes anonymes qui s'indignaient du fait divers, d'autres qui s'indignaient de ces indignations, ce qui suscitait toujours de nouveaux commentaires, des personnes sommées de donner leur avis sur tout et n'importe quoi, sur la politique et la thermodynamique, sur les accidents de voiture et les recettes de cuisine…

Le coup de grâce advint à dix-huit heures quand il découvrit un best-of de vidéos réalisées sur TikTok. Cette application chinoise s'était disséminée en Occident à cause des fameux « challenges » qui incitaient les utilisateurs à effectuer des chorégraphies sur un tube du moment. Julien en était à sa quatrième bière quand il tomba sur une compilation. Des centaines de silhouettes se mirent à exécuter les mêmes danses devant lui. Ces pantins ne semblaient même plus savoir ce qu'ils copiaient au juste. Ils étaient des imitateurs qui imitaient d'autres imitateurs. Les uns faisaient comme les autres et les autres comme les uns. Devant ce best-of, il eut l'impression qu'un seul être humain changeait de visage toutes les dix secondes. Tantôt il prenait l'apparence d'un gosse de huit ans, tantôt d'un vieillard qui, pour réjouir ses petits-enfants, se dandinait avec des airs de clown désemparé. Et peu à peu, ce spectacle rapetissait Julien en direction de l'enfance ; il finissait par s'y voir, lui aussi, en train de muer en marionnette folle.

Il existe un moment, quand on a trop scrollé, où l'on cesse d'être soi, où tout revient au même. Les images défilent tellement vite qu'il n'y a plus de mouvement. Les bruits des vidéos stridulent si fort qu'ils aboutissent au silence. L'homme-zombie se résigne : son cerveau est une clé USB qu'il branche à un ordinateur. Les rôles s'échangent. On donne toute son énergie à une machine, on devient son miroir et c'est elle, désormais, qui détient l'esprit de son détenteur. Elle pense, parle et gesticule à sa place. Elle lui dicte ce qu'il doit désirer. Elle rythme sa conscience et précède ses envies. Plus vivante que lui, elle s'empare de son être et le change en mollusque. Au départ, il y avait un homme et un ordinateur. Voici qu'ils se sont aliénés l'un l'autre, voici qu'ils respirent ensemble et forment une entité commune, voici qu'ils se mélangent et donnent naissance à un homminateur.

Julien en était là, exactement là, à ce point de rupture où il disparaissait. Comme chaque soir depuis trois mois, il avait gâché sa journée. Tandis qu'il se vidait progressivement de lui-même, tous les danseurs de TikTok pénétraient dans sa tête. Ils entraient à l'intérieur de ses yeux comme des pirates à l'abordage. Ils valsaient sur ses neurones, ils dansaient dans son crâne, ils faisaient la nouba à l'ombre de son front. Piétinant ses méninges, sautillant en désordre, ils déglinguaient son cerveau sans le moindre scrupule.

Tout immobile qu'il était, Julien ne résistait plus. Hypnotisé par son écran, il se sentait en pleine ébullition. Il avait envie de se défouler sans lever le petit doigt, de gigoter comme un fou et de rester avachi devant son ordinateur. Il brûlait d'une fête qui n'avait pas eu lieu.

Des bébés ricanent déguisés en peluches
Une actrice s'indigne et récolte ses likes
Des chatons s'égosillent à miauler dans le vide
Et retournent au néant dont ils sont provenus

D'un seul coup de souris je vous fais disparaître
Vos images enragées tombent en chute libre
Sautant par la fenêtre de navigation
Elles se sont suicidées vers le bas de l'écran

Vous voici arrivés tout au fond de ce gouffre
N'ayez crainte ! Vous serez à votre juste place
Dans ce lieu sans humains où le réel expire
Bienvenue, chers zombies, auprès de l'Antimonde

Chapitre 6

« Connaissez-vous l'Antimonde ? Le seul jeu vidéo que vous allez préférer à la vie ! »

Il faisait déjà nuit quand, entre deux posts insignifiants, cette publicité s'afficha sur le fil d'actualité de Julien. D'habitude, les publicités... Il n'y prêtait jamais attention, se contentant d'y jeter un coup d'œil agacé et de redoubler la vitesse de son scrolling pour les faire disparaître. Toujours la même histoire, les promotions sur Facebook. Ou bien des ventes discount aux tarifs mensongers, ou bien des applications soi-disant formidables qui ne servaient à rien, surtout quand il s'agissait de jeux vidéo : *Empire of Middle Age*, *Vampire Network*, *Fight Story in a Castle*, *Infinite Japan War*, ces labels lui cassaient les pieds d'avance. À chaque fois, les annonces de games en ligne déployaient les mêmes marqueurs visuels. C'étaient de courtes vidéos, d'une dizaine de secondes, où un avatar bidon pourchassait des ennemis grotesques qui s'agitaient comme des Schtroumpfs, le tout dans un univers gothique et pseudo-chevaleresque.

Mais l'Antimonde, ce nom lui rappelait vaguement quelque chose. Une sorte de jeu de rôles ou de réseau social qui portait une désignation étrange : un « métavers », s'il se souvenait bien. Il avait vu passer pas mal d'articles à propos de ce truc qui, semblait-il, suscitait sans cesse d'intenses polémiques. Sans doute aussi ses parents lui en avaient-ils parlé lors de leur dernier déjeuner, au détour d'un débat sur le « monde d'après ». Par curiosité plus que par enthousiasme, il cliqua sur la publicité. On y voyait un type assis à son bureau. L'homme semblait sûr de lui ; on aurait cru qu'il n'était pas là pour vendre un produit mais pour se valoriser lui-même, n'hésitant pas, dans cette logique, à heurter les potentiels consommateurs. Pour tout dire, il se montrait parfaitement antipathique, et ce dès les premières secondes :

– Si vous regardez cette annonce, c'est que vous êtes en train de gaspiller votre temps sur les réseaux sociaux. Alors, puisque vous en êtes là, permettez-moi de me présenter. Je m'appelle Adrien Sterner et je suis connu pour avoir créé le premier métavers grandeur nature. J'y ai reproduit la réalité, la vraie réalité, l'entière réalité dans ses moindres détails. *Toutes* les rues de *toutes* les villes de *tous* les pays du monde sont imitées à l'identique, mieux que sur n'importe quelle maquette 3D. En gros, j'ai réussi à construire une planète B virtuelle où *tout* est bien meilleur que chez vous. Là-bas, l'univers vous appartiendra, *toutes* les possibilités seront grandes ouvertes, absolument *toutes*, j'insiste bien sur ce point : dans l'Antimonde, votre anti-moi pourra *tout* faire, il réalisera *tous* les fantasmes que le monde ne vous permet pas d'accomplir. Grâce à moi, vous aurez oublié la sensation de l'ennui. Puisque votre vie n'a pas l'air palpitante, je suis heureux de pouvoir vous en offrir une deuxième. Place à votre anti-moi, bienvenue dans l'Antimonde !

Sur le moment, Julien fut tenté de penser que ce Sterner en col roulé était un authentique charlatan, avec son aplomb digne des publicités où un guignol expliquait comment gagner 50 000 euros en dix minutes, sans compter sa manie d'enfoncer le mot « tout » dans chacune de ses phrases, comme pour mieux marteler sa propagande. Mais la vidéo poursuivait sur des vues aériennes où figuraient, en trois dimensions, des paysages plus vrais que nature, des quartiers entiers de New York, des boulevards parisiens, des autoroutes et des chemins de fer. On ne savait pas trop si ces panoramas correspondaient à un film de Yann Arthus-Bertrand ou à des images de synthèse. C'était sans doute le but, d'ailleurs, que de créer une telle confusion dans l'esprit des internautes, afin de leur montrer qu'en pénétrant dans cet univers, ils vivraient une seconde naissance.

Une seconde naissance... Se défouler dans un monde parallèle, créer un profil fantôme dans ce jeu d'adolescents boutonneux, y faire le mariole pendant deux ou trois heures, se vider la tête jusqu'à ce que le sommeil l'envahisse d'un coup : pourquoi pas, après tout. En cliquant sur «Créer un compte», Julien n'eut pas le sentiment de prendre une décision importante. Il achevait son dimanche comme il l'avait commencé, dans la plus parfaite indifférence. Il se lèverait certes un peu fatigué le lendemain matin, mais cela en valait largement la peine, c'était la première fois qu'un contenu, sur internet, contrastait avec ce qu'il avait l'habitude de voir.

À quoi pourrait bien ressembler l'avatar de son anti-moi ? Le jeu lui demandait de choisir sa physionomie, sa taille, son poids et d'autres caractéristiques de cette nature. Le premier réflexe de Julien fut de pasticher son propre visage. Minutieusement, il calqua ses traits, reproduisit ses oreilles en coquillage, sélectionna la bonne teinte de bleu pour ses yeux, parvint à reproduire ses cheveux bruns ondulés, et le résultat fut plus que précis. En scrutant son avatar, Julien n'eut pas seulement l'impression que son personnage lui ressemblait, mais qu'il s'était lui-même propulsé dans son ordinateur. Ce prototype digital sortait du même moule que lui. Comme un reflet vivant, il lui lançait des clins d'œil depuis l'intérieur de l'écran. L'anti-Julien n'était pas à son image ; cette image, il l'était.

Au moment de cliquer sur « Étape suivante », il se ravisa. La presque-beauté de son double l'agaçait. Tout était trop lisse là-dedans. Un physique laqué, sans défaut et sans charme. Julien aurait aimé voir, quelque part dans cette sorte de miroir, l'irruption d'une dose de laideur, l'apparition d'une cicatrice, l'évidence d'un vice, l'accident d'un trop grand nez ou des joues émaciées – bref, quelque chose d'excitant, d'absurde, d'un peu monstrueux. Chez lui, il n'y avait rien. Rien d'incroyablement grand, rien de spécialement petit. Uniquement des organes qui étaient à leur place. Une tête de premier de la classe en décrochage scolaire. Il fallait l'avilir, ce visage parallèle, y injecter une touche d'étrangeté, de quoi donner à son physique la matière d'une caricature. D'abord des cheveux blancs, puis un menton allongé en toboggan comme un croissant de lune. Et des balafres sur les joues, des crevasses sur le front, pourquoi pas une moustache hideuse. Voilà ce qu'il voulait voir ! Une tête avec une gueule qui l'amusait d'avance. Un bonhomme qui, rien qu'en montrant sa tronche, effraierait tous les autres joueurs.

Restait à lui trouver un nom. Julien ne voulait pas perdre davantage de temps. Faute d'idée personnelle, il cliqua sur Google News à la recherche d'un mot qu'il s'approprierait au hasard. Le premier article qui s'afficha parlait d'un fait divers lugubre : un meurtre commis en Moselle, où un mari jaloux s'était vengé de l'amant de sa femme. Vengé pour une femme… Vengé pour elle…

Vengel. C'était pas mal. À cause de la bière, cependant, ses doigts fourchèrent sur le clavier, si bien qu'il écrivit un « a » à la place du « e ». Le jeu lui demanda encore de sélectionner la ville où il voulait être projeté dans le monde. Sans hésiter, il demanda que Vangel habite comme lui rue Notre-Dame à Rungis, histoire de comparer cet univers à un référentiel qu'il connaissait par cœur.

En guise de dernière étape, il devait approuver le règlement intérieur. Julien le fit défiler sur son écran à la vitesse d'un générique, ne prenant pas la peine de le déchiffrer d'un bout à l'autre. Ses yeux s'arrêtèrent seulement sur un paragraphe étrange, où il lut que ce jeu n'était pas un jeu vidéo au sens strict du mot, qu'il y était interdit de dévoiler sa véritable identité, que les membres devaient à tout prix rester anonymes, faute de quoi leur compte serait supprimé. Il trouva cette exigence bizarre mais ne chercha pas à comprendre le pourquoi du comment ; il aurait tout le loisir, plus tard, de se pencher plus attentivement sur la question. Sa seule hâte, pour l'heure, était de cliquer sur « C'est parti ».

Sa première vision de l'Antimonde fut une chambre d'hôtel stupéfiante de réalisme. C'est bien simple, elle avait l'air beaucoup plus réelle que l'appartement où il résidait vraiment à Rungis. Sur ce point, d'ailleurs, il dut admettre que Sterner n'exagérait pas dans la vidéo de présentation. Cette plateforme recopiait bel et bien le monde dans ses moindres détails. Quel était donc le graphiste à coup sûr détraqué qui avait pris le temps de singer la réalité ? Pourquoi, par exemple, la kitchenette était-elle à ce point équipée ? S'agissait-il de nourrir le ventre électronique de son anti-moi ? Qui avait poussé le vice jusqu'à installer, sur le plan de travail, une centrifugeuse aussi sophistiquée ? Même lui, il n'avait jamais songé à s'en procurer une : s'il voulait du jus d'orange, il allait en acheter une bouteille, voilà tout. En quoi était-il important, pour que ce jeu soit amusant, que Vangel puisse passer des fruits factices au mixeur ?

Vangel sortit se promener. La rue Notre-Dame était la même, exactement identique à celle qui s'étendait sous sa fenêtre. Il la reconnaissait à chaque infime détail. Les petites maisons. Le quartier parsemé d'immeubles. Le garage Citroën. Le tabac de la place. Seulement, là-bas, dans cette rue imitée, il y avait plein de gens. Devant le bistrot qui faisait l'angle, la terrasse était pleine à craquer de gnomes qui bouffaient des pizzas électroniques, remplissant leur ventre de mozzarella pixellisée. Ils buvaient même du vin, ces lutins du dimanche. Et puis, partout, on voyait de la vie, du bruit, une atmosphère vibrante. Des jeunes qui jouaient au foot dans le square d'à côté. Des couples qui s'embrassaient sur les bancs. Des familles qui se promenaient. Des garçons qui draguaient. Tout ce qui manquait au Rungis réel s'était réuni là, dans cette féerie virtuelle.

C'était hallucinant de contraste. Julien se frotta les yeux, alla jusqu'à sa fenêtre et observa la rue en contrebas. Rien à l'horizon. Juste une silhouette qui trimballait des chiens. Les lampadaires éclairaient ce champ de solitude et de désolation. Allumés en vain, ils dispensaient leur lumière sur une chaussée d'absence. Et les piétons déambulaient ailleurs. Les boîtes de nuit, les restaurants, les amours, les sourires, les chants, toutes ces marques de vie se déployaient dans les ordinateurs. Julien retourna à son écran. Vangel passa alors devant l'espace Raymond-Devos. Dans l'Antimonde, ce bâtiment était pareil que dans la réalité, avec sa grande baie vitrée et ses rangées de chaises vertes. À une différence près : en trois mois, Julien n'avait jamais vu personne pénétrer dans ce centre culturel. Mais ici il y avait des dizaines de gens sur les chaises qui écoutaient une conférence. Ils se cultivaient, ces malades, par avatars interposés. Julien n'en revenait pas. Il tombait des nues et répétait bêtement : « Ah, les fous ! Ah, le con ! »

Un con parmi les fous. C'était lui le dindon de la farce. Le seul à tourner en rond le week-end dans des faubourgs déserts. L'abruti par excellence qui accueillait la nausée et l'ennui dans la prison de son appartement – pendant que les autres, eux, pas naïfs pour un sou, se réfugiaient donc là, dans ce dehors de la réalité.

Mais qui étaient ces gens ? Ses voisins, peut-être ? Était-il là, le rendez-vous secret des Rungissois ? Les habitants qui se cloîtraient le dimanche avaient-ils donc choisi une existence par procuration, tous aux abris du monde extérieur ? C'était impensable. Julien les connaissait, ses voisins. Des trentenaires trop occupés à changer les couches d'un bébé hurleur ou à se plaindre du bruit des autres. Des retraités hostiles à la technologie. Quelques jeunes, aussi, entraînés par le flux de la vie étudiante. Pas le genre à s'amuser pendant des heures sur un écran, sauf s'ils cachaient bien leur jeu… Oui, après tout, peut-être leur austérité de façade servait-elle de masque. De toutes les manières, cela n'avait aucune importance : il fallait rattraper le temps perdu.

Vangel continua l'exploration de son quartier. Il atteignit la place du Général-de-Gaulle où, dans le Rungis réel, se trouvait l'Enclume, une gargote qui portait bien son nom : on y bouffait de la viande en acier. Le menu, rédigé sur une ardoise, exhibait toutes sortes de fautes d'orthographe. En matière de plats du jour, il était question d'un « beuf bourguignon » à 23 euros ou d'un « cassoullet » à 19 euros. Julien n'allait dîner là-bas qu'en cas d'extrême urgence, quand il crevait de faim et qu'il était trop tard pour aller au supermarché. Un serveur hautain le faisait patienter pendant des lustres, le méprisant sans doute en raison de son âge, préférant en tout cas lécher les bottes des clients cinquantenaires. Julien commandait la « spécialité du chef », un « coq au vain » à 21 euros. Au bout de quarante minutes, on lui apportait une sorte de bol où un bout de viande encore à moitié surgelé marinait parmi des champignons qui, par leur texture et leur couleur moisie, s'apparentaient plutôt à des verrues. Il passait alors le restant du repas à charcuter ce coq en béton pour prélever çà et là des morceaux comestibles. À la hâte, il ingurgitait son enclume de plat et, en guise de marteau, le serveur venait lui demander de régler l'addition.

Mais dans le Rungis de l'Antimonde, l'Enclume n'existait pas. À sa place, Vangel trouva le Skylove, une boîte de nuit visiblement bondée. Sur le trottoir, les joueurs affluaient par dizaines. Des voitures de collection se garaient devant l'entrée ; en sortaient des avatars bodybuildés qui coupaient la file d'attente et posaient devant un photocall en embrassant des filles magnifiques, des bombes qui ne ressemblaient en rien aux habituées de l'Enclume.

Julien était curieux. À quoi pouvait ressembler une fausse boîte de nuit dans la réplique d'une ville où rien ne se passait de festif ? À Rungis, le seul endroit où sortir était le Loft Métropolis qui, situé à côté du Pondorly, donnait sur l'autoroute : sur les conseils d'un ami musicien qui y avait passé « la soirée la plus merdique qu'on puisse imaginer », il n'y avait jamais mis les pieds. Il était déjà tard mais Vangel se mêla aux night-clubbers qui piétinaient devant le Skylove. On le fit patienter pendant dix minutes – sur ce point, le jeu n'avait rien à envier à la réalité… – et il se retrouva nez à nez avec le videur. Une notification s'afficha : le tutoriel lui indiquait que, s'il croisait un autre joueur, il pouvait discuter avec lui par le moyen de la discussion instantanée; il suffisait de cliquer sur sa tête pour qu'une fenêtre de tchat s'ouvre automatiquement au bas de l'écran.

Le videur, délicatement nommé Bouledehaine, lui interdit l'entrée. Vangel décida d'engager la conversation :

– Bah, pourquoi je ne peux pas entrer ? J'avais envie de faire la fête, moi !

Bouledehaine lui répondit quasiment sur-le-champ :

– Mec, tu m'as pris pour ta pute ou quoi ? T'as cru que tu peux faire ce que tu veux avec moi ? Je suis videur et, avec ta gueule de cul, je peux te dire que je vais te vider darr darr ! Face à ta tronche, c'est la vidange direct ! La vidange totale ! Un record dans l'histoire de la vidange !

Bouledehaine avait le fiel romantique. Cet inconnu venait d'écrire tout un petit pavé à un homme qu'il n'avait jamais rencontré de sa vie. Il avait passé près d'une minute à rédiger ce message d'insultes, il avait pris son temps, il avait cherché l'inspiration, il avait réfléchi pour trouver des termes aussi incisifs que possible. Julien se demanda si l'internaute qui se cachait derrière Bouledehaine se prenait véritablement au sérieux. Dans le doute, il décida d'entrer dans son jeu. Après tout, il s'agissait de sa première interaction sociale.

– Monsieur le videur, svp, laissez-moi entrer. L'habit ne fait pas le moine. Je suis un homme au cœur tendre qui ne demande qu'à s'amuser.

Bis repetita, pendant une minute, le tchat lui indiqua : « Bouledehaine est en train d'écrire... », lequel lui expédia ses dernières trouvailles lyrico-pamphlétaires :

– Je vais t'en foutre, moi, du cœur tendre ! Je vais pas y aller par 4 chemains : ton cœur, je m'en branle sec. Tout ce que je vois, c'est ta tête de grand malade ! Tu t'es vu dans un miroir ? T'as mis ta bite sur ton menton ou quoi ? Et tes poil de couilles sur le bout du caillou ? T'es déglingos complet ! T'es claqué au sol, fréro ! Et puis tu veux faire la teuf mais combien t'as de fric, d'abord ?

Là, Julien botta en touche : il ne savait que rétorquer à cette question financière. Sur la page « Aide », il apprit que l'Antimonde disposait de sa propre cryptomonnaie, le cleargold, une devise virtuelle mais susceptible d'être échangée contre des euros réels. Il n'y pensa même pas – et préféra poursuivre sa conversation, en essayant de taquiner Bouledehaine avec ses propres mots :

– Zéro. Un grand zéro pointé. Un zéro à l'image de ton intelligence. Le même zéro que celui de ton absence de cheveux sur ton bout du caillou.

– Alors comme ça on se prend pour un caïd alors kon est moins riche qu'une mouche à merde ? Tu croyais quoi ? Que tu pouvais aller faire le matamore au Skylove et draguer de la gonz-gonz ? Et tu vas leur offrire quoi à boire aux meufs du Skylove ? L'eau des chiottes ? Un shot de produit vaissell ? Une bouteille de pichet directement venu des égouts ou t'es allé récupéré tes fringues de clodo psychopathe ?

« Une mouche à merde », « draguer de la gonz-gonz », « tes fringues de clodo psychopathe » : Bouledehaine lui parlait dans une langue que Julien connaissait très bien. La langue des haters. Le sabir de tous les anonymes qui, dans les commentaires YouTube, sur Twitter et partout sur le Net, déversaient des océans de haine sans aucune raison, vomissant toutes les vulgarités qui leur traversaient l'esprit. Le pire, c'était que malgré son orthographe et sa violence gratuite, il était flagrant que Bouledehaine tâchait de trouver des insultes originales, de convoquer des images inattendues – bref, qu'il soignait l'immondice de ses mots. À cette pensée, Julien ne put s'empêcher de rire. C'était la première fois qu'il riait à cause de son ordinateur.

Chapitre 7

Bientôt minuit. D'ici quelques minutes, les derniers restaurants fermeraient. Julien commençait à avoir faim, il venait d'avaler sa dernière canette de bière, la bière de trop, celle à cause de laquelle toutes les précédentes déclenchaient soudain le mauvais aspect de leurs effets secondaires comme un poison à retardement, lui creusant l'estomac d'une seconde à l'autre. Sur UberEats, il commanda un double cheeseburger chez Bledi Spot, à Fresnes. Dans la section « Demandes spécifiques », il précisa qu'il le voulait sans sauce ni tomates, prenant soin d'insister sur ce souhait : « Pourriez-vous svp ne mettre absolument aucune sauce ni ketchup ? (Je me permets de vous le demander ainsi car vous m'en aviez quand même mis la dernière fois.) Merci d'avance ! » Sa commande fut acceptée à minuit pile, c'est-à-dire à l'instant même où il reçut son rapport hebdomadaire de temps d'écran, qui n'avait augmenté que de 5 % : une baisse dans la vitesse de hausse, c'était plutôt bon signe. Le livreur, Kevin, avait d'autres livraisons en attente, il serait rue Notre-Dame dans légèrement moins d'une heure. Pas de problème, pensa Julien, pour une fois qu'il s'amusait un peu, il était hors de question qu'il aille se coucher tout de suite.

De l'autre côté de l'écran, Vangel continuait d'explorer l'Antimonde. Le coup de poing que Bouledehaine venait de lui administrer le faisait tituber, du sang perla au creux de son œil, puis s'écoula à grosses gouttes, dessinant sur ses joues un ruisseau de pixels écarlates. Sévèrement cabossé, l'avatar marchait beaucoup moins vite. Julien, touriste dans sa propre ville, en profita pour admirer ce Rungis virtuel. Ils ont vraiment pensé à tout, se disait-il au détour de chaque rue, sans savoir au juste ce que désignait ce « ils ». Sa remarque touchait juste. Le « ils » en question n'avait rien oublié. Ni les publicités qui vantaient les tarifs du rayon poissonnerie d'un supermarché local, ni les arrêts d'autobus, ni les potelets alignés sur le trottoir, ni les jardinières aux balcons… Tout était là, aussi « là » que dans une rue authentique, avec la même profusion de détails inutiles, d'objets presque palpables et de reliefs en trompe-l'œil.

Julien contemplait Vangel comme on regarde un téléfilm avant de s'endormir, sauf qu'ici, c'était lui qui l'inventait, son film, le film de son choix, une aventure improvisée au rythme de ses caprices, une fable que ses doigts échafaudaient en cliquant sur le clavier. La notice de l'Antimonde était relativement simple. Assez facilement, Julien apprit à s'orienter. Certes, la démarche piétinante de Vangel ralentissait le jeu. Mais ce temps mort ne coûtait rien à Julien, d'autant que cette promenade dans un quartier dont la monotonie l'eût pourtant ennuyé en temps normal lui procurait un plaisir indéniable. Sans doute était-ce le fait de marcher assis, d'être dehors-dedans et debout-allongé qui provoquait en lui cette sensation troublante. Les yeux ouverts, il rêvait en dehors du sommeil.

Kevin arriva avec le cheeseburger. Sans grande surprise, il débordait de ketchup, de moutarde et d'autres liquides plus difficilement identifiables, peut-être de la samouraï, voire de la harissa. On aurait presque cru que les gens de Bledi Spot avaient expressément inséré, entre les deux tranches de pain, une compilation de leurs sauces les plus piquantes, histoire de bien effacer le goût du burger en lui-même. Julien hésita à envoyer une réclamation ou à exiger un remboursement. Mais il se ravisa. Mieux valait ne pas prendre le risque de se retrouver, lors de sa prochaine commande, avec un burger au piment.

Il s'apprêtait à croquer sa première bouchée quand Vangel manqua de s'effondrer. Sa jauge de santé indiquait qu'il était harassé. Au même titre qu'un téléphone déchargé, il avait besoin de reprendre des forces. Par chance, une voiture était garée en face. Julien se demanda s'il était possible de la voler. Selon la notice, il suffisait d'appuyer sur les touches « v » et « alt » puis d'utiliser les flèches du clavier. Une fois assis au volant, il partit à toute blinde, brisant le rétroviseur droit contre une barrière de voirie.

Où aller ? Julien n'avait aucun projet, il suivait tous les panneaux qui se présentaient dans son champ de vision – « Playmobil Funpark », « Magasin Kiabi », « Centre pénitentiaire de Fresnes », « Intermarché Super », « Darty » –, excité à l'idée de découvrir à quoi pouvaient bien ressembler, dans l'Antimonde, ces lieux qu'il connaissait par cœur et qui, au demeurant, suscitaient sa plus extrême indifférence dans la réalité. C'est ainsi qu'il se retrouva à rouler à contresens sur l'A86, jusqu'au moment où il en eut assez de conduire. Arrivé au carrefour de la Croix de Berny, il ressentit l'envie de provoquer un accident. Il n'avait qu'à foncer sur le premier obstacle. C'est d'ailleurs ce qu'il fit : Vangel précipita sa pseudo-Ferrari contre les grilles du parc de Sceaux.

L'avantage dans l'Antimonde, c'était que tout allait très vite, les plus petits désirs s'enchaînaient sans laisser de place à l'ennui. Pour Julien, la nuit consista en une suite de tentations éphémères et de démangeaisons mouvantes : l'impulsif Vangel passait d'une curiosité à une foucade tandis qu'en parfait pousse-au-crime Julien le regardait faire et lui soufflait des idées. Au bout d'une heure, ils s'endormirent chacun de son côté, l'un en caleçon sous sa couette, l'autre en guenilles ensanglantées au beau milieu du parc, sur les marches du pavillon de Hanovre. Il faut croire que Vangel mourait de fatigue. Et pour cause… En moins d'une soirée, il avait provoqué un videur bodybuildé, puis on l'avait insulté et tabassé, alors il s'était enfui comme une bête traquée avant de voler une voiture, de conduire comme un criminel sur l'A86 et de perdre le contrôle du véhicule pour s'écraser contre les grilles du parc de Sceaux, ce qui lui avait donné l'occasion de faire vingt minutes de crawl dans le Grand Canal. Ça n'avait aucun sens et c'était formidable.

Là-bas, souvenez-vous, nous fûmes des esclaves
Tout était calculé pour appauvrir la vie
Des réseaux dictateurs nous tenaient sous leur joug
Ces puissances obscures aimaient nous abrutir
Elles nous isolaient au néant des écrans
Elles nous apprenaient à désirer nos chaînes

Considérez la terre où nous avons vécu,
La mémoire saturée par le trop-plein du rien
Les pupilles gavées du spectacle des ombres.
Oui, il fut un temps où nous ne parlions pas
En guise de jargon, nous avions des hashtags
Nous les vociférions, ces mots-clés sans serrures

La vanité régnait, n'oubliez pas ce règne
Et nous étions tirés humblement vers le bas
Étouffés ahuris décomposés transis
On nous interdisait d'assembler du langage
Les hashtags pullulaient pour nous assassiner
Ils condamnaient les mots à danser séparés

Ne perdez pas de vue ce que le monde a fait,
Haïssez l'univers d'où nous sommes sortis
Et parlez, maintenant ! Notre bouche est à nous
Ces dièses ont disparu qui nous liaient l'esprit

Hashtags

PARTIE II

NAVIGATION PRIVÉE

Chapitre 1

Le XXe siècle avait connu ses terres promises et ses eldorados. De New York à Moscou en passant par la conquête spatiale, de Disney à Neverland sans omettre la magie des Club Med et l'empire des night-clubs, les rêveurs de cette époque s'étaient déplacés d'extases romancées en euphories fantômes. Voyageurs toujours, follets idéalistes, ils avaient goûté à l'onirisme des évasions faciles. Cent ans après ne restait de leurs causes qu'un arrière-goût d'échec. Une migraine générale et un désir de s'envoler ailleurs. Toutes les conditions se trouvaient réunies pour qu'une résurrection emporte l'humanité vers un horizon neuf : celui du métavers.

À l'aube des années 2000, l'idée du métavers n'était encore qu'une utopie. On la découvrait sous la plume de Neal Stephenson ou dans des romans de science-fiction. Confinée dans les imaginaires, elle peinait à se concrétiser. En 1997, certes, Cryo et Canal+ furent à l'initiative du *Deuxième Monde*, une plateforme qui reconstituait en 3D le centre de Paris. Philippe Ulrich, son concepteur, présentait alors ce projet comme un big bang des temps modernes : l'ère des multimédias était à peine amorcée qu'elle se verrait bientôt remplacée par l'émergence des bio-jeux et de la cyber-vie, où des supports immersifs feraient office de nouveaux continents. Il n'empêche que *Le Deuxième Monde*, comme *Second Life* quelques années plus tard, ne tarda pas à s'effondrer : ses concepteurs avaient voulu aller plus vite que la marche de l'Histoire. À l'époque, les sociétés occidentales commençaient tout juste à maîtriser les écrans, puis les réseaux sociaux. Elles n'étaient pas encore préparées à se déconnecter de la réalité.

Adrien Sterner avait attendu près de quinze ans avant de lancer son propre métavers, qui vit le jour au meilleur moment, c'est-à-dire au printemps 2020. À cette date, cela faisait longtemps que Heaven, le studio de création qu'il avait fondé à sa sortie de l'École polytechnique, avait déjà fait ses preuves. Implantée à Bordeaux, cette jeune entreprise jouissait d'un prestige considérable dans l'univers du gaming. Elle s'était révélée au début des années 2000 avec *Driving Licence*, une simulation de course automobile d'une précision graphique stupéfiante. Puis l'essor fut exponentiel. Heaven put se targuer de n'avoir jamais rencontré d'échec commercial. Toutes ses productions mêlaient prouesse technologique, qualité visuelle et intuitions audacieuses. *Special Forces*, sorti en 2004, proposait une immersion dans les opérations commando les plus mythiques du XXe siècle. Au programme : de redoutables guérilleros boliviens à exécuter, des otages à délivrer dans les sous-sols d'une ambassade, des attentats à empêcher à la dernière minute… On apprenait ainsi l'Histoire en la vivant à la première personne. Mais c'est en 2006, avec *What If*, que Heaven s'imposa définitivement à l'échelle internationale. Le jeu se déroulait en 1940 et son concept consistait à réécrire le passé ; chaque utilisateur devait décider s'il voulait faire assassiner Hitler, déclarer la guerre au Japon avant Pearl Harbor, ordonner des bombardements préventifs – bref, avoir un impact, pour le meilleur ou pour le pire, sur le cours de la Seconde Guerre mondiale.

Quelle était la recette de ce succès fulgurant ? Comment une entreprise française avait-elle pu s'imposer en six ans dans le secteur vidéoludique, jusqu'à devenir l'égale des géants asiatiques ou californiens ? Dans les interviews que donna Sterner au cours des années 2000, il s'en justifiait avec un mélange de malice et de grandiloquence : « Je n'ai jamais vu, répétait-il de média en média, un seul de mes employés se plaindre d'être fatigué. Chez Heaven, personne ne travaille pour gagner de l'argent, ni par obligation. La motivation et le dévouement absolus, voilà les seules potions magiques qui fonctionnent vraiment… » Et il ne mentait pas. Les programmeurs qu'il recrutait correspondaient tous à un profil précis : des petits génies repérés à l'université, vierges de toute expérience professionnelle. Des geeks animés par la hantise de l'ennui, qui ne voulaient pas entendre parler de congés, de durée maximale de travail ou d'heures de repos. Sterner leur confiait d'immenses responsabilités pour leur âge. En retour, ces hyperactifs lui envoyaient des mails à trois heures du matin, profitaient du week-end pour prendre de l'avance et des nuits pour rattraper cette avance… Eux qui fabriquaient des mondes inventés, ils se vivaient tous, des stagiaires aux cadres, comme les pionniers d'une révolution majeure : ils avaient un pied dans le siècle d'après.

C'est à la faveur de cette ambiance d'ébullition permanente que Heaven parvint à décrocher, courant 2007, un partenariat avec Google. Fort de son entrée en Bourse, Sterner pouvait enfin s'attaquer à l'Antimonde, ce projet qu'il désignait comme « l'œuvre de sa vie », et que son studio de production ne pouvait réaliser sans l'appui d'un titan. Il s'agissait de construire le premier métavers abouti : un jeu aussi riche que la réalité. Jusqu'alors les jeux dits de simulation ne dupliquaient qu'un fragment du monde, reproduisant tantôt la course automobile (*Grand Prix Legends*, *Live for Speed*), tantôt la gestion d'une ville (*SimCity*, *The Settlers*), tantôt le vol aérien (*Flight Simulator X*), tantôt la vie domestique (*Les Sims*), tantôt la compétition sportive (*Virtua Tennis*, *FIFA*) – mais jamais la réalité dans sa globalité.

« Il faut aller jusqu'au bout de l'élan réaliste », écrivait Sterner dans un mémorandum destiné à présenter l'intuition directrice de ce qui deviendrait l'Antimonde. La simulation, pensait-il fermement, ne pouvait tolérer l'à-peu-près. Il lui incombait d'être aussi profuse que le monde, ce qui supposait de recopier ce dernier dans son intégralité, avec ses mégapoles et ses campagnes désertes, sa frénésie et ses temps morts. Si elle ne donnait pas accès à un territoire exhaustif, si elle n'offrait pas autant de possibilités (professionnelles, géographiques, sociales, sexuelles...) que la vraie vie, alors elle manquerait sa finalité. Le moindre parti pris personnel, la plus infime sélection menaient, par principe, à l'incomplétude, et donc à l'échec cuisant. Autrement dit, la simulation n'était pas une affaire de style : sa tâche consistait à cloner tout ce qui existait et à transposer ce tout dans un espace dépourvu de matière.

À la différence des magnats de la Silicon Valley, de Bill Gates ou d'Elon Musk, de Mark Zuckerberg ou de Steve Jobs, Adrien Sterner ne puisait pas son inspiration dans les utopies futuristes, ni dans les romans d'anticipation, mais dans la lecture du plus vieux livre du monde, la Bible. Ses biographes insisteraient tous sur une donnée majeure : né en 1975, le futur créateur de l'Antimonde avait passé son enfance en Dordogne, dans une famille catholique où, en guise d'éducation spirituelle, ses parents l'initièrent aux Évangiles. S'il fit preuve dès son adolescence d'un athéisme radical, il n'en demeure pas moins qu'il fut imprégné, presque malgré lui, d'une vision du monde profondément mystique, et que cet imaginaire ne cessa de hanter son esprit. « Un homme, s'en expliquerait-il dans une conférence TED, reste toujours prisonnier des illusions qui bercèrent son enfance, si archaïques soient-elles. » Tel était d'ailleurs le trait de son caractère qui lui offrait une longueur d'avance sur tous ses concurrents. Dans le domaine des high-techs, les ingénieurs étaient obnubilés par une appréhension moderniste du futur. Ce qu'ils célébraient, quand ils évoquaient le « monde d'après », c'était son côté « disruptif » : il faudrait, à leurs yeux, que les prochaines décennies transcendent le passé. Qu'elles l'oublient. Qu'elles le dépassent et le révolutionnent. Au programme ? Investir dans le tourisme spatial, dans la cryogénie, les implants cérébraux ou les voitures volantes. Avancer, chaque jour, vers les horizons du posthumain et du transhumanisme. L'idéologie de Musk ou de Zuckerberg n'était rien d'autre qu'un messianisme de la science-fiction. Une religion de la technologie.

Si Adrien Sterner se passionna très tôt pour le domaine du numérique, c'était bien davantage par nostalgie d'un autre messianisme : celui du Christ, ce héros d'enfance qui l'avait tant fait vibrer, ce personnage auquel il s'était identifié jusqu'à l'âge de raison. Combien de fois le petit Adrien avait-il organisé des prêches informels dans le préau de son école primaire, histoire d'annoncer à ses camarades de classe qu'il était la réincarnation de Jésus ? Combien d'heures avait-il passé à lire les Évangiles en s'y voyant déjà ? À combien de reprises avait-il répondu, quand les adultes l'interrogeaient sur son futur métier, qu'il serait le fils de Dieu ? Qu'un jour il opérerait à son tour des kyrielles de miracles ? Qu'il ressusciterait des morts, guérirait des lépreux, serait adulé des peuples universels ?

Comment, en l'espace de vingt ans, un futur messie devient-il un athée milliardaire ? En perdant la foi sans abandonner le besoin de croire en quelque chose : une force supérieure, une fulgurance intime, une délivrance secrète. Et ce salut, Sterner le rencontra dès son admission à l'École polytechnique, quand il décida de s'inscrire au cursus de programmation informatique. Il faut dire qu'à la fin des années 1990 le département d'informatique du campus de Palaiseau constituait un haut lieu de foisonnement intellectuel. Outre le climat d'émulation cérébrale qui imprégnait les futurs ingénieurs, l'ambiance s'y révélait électrique, presque prérévolutionnaire, à tout le moins comparable à celle qui régnait dans les salons parisiens du XVIIIe siècle. Dans les amphithéâtres, les professeurs s'exaltaient en expliquant le fonctionnement des codes et du système binaire. Ils s'enfiévraient d'initier les auditoires aux ressources de l'interopérabilité ou à la magie des algorithmes, toujours plus performants. De semestre en semestre, ils devaient actualiser leurs cours afin de tenir compte de telle ou telle innovation qui rebattait toutes les cartes. Continuellement, les ordinateurs gagnaient en puissance ce qu'ils perdaient en complexité. Les serveurs se simplifiaient à vue d'œil, leur usage devenait de moins en moins fastidieux, tandis que leurs capacités ne cessaient de croître. Les bases de données poussaient vers l'infini leur étendue de stockage. Les systèmes de messagerie s'amélioraient à merveille. Surtout, les consommateurs répondaient à l'appel du web : les sites internet se multipliaient comme des drosophiles. Pour toutes ces raisons, les savants de l'École polytechnique étaient intimement convaincus d'assister à un événement extrêmement rare dans l'histoire de l'humanité. Non qu'ils eussent l'âme romantique. Mais ils ne doutaient pas de cette métamorphose. À l'aube du troisième millénaire, les conditions technologiques leur semblaient réunies pour qu'un immense bouleversement, technologique et sociétal, renverse les fondements mêmes de notre civilisation.

Dans sa chambre d'étudiant, Sterner ne conservait qu'une poignée d'ouvrages, tous liés à la parole du Christ. Tandis que ses camarades se prenaient de passion pour Isaac Asimov et Philip K. Dick, lui ne quittait pas ses livres de chevet, les mêmes depuis ses sept ans, qu'il continuait pourtant de fréquenter en boucle. Chaque soir, avant de s'endormir, il allumait une bougie et ouvrait un volume dont la reliure en maroquin commençait à s'effriter : l'Apocalypse de Jean. L'esprit encore galvanisé par ses cours de programmation, Sterner décryptait les prophéties de ce « serviteur de Dieu ». Au chapitre IV, par exemple, Jean restituait l'une de ses visions : « J'ouvris les yeux, écrivait-il, voici qu'une porte s'ouvrait face à moi dans le ciel et qu'une voix promettait de me communiquer les secrets du futur. » Les secrets du futur... Cette expression secouait Adrien, l'empêchant de glisser vers l'univers des songes : comment se figurer l'imminence d'une révélation dont on ignore tout ? Au Ier siècle de notre ère, les auteurs de la Bible ne prédisaient pas seulement la résurrection des morts et le Jugement dernier. Ils fantasmaient surtout l'avènement d'une Jérusalem céleste, et donc d'une nouvelle terre, purement spirituelle.

Pourquoi ce portrait de la Jérusalem céleste fascinait-il autant Adrien ? Était-ce parce que, selon Jean, cette cité descendrait directement du ciel comme un cadeau de Dieu ? Parce qu'elle aurait des rayons de soleil en guise de monuments, des nuages à la place des pierres ? Parce que, pourtant, l'Apocalypse la dépeignait comme un faubourg réel ? Il y avait surtout ce verset, le plus étrange de tous : « ... la ville était d'or pur, semblable à du verre transparent. » Comment l'or et le verre pouvaient-ils fusionner en une apparition ? Sterner passait des heures entières à ressasser cette phrase, persuadé que la clé du mystère résidait dans ce symbole confus : l'or de Jean jaillissait du cristal, c'était un or qui captait la clarté et la laissait partir. Un or-lumière qui libérait les choses de leur carcan de choses. Sans matière et sans forme, celles-ci se réduisaient à l'éclat de leur évanescence. Pétries dans ce métal limpide, elles devenaient à la fois des vitres et des trésors, brillantes et translucides. Enracinées dans l'air, voltigeant comme des corps glorieux, elles défiaient alors la logique du réel. Désormais transmuées en trompe-l'œil authentiques, en apparences pures, elles faisaient mentir la soif de vérité. Était-ce pour cela que Jean comparait cette Jérusalem à une fiancée sur le point d'embrasser son amant ? S'agissait-il de montrer que ce paradis n'aurait rien d'une mère patrie ? Qu'il ne serait ni un foyer, ni une racine, ni un point de retour – mais un mariage, c'est-à-dire un départ, une projection dans le champ des possibles ?

Cette obsession venait-elle plutôt du fait qu'en se plongeant dans ces prophéties Sterner se représentait la Jérusalem céleste comme un immense ordinateur ? À mesure que la fatigue le gagnait, ses cours d'informatique se superposaient aux visions de Jean. À en croire ce dernier, les fondements de l'ultime Jérusalem mêleraient le jaspe et le saphir, l'émeraude et la calcédoine, la topaze et l'améthyste. Ses portes seraient des perles colossales et la ville elle-même scintillerait en l'absence des astres. Au milieu des venelles gicleraient des fleuves argentés, pousseraient des arbres mirifiques. On eût dit, à parcourir cette fresque où s'achevait la Bible, qu'elle décrivait une Jérusalem synthétique, modélisée à partir d'images tridimensionnelles qui surgiraient et se déformeraient au gré des algorithmes. Une Jérusalem entièrement virtuelle, peuplée d'infimes polygones susceptibles à chaque instant de changer de couleur et de s'agencer autrement. Une Jérusalem en mirage et en infographie qui juxtaposerait non des stèles ou des blocs, mais des polyèdres maillés les uns aux autres. Comme si les présages du Nouveau Testament se concrétisaient dans les interfaces numériques. Comme si l'émergence des écrans éclairait tous les mystères de l'Apocalypse. Cette cité à la fois aérienne et terrestre, cette contrée dorée et transparente, cette réconciliation de la matière et de l'âme, cette époque où toutes les existences seraient enfin préservées de l'oubli, à quoi ressemblaient-elles, sinon à l'invention d'internet ? L'idée de paradis s'était implantée en l'homme à la naissance des religions. À l'instar des maladies qui se déclarent au terme d'une période d'incubation, elle avait infusé longtemps avant de devenir un phénomène concret : un réseau cybernétique de liens artificiels. Et Adrien lui-même, ex-catholique et futur entrepreneur, n'était-il pas l'incarnation vivante de cet éblouissement ?

Dans quelques mois, 1999 s'achèverait. Le Christ fêterait ses deux mille ans. Voilà qu'il renaîtrait, désormais invincible : la révolution 2.0 signalait l'accomplissement de tous les rêves qui, depuis les origines, avaient fait palpiter les sociétés humaines. Pendant des siècles, et même des millénaires, ces aspirations s'étaient cristallisées en des religions ou des idéologies. Qu'il s'agît des Évangiles ou de Platon, de saint Thomas ou de Marx, la civilisation occidentale n'avait fait que sublimer son désir de paradis. Tantôt ce paradis prenait la forme du monde des idées, tantôt d'un tableau de Michel-Ange ou d'une utopie collectiviste. Parfois on l'appelait sagesse, parfois démocratie directe et parfois cité de Dieu. Mais le principe demeurait identique : l'espèce humaine habitait l'univers en essayant par tous les moyens de modifier les conditions de son existence. De génération en génération, elle s'était peu à peu arrogé la place de ses dieux, tâchant d'aller au-delà de la réalité, d'accéder à une autre existence. Surmontant les entraves terrestres, elle se construisait en permanence un monde de substitution : une sorte d'antimonde. Seulement, ce que Jean et les penseurs d'hier ne pouvaient pas savoir, c'était que cette apocalypse ne serait pas l'œuvre d'une quelconque providence, mais qu'elle émanerait de la programmation informatique. L'écran était le ciel, internet incarnait le Tout-Puissant et le numérique déployait la genèse d'une nouvelle histoire. D'ici quelques années, l'Antimonde sortirait du néant où il avait germé.

Chapitre 2

Quand Google signa un partenariat avec Heaven, Sterner décida de délocaliser le siège de son entreprise, anciennement situé dans un hôtel particulier au milieu du quartier des Chartrons, l'un des plus attractifs de Bordeaux. Cette adresse et ce prestige avaient longtemps servi d'étendard auprès des investisseurs. Mais, à présent que Heaven s'engageait dans un projet démesuré, les enjeux s'inversaient. L'obsession de rester discret remplaçait la soif de reconnaissance : pour éviter l'espionnage industriel et travailler dans la sérénité, il importait de se faire oublier, donc de déménager.

Les équipes de Sterner ne tardèrent pas à repérer une usine désaffectée qui occupait un terrain spacieux à la pointe du bec d'Ambès, à l'endroit exact où confluaient la Garonne et la Dordogne. Entourée d'entrepôts pétroliers et de bosquets obscurs, de citernes et de friches, ceinturée de fleuves et de panoramas, la zone ressemblait à un paysage postmoderne. L'usine fut rasée et Heaven y édifia un complexe de neuf mille mètres carrés, protégé par des murs élevés et des portiques de sécurité. Le building jaillit en quelques mois, toisant les alluvions. Sterner se réserva le dernier étage, avec baies vitrées, pour y aménager non seulement son bureau, mais aussi ses appartements. Car, tout milliardaire qu'il était, il appartenait à une nouvelle génération dans l'histoire du capitalisme : celle des P-DG qui existaient en moines. Moins bien vêtu que son propre assistant, détestant les palaces et les grands restaurants, plus austère qu'un fakir, le patron de Heaven ne rêvait que d'une chose : habiter là, loin de la ville et du bruit, en hauteur du réel. Comme un peintre qui dort en présence de ses toiles, il vivrait au beau milieu de son œuvre, cloîtré dans le chantier où se construirait peu à peu l'Antimonde. Son logement surplomberait l'estuaire de la Gironde. Tous les soirs, Adrien s'isolerait sur la proue de son paquebot figé entre les marécages. Là, il méditerait devant les fleuves confluents, capitaine inspiré d'un voyage sans fin.

Pendant onze ans, le nouveau siège de Heaven se mura dans le silence radio. Telle la chocolaterie de Willy Wonka, il fonctionna en autarcie parfaite. Les salariés, obligés de signer une clause de confidentialité, n'eurent pas le droit de rapporter le moindre document à leur domicile. Excepté les émissaires de Google, aucun étranger ne fut admis à l'intérieur du complexe, à commencer par les journalistes. Étonnamment, cette méthode paya : peu à peu, les magazines consacrés au gaming suggérèrent que Heaven perdait de l'envergure puis cessèrent d'en parler. Il fallait croire que l'idée reçue selon laquelle le mystère suscitait la fascination des médias était devenue fausse au commencement du XXIe siècle ; ces derniers, se félicitait Sterner du haut de son rooftop, ne dévoraient désormais plus que la viande des polémiques urgentes.

Entre deux élections et une poignée de drames, la décennie s'écoula dans l'indifférence et la clameur généralisées. En secret, les six mille employés de Sterner s'échinèrent à construire ce « jeu vidéo pas comme les autres », comme ils le surnommaient. D'année en année, tandis que se multipliaient les obstacles, ils prenaient la mesure de la mégalomanie du projet auquel ils s'adonnaient. La difficulté principale qu'ils rencontrèrent était d'ordre technique : comment synthétiser la totalité de la planète Terre ? Dans les précédentes productions de Heaven, l'environnement où évoluait le joueur, beaucoup plus restreint, était élaboré selon la méthode de la « génération à la main » ; des artistes et des programmateurs se chargeaient de l'inventer eux-mêmes. Il était hors de question de mobiliser cette méthode pour constituer chacun des arbres, des immeubles, des paysages qui composaient le monde. D'où la nécessité de s'appuyer sur des bases de données qui serviraient de matière première au travail des concepteurs. Telle était précisément la fonction du partenariat avec Google, qui autorisait Heaven à exploiter les images satellitaires de Google Earth. De surcroît, des informations photogrammétriques communiquaient l'élévation et le relief de chaque point du globe. L'enjeu consistait à utiliser des techniques de génération procédurale qui reconstituaient en trois dimensions les vues aériennes issues des bases de données. Le pari de Sterner, en somme, revenait à exploiter les ressources de l'intelligence artificielle et du *machine learning* pour calquer virtuellement le monde sans avoir besoin de le redessiner.

La seconde décision majeure que les équipes de Heaven durent prendre concernait le format même de la future plateforme : comment faire en sorte que l'Antimonde fût aussi accessible que possible ? D'un côté, Adrien Sterner insistait pour que ce métavers fût disponible sur le web, téléchargeable en quelques clics, y compris sur les ordinateurs les moins sophistiqués, et que l'inscription y demeurât totalement gratuite. De l'autre, l'Antimonde ne pouvait pas se contenter d'être un simple site, au même titre que Google ou que Wikipédia. Le but consistait, justement, à créer le web 3.0 : une nouvelle itération d'internet. Il s'agirait de proposer une expérience immersive où les gens auraient l'impression de devenir des hologrammes et de vivre à la première personne les aventures de leur avatar. Jusqu'alors, les écrans n'avaient été rien d'autre que des interfaces de représentation. Le métavers, quant à lui, serait un écosystème davantage qu'une fresque.

Il ne se contenterait pas de dépeindre, mais présentifierait le monde : il rendrait les images plus présentes que les choses. D'où l'importance des casques virtuels et des capteurs digitaux, bref des technologies de réalité augmentée, outils que seuls des consommateurs aisés pourraient se procurer. Après d'intenses tergiversations, il fut décidé que l'Antimonde existerait sous deux versions : sur un simple site internet pour le commun des joueurs et à travers des accessoires onéreux pour les plus chevronnés.

Le métavers de Heaven serait-il un support élitiste ou abordable et ouvert, disponible pour toutes les classes sociales ? Ce problème en soulevait un autre, encore plus épineux : la question de savoir quel type de société se constituerait au sein de l'Antimonde. Sur ce point, Sterner avait un dogme. Il tenait impérativement à ce que les avatars demeurent anonymes. Les études de marché suggéraient pourtant que 57 % des internautes auraient envie d'évoluer sous leur véritable identité à travers le métavers. Mais Sterner était formel : l'anonymat n'était pas un paramètre secondaire ou une variable aléatoire. Il constituait à ses yeux l'ADN du jeu, sa raison d'être et son axe nodal. Le critiquer, c'était remettre en question le projet tout entier. Aucun lien ni aucun pont officiels ne devraient exister entre les humains et leur double, entre le monde et l'Antimonde.

Dès 2019, pourtant, certaines voix, au sein même des équipes de Heaven, insistèrent auprès de Sterner pour qu'il renonce au principe d'anonymat. Thierry Saumiat et Patrick Olivien, directeurs adjoints du service financier qui travaillaient aux côtés d'Adrien depuis *Driving Licence*, étaient persuadés que ce principe nuirait à la dynamique du jeu. Lors d'un séminaire, ils tentèrent de le convaincre : toutes les analyses de marché, plaidèrent-ils, leur donnaient raison. Il fallait laisser le choix aux utilisateurs de dévoiler ou non leur identité. De la sorte, soutenaient-ils, les anonymes resteraient anonymes et les autres s'inscriraient à visage découvert ; tout le monde y trouverait son bonheur.

Ce jour-là, pour la première fois, Sterner donna libre cours à des passions que ses collègues ne lui connaissaient pas : le mépris et l'autoritarisme. Quand Saumiat et Olivien eurent fini de parler, Sterner demeura silencieux pendant une minute qui parut éternelle. Puis, les pupilles dilatées, il se leva subitement de son siège :

– Savez-vous comment saint Augustin définit une société humaine ? murmura-t-il d'abord en feignant de sourire.

Pour Saumiat et Olivien, Saint-Augustin était avant tout une station de métro parisienne, plutôt maussade au demeurant, sauvée par la présence d'un salad-bar et d'un club échangiste. Mais, diplômés de l'Essec, ils répondirent que oui.

– Votre oui veut dire non, poursuivit Sterner en jubilant de les voir rougir. Pourtant, *La Cité de Dieu* est un livre central, même s'il ne s'adresse pas aux startupeurs formatés... Saint Augustin y retrace toute l'histoire du monde à partir de l'opposition entre deux types de société : la cité terrestre et la cité céleste.

Dès que Sterner adopta ce ton professoral, Olivien et Saumiat se rétractèrent sur leur fauteuil comme des petits enfants. Et leur patron continua, toujours plus mandarin, toujours plus exalté :

– Une société, selon saint Augustin, n'est rien d'autre qu'un ensemble d'hommes qui aiment la même chose. C'est en ce sens qu'on parle de la « société des amis » de tel ou tel artiste : au sens littéral, les fans de Michael Jackson ou d'art contemporain constituent d'authentiques cités. L'amour d'un objet identique est l'unique ciment qui peut réunir des individus. Et si vous ne comprenez pas ça, vous passez totalement à côté de la différence entre internet et l'Antimonde...

Silence autour de la table. Au bout de trente secondes, Saumiat se risqua à demander pourquoi.

– C'est incroyable, répondit Sterner en grimaçant comme s'il venait de se faire insulter, vous travaillez dans les high-techs sans jamais vous demander à quoi servent les ordinateurs. Je suis désolé de vous le dire comme ça, mais vous êtes un con !

À cette insulte, c'est Olivien qui fronça les sourcils. Tous deux sentirent plus ou moins l'importance de ce moment : comme tant de milliardaires avant lui, le P-DG Sterner se muait en quasi-dictateur.

– À quoi internet a-t-il servi depuis sa création ? poursuivit-il emporté par sa verve. À rassembler les gens ou à les diviser ? À dépasser la médiocrité du monde ou à la conforter ? Je vous pose sincèrement la question : les réseaux sociaux procèdent-ils de la cité céleste ou de la cité terrestre ? Et nous, sommes-nous là pour répéter leurs échecs ou pour bâtir un métavers ? « Méta-vers », s'excita Sterner, cela veut dire aller « au-delà du réel » ! Dans le monde, les hommes ne pensent qu'à leur propre nombril. Orgueilleux, narcissiques, ils sont prêts à s'affirmer par tous les moyens, y compris les plus mesquins. Chez nous, les joueurs apprendront à vivre incognito. Ils goûteront aux charmes de l'anonymat. Tous cachés derrière des avatars, ils seront bien obligés de perdre leur amour-propre. CQFD.

Ce « CQFD » et ces insultes étaient sortis tout seuls, réflexes de Polytechnique et du CAC 40. Dans la salle, les cadres se regardèrent et n'osèrent rien dire. Après un long soupir, Sterner se rassit. C'est alors, et alors seulement, qu'Olivien et Saumiat comprirent pourquoi leur entreprise se dénommait Heaven : au paradis, on ne transige pas avec les volontés de Dieu.

Chapitre 3

L'Antimonde fut opérationnel à l'automne 2018. En raison de la mobilisation intensive des ingénieurs de Heaven, les travaux de conception avaient porté leurs fruits plus vite que prévu. Tout était donc prêt pour enclencher l'étape suivante : initier une campagne de communication massive avant d'ouvrir enfin la plateforme aux utilisateurs. Les choses, en somme, s'annonçaient au mieux. Ne manquait qu'une formalité : le feu vert du patron. Mais, bravant la pression des actionnaires, prenant le risque de se faire dépasser par un concurrent, Sterner ordonna de retarder l'inauguration de l'Antimonde. Tant que la nécessité d'un métavers ne s'imposerait pas comme une évidence à l'opinion publique, se justifiait-il, les marchés ne réserveraient pas à l'Antimonde l'accueil qu'il méritait. Obsédé à l'idée qu'un lancement hâtif répéterait le fiasco de *Second Life*, le P-DG de Heaven décida de s'armer de patience, quitte à ce que l'action de son entreprise sombrât. L'économie, se convainquait-il, n'avait rien à voir avec le poker : il fallait être sûr de gagner avant de s'engager.

Les faits ratifièrent la lucidité de ce choix téméraire. Moins de deux ans plus tard, quand le coronavirus se répandit sur la surface du globe, Sterner perçut aussitôt le potentiel commercial de cette épidémie. Le 10 mars 2020, il convoqua ses cadres à une réunion urgente. L'Italie venait de décréter un confinement sur l'ensemble de son territoire et, comme le précisait *L'Express*, cette mesure était sans précédent dans l'histoire du monde. Jamais aucun pays n'avait édicté de quarantaine à l'échelle nationale. Aussi ému que s'il venait de recevoir le prix Nobel, Sterner tirait les conséquences de cette situation : voilà un événement, misait-il à voix haute, qui rebattrait toutes les cartes du jour au lendemain.

À présent que l'Italie se confinait, ses voisins l'imiteraient tels des dominos. D'ici trois semaines ou deux mois, l'Occident entier serait paralysé, et peut-être le monde. Privés de liens sociaux, s'exaltait Adrien, les individus recourraient en masse aux ordinateurs, non seulement pour se divertir, mais surtout pour poursuivre le cours d'une vie aussi normale que possible. Peu à peu ils s'habitueraient à télétravailler. Ils boiraient des apéros sur FaceTime, danseraient devant des tutoriels YouTube, iraient à l'école sur Zoom, se nourriraient grâce à UberEats. Sans exception, ils deviendraient tous, y compris les plus technophobes, des geeks greffés à leur écran, c'est-à-dire des anti-humains en germe.

Ce changement de mœurs, prophétisait Sterner, jouerait le rôle d'un accélérateur économique formidable : il accentuerait la ruine de tous les secteurs professionnels déjà sur le déclin qui, sans le coup fatal de la crise sanitaire, auraient mis deux ou trois décennies à péricliter. L'aviation et le cinéma traditionnel, par exemple, ne s'en relèveraient pas, la première sacrifiée sur l'autel du carbone-free, le second remplacé par Netflix et les sites de streaming. De leur côté, les innovations les plus audacieuses se verraient stimulées, à l'instar des NFT, les fameux jetons non fongibles, ou des casques 3D. Dans ce contexte, l'occasion se présentait enfin de délivrer le métavers aux hommes.

– Chers amis, conclut Sterner avec une solennité de président élu, j'ai l'insigne honneur de vous annoncer que le temps est venu d'enfanter l'Antimonde. Nous allons avoir du travail, beaucoup de travail, afin que le jeu soit en mesure de paraître dans les trois prochains mois. Mais nous voici dans la dernière ligne droite.

Dix jours plus tard, Heaven fut la seule entreprise française qui ne se prêta pas à la règle du « sauvez des vies, restez chez vous » : ses cadres reçurent la consigne de se confiner au sein même du siège. Tout au long des mois qui suivirent, ce dernier connut une insolite agitation. À l'abri de ses remparts, il se transforma en base militaire. Des chambres de fortune furent aménagées dans certains open spaces pour y loger, pêle-mêle, directeurs généraux et stagiaires, analystes et designers. Sterner mit à disposition le salon de son appartement pour y établir une meeting room. On installa des espaces de repos, un terrain de foot et une zone de restauration. Et, dans l'illégalité la plus absolue, la société d'Adrien s'affranchit de toutes les règles sanitaires. Sans masques et sans scrupules, les salariés entamèrent une vie à l'abri des nouvelles interdictions. Travaillant près de dix heures par jour, ils enchaînèrent les réunions, prirent leurs repas à la cafétéria et s'offrirent même le luxe d'organiser entre eux quelques soirées musicales en toute impunité. Étant donné que la police n'effectuait jamais de patrouilles sur la presqu'île d'Ambès, ils savaient qu'ils ne risquaient rien. Et en effet, malgré le ballet de livreurs Deliveroo et de dealers qui défilaient sans cesse devant le portique du complexe, personne ne sembla remarquer qu'un État dans l'État s'était constitué à l'intersection des deux fleuves girondins.

Une semaine après la fin du premier confinement, Sterner convoqua une conférence de presse au siège de Heaven. Deux cents journalistes français répondirent à l'appel et près de quatre mille, américains ou asiatiques, suivirent l'événement en visioconférence. Aux côtés du P-DG de Google France, Adrien exposa l'obsession qui avait animé les concepteurs de Heaven. D'une voix sereine, il multiplia les assertions monumentales. L'Antimonde, clamait-il, serait le plus grand jeu jamais inventé par l'espèce humaine. Après ça, plus rien ne mériterait d'être créé dans le domaine du gaming. Il s'agissait d'un événement aussi important, voire plus, que l'invention de l'électricité, peut-être le seul du XXIe siècle qui resterait dans la postérité. Devant cette outrance décomplexée, l'assistance eut la tentation de ricaner. On ne savait pas, au juste, si Sterner se comparait à Neil Armstrong ou directement à Dieu. Quelques spectateurs dépités quittèrent d'ailleurs la salle sans attendre. Mais, au terme de son discours, Sterner fit distribuer des tablettes tactiles à chacun des journalistes, qui découvrirent ainsi le prototype de l'univers artificiel. Un silence religieux se substitua soudain aux gloussements. Et, quand un correspondant de *Libération* demanda sur quelles consoles le public pourrait se procurer ce jeu, Sterner atteignit le point d'orgue : l'Antimonde, martela-t-il, serait accessible via un site internet entièrement gratuit. Il regarda l'auditoire l'applaudir, donna une accolade au patron de Google et se détourna sans répondre à ceux qui le questionnaient sur le modèle économique qui permettrait à Heaven de ne rien coûter à ses consommateurs.

Les Échos consacrèrent un portrait à Adrien Sterner, «le grand gagnant de la crise sanitaire». Le quotidien saluait en l'Antimonde le jeu le plus ambitieux de toute l'histoire de la technologie et en Heaven une entreprise capable d'accomplir ses ambitions. L'auteur de cet article avait repris presque mot pour mot les éléments de langage de la conférence de presse, fait suffisamment rare pour être noté. Si de nombreux médias firent entendre le même son de cloche, certains esprits plus sceptiques trouvèrent matière à reproches : dans l'Antimonde, notaient-ils, il n'y avait pas de scénario, pas de missions (sinon les quatre qui servaient de tutoriel), pas d'histoire. Plus encore, il était impossible de perdre ou de gagner, si bien que cette plateforme ressemblait davantage à un réseau social virtuel qu'à un jeu au sens strict. D'autres critiques relevèrent que Heaven donnait naissance à un patchwork de tous les autres jeux de simulation. Personne, en revanche, n'accusa Sterner de narcissisme en se référant aux effusions d'orgueil de sa conférence de presse.

N'écoutant pas les recommandations du service marketing, ce dernier choisit la date du 2 juin, jour de la réouverture des terrasses de café, pour effectuer la mise en route du site antimonde.com. De prime abord, un tel choix paraissait suicidaire : après trois mois de privations, les Français allaient enfin quitter leur ordinateur pour boire un café au soleil. Mais Sterner s'entêta : « Vous verrez, promettait-il, j'aurai raison contre vos évidences. »

Le matin du D-Day, Sterner réunit toute l'équipe dirigeante dans la salle des écrans, un bunker dans le bunker tapissé d'ordinateurs et de LCD. À dix heures du matin, ils trinquèrent au café devant un buffet de viennoiseries. Quand survint l'instant fatidique du compte à rebours, certains concepteurs ne purent empêcher de laisser couler une larme. Dix secondes plus tard, la « planète B », comme ils l'appelaient entre eux, était inaugurée. Depuis une vingtaine d'ordinateurs, les membres de Heaven scrutaient les paysages virtuels qui attendaient de se remplir d'anti-humains. Pour l'instant encore vides, ils végétaient d'un air atone. Il y avait quelque chose d'étrange à contempler ainsi le monde vacant, abandonné de la présence humaine. Les métropoles se dressaient sagement, prêtes à recueillir la vie. New York, par exemple, rayonnait sur un écran géant. Rien qu'à regarder Manhattan, on avait l'impression de se perdre dans son délire de gratte-ciel et de rues alignées. À perte de vue, des immeubles échoués dans un désert urbain, éteints de solitude. C'était futuriste, presque inquiétant, de voir tous ces espaces modernes et dégarnis. De ces villes sans habitants, de ces étendues mortes, il émanait une impression sinistre. Un silence de fin du monde planait sur ces décors macabres.

Sterner et ses collègues savaient que c'était la dernière fois qu'ils contemplaient la Terre en l'absence de ses hommes. Pure, blanche de lumière, elle s'allongeait derrière les ordinateurs. À force de la surveiller, ils s'annihilaient lentement dans la vision de cet horizon brut. Elle était intacte, la nudité du réel, elle s'étalait à l'infini comme une écorce lisse. Rien ne venait la troubler, sinon l'avalanche imminente des nouveaux habitants. Ils déferleraient bientôt, les pionniers du virtuel. Là-bas, ils s'implanteraient jusqu'à tout recouvrir. Sur ce terrain immense, ils abonderaient de nulle part, sitôt arrivés et déjà décuplés. Chauffés à blanc par la hâte de jouer, ils apporteraient avec eux une énergie brûlante. Chaque territoire serait dans leur viseur. À terme, c'est le globe entier qu'ils maculeraient de leur bruit permanent. La porte serait ouverte au vacarme sans fin.

Une fois de plus, les faits confirmèrent les intuitions de Sterner. Contrairement à ce qu'avaient annoncé les médias et les tendances Twitter, la ruée vers les terrasses de café n'eut pas lieu. Au désarroi des restaurateurs, ces dernières n'accueillirent qu'une poignée d'afficionados habituels. Loin de la saturation prévue, elles restèrent à peu près vides tout au long de la matinée. Depuis la salle des écrans, Adrien jubilait.

– Vous voyez, hurlait-il, je vous l'avais bien dit ! Les restaurants n'ont manqué à personne. Les Français n'en ont plus rien à foutre, d'avaler un expresso à 2,50 euros sur des chaises en osier. Ils préfèrent que leur avatar vienne le boire chez nous !

Et il n'avait pas tort. En à peine deux heures, l'Antimonde s'était peuplé à une vitesse folle. Vers midi, le métavers avait déjà atteint la barre des trois cent mille comptes créés. Pour autant, personne, chez Heaven, ne parvenait à repérer des anti-humains sur les écrans plats qui tapissaient les murs de la salle. « Autant chercher une aiguille dans une botte de foin », grommelait un programmeur.

Sterner descendit téléphoner, s'éternisa dans le hall et alluma un joint. Quand il regagna la salle de réunion, les visages de ses collègues brillaient. Ils jubilaient devant le compteur qui affichait quatre cent mille inscriptions, soit l'équivalent de la population de Nice répartie aux quatre coins du monde. Romain Fermet, l'un des informaticiens de la bande, réussit à dénicher un avatar qui, roulant à moto sur le périphérique parisien, avait l'air de bien s'amuser. La découverte de ce premier homme déclencha des cris de joie, des « putain on l'a fait » et une déferlante de hugs.

Pendant deux mois, le taux d'inscription demeura stable, à hauteur d'environ huit cent mille par jour. À ce rythme, les cinquante millions furent vite dépassés. Il faut dire que le partenariat avec Google conférait à Heaven une visibilité internationale, si bien que, parmi les anti-humains, seuls 18 % correspondaient à des Français. L'Antimonde fut particulièrement apprécié aux États-Unis (23 % des utilisateurs) et en Asie du Sud. Globalement, les internautes tenaient toutefois à ce que leur personnage vécût dans un autre pays qu'eux. Les adresses IP françaises, par exemple, correspondaient souvent à des avatars résidant à New York, à Dubaï ou à Bangkok… Sans doute les joueurs choisissaient-ils des endroits où ils rêvaient de partir en vacances. Il n'empêche que, frôlant le milliard de comptes créés au printemps 2022, la plateforme devint un véritable monde alternatif : le tissu social s'était progressivement ramifié, de sorte que toutes les professions se virent représentées parmi les anti-humains. Les démocraties occidentales élisaient leur président (Muffin78 fut le premier à occuper la charge suprême en France), les institutions se développaient à toutes les échelles. Rien que dans l'Hexagone on dénombrait des milliers d'avocats, de commerçants, de procureurs, de policiers – et même des criminels, signes ultimes de la réalité.

Cette apparente normalité poussa des revues sociologiques à s'intéresser au profil des membres de l'Antimonde. On les comparait aux *hikikomori* japonais, ces civils de tous les âges qui, fuyant la pression du monde extérieur, se cloîtrent chez eux pour mener une existence où leurs seules interactions avec la réalité passent par les ordinateurs et la télécommunication. Mais les universitaires qui se penchaient sur le jeu vidéo de Heaven cherchaient essentiellement à répondre à un problème central : quels ressorts psychiques poussaient un individu à dupliquer sa présence au monde ? Fallait-il déceler dans ce comportement le symptôme d'un insurmontable désespoir ? Pour quelles raisons les membres de l'Antimonde passaient-ils plus de temps à s'occuper de leur anti-moi que d'eux-mêmes ? Certains analystes y virent une manière de contourner les mécanismes de reproduction sociale : pour ceux qui s'estimaient déshérités et qui n'avaient pas de perspectives d'avenir épanouissantes, le fait d'accéder à un quotidien bourgeois, même virtuel, offrait une sérieuse compensation. D'autres soutenaient au contraire que les anti-moi fonctionnaient comme des symboles normatifs ; les joueurs se projetaient en eux, si bien que les avatars jouaient un rôle de grands frères : ils guidaient les utilisateurs, leur montraient comment faire pour plaire aux autres, pour connaître le bonheur conjugal, pour trouver sa place en somme. Ces études sociologiques se confrontaient toutefois à un obstacle de taille. Étant donné que le règlement intérieur du site interdisait aux membres de révéler leur identité, il était impossible de comparer statistiquement la position sociale des internautes et celle de leur avatar. Par-delà cette difficulté, il y eut un consensus à peu près unanime chez ces intellectuels pour admettre que le succès de cette plateforme ne résultait pas seulement d'un besoin de divertissement, mais surtout d'une quête d'évasion, d'une soif profonde, pour ainsi dire métaphysique, de se glisser dans la peau d'un autre et de vivre autrement.

Le titre de la plateforme, au demeurant, était suffisamment clair. « Antimonde », ce mot désignait la nécessité de construire un univers qui incarnât un faux jumeau de la réalité. À l'instar du miroir qui retourne la disposition des objets qu'il reflète, transférant à droite ce qui se trouve à gauche et réciproquement, Heaven se devait de permuter les coordonnées de la vie. De rendre visible ce qui demeurait occulte. De cacher au contraire ce qui était omniprésent. De transformer les riches en pauvres, les chômeurs en millionnaires, les frustrés en partouzeurs, les libertins en prêtres, les moralistes en criminels, les timides en stars et les génies en fous. Ces aspirations, bien sûr, revenaient à inventer un monde sens dessus dessous, une Terre qui avait la tête en bas, un univers où les zones d'ombre de chacun remontaient à la surface – où les choses, toutes les choses, devenaient le contraire d'elles-mêmes. Là-bas, les utilisateurs eux-mêmes se révélaient chiraux : ils existaient à l'envers. L'Antimonde leur offrait la possibilité d'avoir une vie privée à l'intérieur de leur vie privée. Si bien qu'au soir où il s'y inscrivit, Julien n'était que le énième représentant d'une tendance globale : rebaptisé Vangel, voici qu'il rejoignait la contre-société croissante où se réunissaient les déçus du réel.

Chapitre 4

L'aube se levait sur le parc de Sceaux. En sortant peu à peu de la nuit, les arbres retrouvaient leur texture et leurs couleurs de la veille. Depuis les grilles, les promeneurs se déversaient déjà dans les allées bordées de topiaires : ils déambulaient autour du Grand Canal en observant les fleurs, ils s'entraînaient au sprint un chronomètre en main, ils rêvassaient devant les cascades au chant des rossignols. De part et d'autre de ce décor suave, le travail de la lumière se révélait absolument parfait. Directionnels, les rayons du soleil répartissaient à merveille leurs effets de shading. Aulnes et séquoias projetaient leurs ombres supérieures sur l'herbe des pelouses. Ni trop brillants ni pâles à l'excès, des cerisiers au relief adéquat entouraient le pavillon de Hanovre. Affaissée sur l'escalier, une silhouette contrastait pourtant avec l'élégance des autres visiteurs. Repoussant, l'individu redressait lentement la tête et toisait l'horizon. Semblable à un clochard ou à un fugitif, marinant dans ses loques, l'anti-moi de Julien venait d'ouvrir les yeux.

Julien avait attendu deux semaines avant de se reconnecter. Les soirs précédents, entre les cours particuliers et les concerts donnés au Piano Vache, il était rentré chez lui trop tard et harassé. Mais, même happé par la vie quotidienne, il ne pouvait s'empêcher de repenser à cet étrange jeu. Quelque chose l'intriguait depuis qu'il l'avait découvert. Dans le RER, un soir où Thibault Partene venait de lui remettre un chèque de 300 euros, il passa tout son trajet le nez dans son téléphone. Rédigée dans un jargon informatique, saturée de mots incompréhensibles («blockchain», «NFT», «asset», «crypto-actif»), la fiche Wikipédia consacrée à l'Antimonde regorgeait de détails. Une première section retraçait l'histoire de Heaven et la biographie d'Adrien Sterner, de son enfance à son ascension financière sans omettre ses visions mystiques. Puis l'article recensait les principaux usages qu'offrait ce métavers. Là-bas, les avatars pouvaient voyager, acheter des vêtements et même des maisons, fonder une entreprise ou commettre des meurtres, enseigner à l'anti-université ou s'entraîner à la plongée sous-marine, trouver l'amour ou se lancer dans une carrière politique... Bref, reconnut-il, Sterner n'avait pas menti : tout était vraiment possible sur sa cyberplanète. Mais la notice de Wikipédia allait beaucoup plus loin. Au détour d'un paragraphe, elle apportait une information qui attira aussitôt l'attention de Julien : certains internautes, indiquait-elle, parvenaient à gagner leur vie en jouant à l'Antimonde.

Il dut relire une bonne dizaine de fois l'article pour comprendre les tenants et les aboutissants de ce tour de passe-passe. Dans le métavers d'Adrien Sterner, toutes les interactions financières entre les avatars étaient opérées en cleargold, la cryptomonnaie conçue par Heaven. Jusque-là, rien de bien compliqué. Mais la nuance survenait dans la phrase suivante. Pour s'en procurer, expliquait Wikipédia, les utilisateurs avaient le choix entre deux options : travailler ou investir. Être un prolétaire ou un capitaliste. Dans le premier cas, les avatars décidaient de trouver un métier. Acceptant de bosser au service des autres, ils s'orientaient alors vers des professions laborieuses (éboueur, technicien de surface, plombier…) et s'assuraient un salaire d'environ 1300 cleargolds mensuels, l'équivalent du Smic. Mais, convertible en argent réel, le cleargold pouvait également être acheté. En moyenne, seuls 20 % des joueurs acceptaient de doper le compte bancaire de leur anti-moi. En ce cas, leur avatar se lançait dans toutes sortes d'investissements financiers : il acquérait une parcelle de terrain, faisait des placements fonciers, devenait businessman, commercialisait des tableaux numériques ou des albums musicaux sous forme de NFT, voire se prostituait s'il en avait envie… Et, au cas où leur fortune virtuelle croissait, les utilisateurs avaient la possibilité de la revendre contre des euros, avec la garantie d'une belle plus-value.

Depuis 2020, précisait Wikipédia, le cours du cleargold avait été multiplié par trois. À l'heure actuelle, il restait relativement bas. Un euro s'échangeait contre 33 581 cleargolds, si bien qu'il suffisait d'en dépenser 30 pour devenir millionnaire en tant qu'anti-humain. Et pour cause : étant donné que le métavers n'était peuplé que d'un milliard de joueurs, le taux de pénétration de son économie ne pouvait pas rivaliser avec celui des marchés réels. La cote de sa cryptomonnaie faisait encore pâle figure par rapport à celle du dollar, de l'euro ou même du yen. En conséquence, les denrées virtuelles étaient particulièrement abordables. Dans le secteur de l'immobilier, par exemple, les prix défiaient toute concurrence. Du fait de la sous-population de l'Antimonde, les métropoles n'étaient pas encore saturées : une villa en 3D à Neuilly coûtait à peine 94 euros. C'est sur ce point que la plateforme de Heaven offrait de belles opportunités. À supposer que le nombre d'inscriptions continuât d'augmenter dans les années suivantes, la rareté des marchandises virtuelles suivrait le mouvement de ce crescendo : bientôt, les appartements de l'Antimonde seraient aussi convoités que ceux des grandes villes. Tout laissait à penser que l'ascension du cleargold n'en était encore qu'à son commencement.

Qu'avait-il à perdre ? Les jours qui suivirent, hésitant à encaisser tout de suite son chèque ou à le ranger dans un tiroir, Julien pesa le pour et le contre : avec cet argent, Vangel pourrait obtenir 9 millions de cleargolds et acheter quatre ou cinq appartements dans le métavers. S'il parvenait à les mettre en location, son avatar aurait la possibilité d'emprunter une somme analogue auprès d'une anti-banque, qu'il réinvestirait aussitôt dans des appartements supplémentaires. À condition qu'il s'y prenne intelligemment, il réussirait à se constituer un joli parc immobilier et doublerait son capital avant la fin juillet. En misant sur une hausse du cleargold, son apport serait multiplié par trois ou quatre d'ici quelques mois. Au pire, dans le cas où Vangel ferait faillite, Julien aurait dilapidé son chèque : il aurait perdu 300 euros, mais quelle différence ? Cet aléa valait bien la perspective de les dépenser en « cassoulets » à l'Enclume ou en « burgers sans piments » de chez Bledi Spot. Au bout d'une semaine, donc, Julien fut convaincu : il capitaliserait sur le dos de Vangel. Et c'est avec cette arrière-pensée qu'il se retrouva, un matin, sur la page d'accueil de l'Antimonde, à taper son mot de passe.

Intitulée « Acheter de l'argent », la Mission n° 1 était facultative. Tandis que son avatar urinait dans le Grand Canal sous les yeux ébahis d'une dizaine de badauds, Julien transcrivit le numéro de sa carte bleue. Trente secondes plus tard, le relevé bancaire de son anti-moi comptait déjà sept chiffres. C'était bête, mais il ne put s'empêcher de ressentir de la fierté à l'idée que Vangel commençait sa vie dans les meilleures conditions, comme un héritier ou un gagnant du Loto, avec une abondance qui lui tombait du ciel. Derrière son ordinateur, Julien croisa les doigts. Les dés étaient jetés, il ne restait plus qu'à faire fructifier ces millions virtuels.

En matière d'investissements, il n'avait rien planifié. Tout au long de la matinée, Vangel sillonna la capitale, accumulant les visites dans toutes sortes de lieux : un loft minimaliste à Jaurès, un duplex donnant sur l'Arc de Triomphe, une péniche amarrée face au pont de l'Alma, un hôtel particulier jouxtant celui de Matignon, des garçonnières nichées sous les toits avec vue sur les Champs-Élysées… Après mûre réflexion, Julien opta pour l'hôtel particulier. En raison de son délabrement, il suffirait de le rénover et de le revendre ; cette réhabilitation lui rappellerait les *Sims* de son enfance, où il excellait à transformer une vieille masure en château de princesse. Puis il eut des regrets : à cause des travaux, il ne pourrait pas mettre son bien en location. Alors il décida de repayer 59 euros afin d'acheter davantage de cleargolds. Avec cette somme, il s'acquitta de trois studios dont les balcons dominaient le rond-point des Champs-Élysées. Dignes d'*Emily in Paris*, ces chambres de bonne plairaient à ravir aux anti-humains américains, qui paieraient à prix d'or pour dormir dans la « plus belle avenue du monde ». Selon ses calculs, ces achats lui rapporteraient 45 000 cleargolds par mois, de quoi acheter encore plus de studios qui lui prodigueraient autant de loyers, loyers qui augmenteraient ses capacités d'emprunt, capacités qui lui donneraient accès à d'autres actes de propriété, actes qui l'enrichiraient sans fin. Julien se leva se pour préparer un café : bientôt, espérait-il, l'Antimonde le paierait autant que ses cours particuliers.

Devant sa bouilloire et la boîte de Nescafé, il eut un second regret : le 26 rue Littré. Pourquoi son anti-moi n'avait-il pas visité le studio qu'il avait habité pendant cinq ans ? Maintenant qu'il y pensait, c'était par là qu'il aurait dû commencer, ne fût-ce qu'en l'honneur du symbole : si cet Antimonde portait bien son nom, s'il était le contraire de la réalité, alors ce lieu porterait chance à Vangel. Julien revint vers son ordinateur et recopia pour la troisième fois son cryptogramme : contre 16 euros, son anti-moi signa son cinquième contrat de la matinée.

Vingt minutes après, l'avatar errait boulevard du Montparnasse, toujours aussi mal vêtu, toujours aussi hirsute. Julien n'y avait pas songé mais, à présent que Vangel était multipropriétaire, ses finances se retrouvaient totalement à sec. Qu'allait-il faire en attendant le retour sur investissement ? Comment s'amuserait-il au sein de l'Antimonde ? Résigné, il acheta 2 millions de cleargolds supplémentaires, qu'il utiliserait pour son plaisir personnel. Tout compte fait, ce jeu gratuit venait de lui coûter 434 euros.

Chapitre 5

Comment dépenser 2 millions quand on entame un découvert ? D'un côté, l'application BNP Paribas notifiait à Julien qu'il allait dépasser les – 120, à cause de son chèque parti en fumée, c'est-à-dire en cleargolds. Elle avait meilleure mémoire que lui, la banque. Comme un journal de bord omniscient, elle lui rappelait, en souffleuse dévouée, chacune de ses consommations : la bouteille de vin achetée chez l'épicier, l'augmentation de sa facture d'électricité, les kebabs ou le Pass Navigo, tous ces paiements resurgissaient pour le paralyser. D'autre part, Vangel était plus riche que Julien ne le serait jamais.

Pire encore, Julien n'avait pas la moindre idée de ce qu'il pouvait bien faire de ce petit trésor. S'il était à la place de son anti-moi, se demandait-il, quel plaisir futile ou essentiel s'accorderait-il ? Quel caprice souhaiterait-il assouvir en premier ? Il avait beau se torturer les méninges, l'inspiration manquait. D'ailleurs, il n'était pas à sa place. Devant sa pizza Domino's refroidie, il ne ressemblait ni à un monstre ni à un millionnaire, encore moins à un monstre millionnaire. Si seulement il pouvait intervertir les deux situations… Mais il ne servait à rien de rêver : l'Antimonde lui offrait une fortune virtuelle, c'était déjà beaucoup.

Julien divaguait, il brassait ces pensées sans issue quand l'Air Caraïbes apparut à travers la fenêtre. Son fuselage luisait de reflets orangés. L'appareil survola Rungis en droite ligne avant de transpercer les nuages. Comme tous les soirs, l'avion pour Fort-de-France décollait à la même heure, donnant le coup d'envoi du crépuscule. Son empennage s'engloutit dans le ciel ; avec lui, c'était la journée que la brume avalait. Julien pensa à May, il l'imagina dans un de ces avions qui le narguaient en se hissant vers l'horizon. Telle qu'il la connaissait, elle avait dû s'endormir dès les premières minutes, quand l'appareil roulait encore sur le tarmac. Blottie contre l'épaule de son Sébastien, à quoi avait-elle songé au moment où elle avait fermé les yeux ? Son esprit planait-il déjà du côté de New York ? Pensait-elle à leur précédent voyage, et au gâchis qu'il avait inauguré ? À la manière dont elle était passée, sans transition, d'une histoire d'amour à une autre ?

Et lui, pourquoi moisissait-il dans une ville dont le ciel était harcelé par le bruit de mille décollages ? Les avions lui tendaient le miroir de tout ce qu'il n'était pas. Ils incarnaient pour lui des oiseaux, mais au sens propre du mot : il les observait de loin, ces projectiles hautains, tandis qu'ils fusaient vers le restant du monde. L'idée de s'asseoir à l'intérieur des hublots n'avait pas plus de sens que la perspective de s'endormir dans les entrailles d'un corbeau. Un avion, c'était une chose qui élevait le bec en diagonale et prenait de l'altitude avec perfidie, pour mieux rabaisser ceux qui restaient en bas. Ils décollaient les uns après les autres, ces vautours, pleins de bruit et de morgue, et toute cette poussée écrabouillait Julien, lui donnait l'impression de s'enfoncer toujours un peu plus dans son matelas dur jusqu'à se sentir totalement comprimé. Comme ces sorciers guinéens dont parlait Gainsbourg dans « Cargo Culte », il invoquait les jets, soufflait vers l'azur et les aéroplanes, rêvait de hijacks et d'atomisations. Sur son lit, raide devant tous ces envols, il repensait à son découvert à combler, à ce concert qu'il devait jouer au Piano Vache pour revenir à zéro. Revenir à zéro... N'avait-il pas d'autre objectif, dans la vie, que de revenir à zéro ? Julien exerçait depuis sept ans, sa situation sociale n'était pas vouée à évoluer et il courait en permanence derrière son compte en banque. C'était ça, son quotidien : compenser ses agios par des chèques qui fondaient sitôt encaissés – et, pour couronner le tout, contempler l'ascension des avions, ces condors métalliques qui le toisaient en montant vers le ciel.

Cette fois-ci, un mot d'ordre lui traversa spontanément l'esprit : Vangel voyagerait. La plupart des avatars utilisaient leur argent personnel pour acheter des voitures ou des vêtements ; pour sa part, il s'improviserait globe-trotteur. Comme May, il passerait son été à New York. Il n'y avait pas de raison pour qu'il n'ait pas, lui aussi, sa part du gâteau, quitte à ce qu'elle soit virtuelle. Sans plus attendre, Vangel prit un taxi. Plus jamais de toute sa vie mon avatar ne reviendra ici, se jura-t-il tandis que la voiture fonçait vers Orly.

Deux heures plus tard, son anti-moi le survolait. Quand l'avion fut à la verticale du centre-ville de Rungis, Julien leva les yeux vers le ciel pour constater son absence. Le site lui proposa de zapper la durée du vol et d'atterrir directement à New York. Mais il voulait prendre son temps. Un long moment, il demeura à se voir assis au premier rang de l'avion. À l'aide de la touche « Ctrl », il modifiait son champ de vision au gré de ses désirs. Sur les ailes du Boeing clignotaient les feux de navigation. La simulation recréait à merveille les sons de la cabine, le bourdonnement pressurisé, légèrement anxiogène, de cet avion de ligne. Dans l'écume des nuages flamboyaient des reflets d'un bleu presque électrique. Il partait pour l'Amérique, enfin pour n'importe où. C'était le commencement.

Chapitre 6

Vangel arriva à New York le 3 juillet au soir. Julien était resté éveillé pour assister au coup d'envoi de ses grandes vacances. Par rapport à ses souvenirs, le terminal de JFK n'avait pas beaucoup changé en deux ans. Toujours cette atmosphère d'ébullition permanente. Toujours cette impression d'entrer dans une autre dimension, où la vitesse se met en mouvement et le mouvement en vitesse. Toujours ces couloirs saturés de touristes. Toujours ces dalles en damier où ils s'étaient pris la tête dès leur atterrissage. Ce jour-là, May souhaitait gagner Manhattan en taxi, Julien objectait que le métro était moins cher – les ingrédients parfaits pour déclencher une dispute infinie : Tu ne vas pas commencer à radiner pour un moyen de transport… On dirait que t'as une calculette dans la tête… Déjà que j'ai accepté ton auberge de jeunesse, je ne suis pas venue ici pour compter les centimes… Au bout de vingt minutes, ils avaient trouvé un terrain d'entente : le shared-shuttle à 11 dollars.

À l'époque, il y avait eu tant de choses qu'ils n'avaient pas pu faire à cause de cet écart de budget : dormir dans un vrai hôtel, visiter le sommet du One World Trade Center, sillonner l'Hudson en bateau, dîner dans des grands restaurants. À chaque fois, May proposait à Julien de lui payer sa place. Il répondait que ça le gênait, qu'il n'avait pas envie de se sentir comme un parasite, des choses dans ce genre. Alors May capitulait et ils optaient pour une promenade, la seule activité gratuite.

Contrairement à Julien, Vangel avait la main large. Deux millions de cleargolds à dépenser n'importe comment : ses vacances s'annonçaient grandioses. Pour l'heure, l'avatar attendait son taxi devant le hall des arrivées. Dans quelques minutes, il serait à Times Square et aurait carte blanche : réserver les suites les plus luxueuses des palaces new-yorkais sans se soucier des prix… Louer une voiture de collection et rouler toute la nuit sur les avenues de Manhattan… Courir à Central Park, visiter le MoMA, danser en boîte de nuit, naviguer d'un désir à un autre, pérégriner pendant des heures, le tout sans jamais ressentir la moindre fatigue ni sortir de son lit. Tout cela serait virtuel, bien sûr, mais quelle importance ? Au monde que contenait l'ordinateur, il ne manquait qu'une chose, d'exister. Mais cette présence déficitaire était précisément ce que l'Antimonde avait en plus par rapport à Rungis. À vrai dire, c'était la réalité qui avait un manque en moins : il lui manquait de ne pas être là.

À cet instant précis, en observant Vangel monter dans son taxi, Julien comprit qu'il venait d'atteindre le point de non-retour. Désormais, il était devenu un geek. Un homme que la vie concrète rebutait. Un type qui se foutait des choses qui l'entouraient. Un possédé sur qui le monde n'avait plus de prise. May, le travail, *Ensemble et séparés*, le piano, Rungis, la canicule qui battait son plein : tout cela ne l'intéressait plus. Julien vivrait à travers Vangel, et ça lui suffirait. Il voyagerait pour de faux et en oublierait la grisaille de ses propres vacances. Au programme de la vie réelle ? Son album sur lequel il n'avançait pas d'un iota. Ses cours particuliers qui commençaient à l'emmerder de plus en plus. Et, le reste du temps, attendre la rentrée.

Car, contrairement à ce que disent les films et les publicités, les grandes vacances sont un cauchemar pour la plupart des Français. Il y a ceux, près de la moitié de la population, pour qui les congés n'ont rien d'exotique, puisqu'ils consistent à rester chez soi sans rien faire et à compter les jours. L'été résonne comme un mot creux : cela signifie qu'il fait beau dehors et qu'on ne peut pas en profiter. En guise de dépaysement, on se contente de suer. Le temps mort s'éternise. On se promène dans sa ville, on regarde les boulevards déserts et on se dégourdit autour du pâté de maisons. Il fait chaud, beaucoup trop chaud, les vêtements collent, on se renifle les aisselles et elles puent ; il est l'heure de rentrer prendre sa douche. De retour dans sa piaule, on appuie sur les stories des autres, on les observe à la plage en train de se prendre en photo. Pour penser à autre chose, on se branle un peu, puis beaucoup, enfin énormément, on s'écœure totalement du sexe devant des films pornos. On se bourre la gueule avec ou sans amis, on apprend à vivre au minimum, à ne rien ressentir. Finalement, les choses rentrent dans l'ordre : on s'emmerde tellement qu'on en perd tout désir, à commencer par la tentation du voyage impossible.

En ce 13 juillet, Julien en était déjà à sa troisième branlette de la journée et à sa deuxième douche. L'application météo indiquait que dehors la température dépassait les trente-cinq degrés. Julien ferma ses stores et se connecta à l'Antimonde : Vangel sortait tout juste de sa banque, située à Brooklyn, où il venait d'obtenir un prêt massif de 40 millions de cleargolds, somme qu'il investirait dans l'achat de trois cents places de parking dans l'Upper East Side. Le banquier n'avait pas hésité longtemps avant de lui accorder cet emprunt titanesque : avec une rente de 90 000 cleargolds par mois, les finances de Vangel illustraient à merveille les miracles de la cryptomonnaie. Depuis son arrivée à New York, cet immigré français avait gravi, un à un, les échelons nécessaires pour devenir un self-made-man honorable. De jour en jour, il avait accumulé les propriétés comme des petits pains. Refusant de faire dormir son argent sur des comptes ou de le flamber bêtement, il ne s'arrêtait jamais de réinvestir ses bénéfices. Et puis son projet tenait debout : dans l'Antimonde, les aires de stationnement étaient un bon filon. Contrairement à la réalité, où la valeur de ces biens était condamnée à baisser sous l'effet du réchauffement climatique et des politiques urbaines, les avatars raffolaient des bolides et des limousines. C'était leur manière d'exhiber leur importance sociale. Attachés à leur bagnole davantage qu'à leur appartement, ils n'avaient qu'une seule crainte : se la faire voler. Aussi, ils souscrivaient presque tous à des abonnements mensuels dans des parkings privés.

Après avoir dit au revoir au banquier, Julien fit un bref calcul : en moins d'une semaine, il avait multiplié sa fortune par deux, ce qui représentait un gain de 11 millions de cleargolds, l'équivalent de 400 euros. À ce rythme, il pourrait bientôt convertir sa fortune virtuelle en un salaire réel. Pour l'heure, Vangel devait encore s'occuper de signer des contrats. Mais Julien temporisa : son avatar avait bien travaillé. Il méritait quelques heures de repos, de flânerie agréable à travers les rues de Williamsburg.

Williamsburg était un district atypique, avec ses maisons toutes plus rouges les unes que les autres. Rangés comme des Lego, ces anciens bâtiments industriels reconvertis en refuges de hipsters alignaient sans fin leurs perspectives de briques. Rien ne les distinguait entre eux, sinon les fresques murales peintes par des amateurs de street art, où l'effigie de Mohamed Ali côtoyait celle de Bart Simpson et de Kanye West sur fond de graffiti caustiques. À force de s'égarer, Vangel dériva jusqu'aux quais de l'Hudson, où un immense pont tendait ses poutres en treillis vers les rives de Manhattan. C'était vraiment joli, peut-être un des plus beaux spots de New York à l'heure du crépuscule. Caché parmi les docks, un bar au style underground paraissait ouvert. Il s'appelait The Crocodile Kingdom. Ce nom sonnait absurde, Julien n'avait rien de mieux à faire, Vangel y pénétra : ce serait toujours l'occasion de se faire des amis.

Sous une lumière tamisée à l'excès, la salle principale était à moitié déserte. Il s'assit sur une banquette en velours. De part et d'autre, on y voyait à peine. Seulement des silhouettes furtives aux jambes dynamiques et, ici ou là, cinq ou six alcooliques qui descendaient des shots en matant les hôtesses. Après avoir passé sa commande, Vangel épia les lieux à la recherche d'un visage sympathique et son attention se porta aussitôt sur un bonhomme spectral, vautré sur une table du fond, qui fumait clope sur clope et ressemblait comme deux gouttes d'eau à Gainsbarre. Il eut à peine le temps de le considérer que ce dernier l'apostropha.

– Toi, mon p'tit gars, l'aborda-t-il en français, t'as une sacrée sale gueule, presque aussi laide que la mienne.

Ce timbre rocailleux et ce vocabulaire ne laissaient pas d'espace au doute. Julien cliqua sur le visage de cet étranger et son pseudo s'afficha : Serge Gainsbourg lui-même, en chair et en pixels.

Serge Gainsbourg était un PNJ, un personnage non joueur, qui s'exprimait en simulant les mimiques et la posture de son modèle, le vrai Gainsbourg. Aucun internaute ne s'occupait de le manipuler. Derrière ses faits et gestes, une intelligence artificielle décidait de son comportement. Cet avatar avait été créé dans le cadre de la vaste opération « Résurrection des morts » déclenchée par Sterner en 2021. Comme son nom l'indiquait, ce programme visait à ressusciter des stars défuntes au sein du métavers. Pour que l'Antimonde soit un vrai paradis, il fallait y faire revivre tous les morts illustres de l'humanité sous forme de deepfakes, c'est-à-dire d'avatars synthétiques élaborés par des logiciels d'hypertrucage. De Michael Jackson à Che Guevara en passant par Picasso, lady Diana ou Marilyn Monroe, Heaven avait ramené à la vie toutes les célébrités de l'histoire universelle.

Ce miracle était dû à quelques technologies de pointe : le visage de ces PNJ était reconstitué en 3D à partir d'une photographie, d'un tableau, parfois même d'un buste dans le cas de Jules César ou de Socrate. Quand on disposait d'archives sonores, l'intonation et la prosodie du personnage étaient également reproduites dans leurs moindres détails. En guise de paroles, les PNJ disposaient d'un stock de citations issues des phrases proférées par la star en question : il pouvait s'agir d'extraits d'interviews, de livres, de discours, de chansons... Dotés d'un système de *natural language processing*, les avatars remixaient ces citations à bon escient afin de pouvoir tenir une conversation normale avec n'importe quel anti-humain. En dignes chatbots, ils étaient capables de dialoguer avec un joueur, de comprendre ses paroles et d'y répondre du tac au tac. Grâce à ces procédés, non seulement les hologrammes avaient l'air réalistes, mais ils s'exprimaient et se comportaient bel et bien comme les défunts qu'ils imitaient. Avec ce programme, l'Antimonde devenait un musée immersif, un panthéon de revenants où les grandes stars d'hier fraternisaient avec les anonymes du jour.

L'hologramme de Gainsbourg était particulièrement réussi, avec sa veste aux rayures estompées et son jean défraîchi. Le fantôme du chanteur dégaina une cigarette en un réflexe éclair. Puis ce fut tout un jeu de mains entre son index et l'allumette qu'il frottait contre le grattoir sans même la regarder, comme si ses doigts obéissaient à un mécanisme instinctif. Tout en tirant sur sa clope, la mâchoire relâchée, il haussait le sourcil gauche en diagonale et tapait du pied dans ses chaussons de jazz. Les cheveux en bataille, le regard tout à la fois embrumé et lucide, il s'abreuvait de Martini. Seuls ses clignements d'yeux manquaient de naturel.

– Assieds-toi, mon coco, je vais pas te bouffer.

Vangel s'installa en face de son modèle. Comment entamer le dialogue avec un homme qu'on admire et qui n'existe pas ? Le tutoyer d'égal à égal ? Opter pour un « vous » révérent ? L'appeler « monsieur », « Serge » ou bien lui renvoyer la monnaie de sa pièce à base de « coco » et de « mon p'tit » ? Lui parler comme un fan, plus précisément comme un « fanatique » selon le nom qu'employait Gainsbourg ? Le bombarder de questions sur ses albums ? Le prendre plutôt pour ce qu'il était, un simple PNJ ? Après mûre réflexion, Julien se décida à l'apostropher comme n'importe qui, avec une accroche à la fois familière et sagace :

– Mais qu'est-ce que tu fous incognito dans ce bar miteux ?

– Je prends du recul comme un aquoiboniste. Dans les vapeurs de ma boisson, répondit Serge dans une double allusion à « L'Alcool » et « Intoxicated Man », j'vois mes châteaux espagnols et des éléphants roses. Je ressuscite, quoi...

– Oui mais pourquoi ici, à Brooklyn ?

– C'est ici que j'ai écrit ma plus mauvaise chanson. « New York USA », en 1964. Entre les percussions aguicheuses et les paroles affligeantes sur la hauteur des buildings, je crois que je n'ai jamais rien composé de plus bidon. Faut dire, qu'est-ce que j'étais con à cette époque ! Il y a des flash-back qui font mal, selon le feeling. Et ça, je m'en rends compte trente ans après ma mort.

– De quoi te rends-tu compte ? rebondit Julien en se prêtant au jeu.

Sans accorder la moindre attention à sa question, Gainsbourg se leva nonchalamment et se glissa derrière le comptoir où, volant la place des serveurs, il se concocta un Gibson : un zeste de vermouth, un fond de gin et deux oignons grelots. Il prépara son cocktail avec une dextérité de barman et le descendit d'un coup. Puis il s'affaissa sur son siège et reprit le fil de la conversation. Mélangeant les citations les plus connues du feu chanteur et les phrases inédites, le PNJ se lança dans une longue réplique :

– Tu veux que je te dise un truc que je n'ai jamais avoué à personne, à part à Pivot le 26 décembre 1986 et à Denise Glaser le 3 janvier 1965 ? J'ai passé ma vie à frôler l'idéal. Si je me réfère à ma vacillante mémoire, je crains d'avoir dès ma plus tendre enfance eu ce don infus de transfigurer mon art. De la peinture au jazz, du yé-yé au roman, des javas aux punks, du reggae aux paras, je n'ai jamais cessé d'osciller entre le rock sans prétention et la littérature. J'ai fait de l'alimentaire, catégorie caviar. Je regrette parfois de ne pouvoir effacer à 99 % tout ce que j'ai fait. Depuis que je suis mort, conclut l'hologramme en improvisant, j'ai profité de la tombe pour composer un aphorisme qui résume ma biographie : « Le succès est un échec raté. » Mais je ne suis pas là pour te réciter ma fiche Wikipédia : parle-moi un peu de toi, mon lascar.

Vangel n'avait pas de notice encyclopédique à réciter, ni d'autocitations à refourguer en bloc : il se présenta comme un « artiste manqué reconverti dans le business immobilier et dans l'appât du gain». Assez honnête, comme vision des choses. La formule parut intriguer Serge Gainsbourg. Ce dernier demeura mutique pendant de longues minutes, comme s'il réfléchissait à mesure qu'il enfilait les cigarettes et les Gibson. Quand il ouvrit enfin la bouche, l'ivresse l'avait gagné. La voix désarticulée, il marmonna à Vangel des segments de phrases qui se succédèrent telles des devinettes :

– Tu me fais penser un peu à moi… En mieux… En moins bien… En plus con… En plus décontracté… Une sorte de Gainsbarre sans Gainsbourg… Ou de Lucien Ginzburg sans Serge… Bref un type qui déprime au-dessus du jardin… Comme moi… Comme nous tous… Tu m'as l'air d'être névrosé comme il faut… Alors laisse-moi te donner un conseil… Si tu veux tout réussir, essaie de tout foirer… Moi, j'en ai connu, des bides et des autodafés… Des chefs-d'œuvre incompris par mes contemporains… Et des navets qui m'ont offert des Rolls… Tout cela n'a aucune importance… L'essentiel, c'est de mépriser ce qu'on fait… D'admirer ce qu'on loupe… De gâcher ses vocations… De se précipiter vers le contraire de soi… Quelque chose me dit que tu finiras par comprendre… Que tu deviendras comme moi… Un homme à la tête d'anti-humain… Moitié fantôme et moitié mec…

Tanguant comme un soûlard, Gainsbourg essaya de draguer la serveuse à coups de «*I want to fuck you*». Contrairement à Whitney Houston, celle-ci lui asséna une violente gifle. Juste avant de tomber dans les pommes, il eut le temps de sourire à Vangel, qui reçut aussitôt une notification : « Serge vous a envoyé une demande d'ami. » La première depuis son inscription.

Chapitre 7

Être ami avec un mort présentait des avantages et des inconvénients. Comme tous les PNJ de stars, Serge Gainsbourg adoptait un mode de vie très répétitif, frôlant le caricatural. Il se réveillait chaque matin dans une chambre d'hôpital, émergeant comme un zombie de son coma éthylique. Devant l'équipe d'infirmiers venus le sermonner quant à son alcoolisme, il promettait de ne plus jamais toucher à un verre. Puis, sitôt qu'ils avaient le dos tourné, le convalescent s'évadait en cachette et retrouvait ses « fanatiques » dans des bars où, après avoir proféré ses meilleures âneries et ses pires aphorismes, il tombait de nouveau dans les pommes. Cette boucle infernale était son paradis : éternel rescapé de la mort, Serge Gainsbourg n'en finissait pas de ressusciter Gainsbarre.

Chaque fois que Julien rentrait d'un cours particulier et qu'il rejoignait Vangel sur son ordinateur, ce dernier envoyait un message à son idole : « Toujours dans tes vapeurs, mon lascar ? » Trois fois sur quatre, le chanteur ne répondait pas. Ce silence indiquait qu'il dormait encore, sans doute sous perfusion, ou bien qu'il accordait son temps précieux à un autre joueur : tout virtuel qu'il était, il restait une vedette courtisée par beaucoup d'avatars. Alors, pour s'occuper, Vangel achetait des rooftops, visitait des galeries d'art et s'entraînait à la salle de musculation. Un jour où il s'ennuyait davantage que les autres, il s'avisa qu'à l'exception de la première, il n'avait accompli aucune des missions proposées par Heaven. Dans l'espace tutoriel, la Mission n° 2 l'attendait toujours. Baptisée « Opération Caïn », elle commençait par un texte d'introduction :

« Dans un monde où vous pourriez tout faire, aimeriez-vous assassiner quelqu'un ? Si la réponse est non, allez directement à la mission suivante, car celle-ci est facultative. Pour les plus inhumains d'entre vous, l'Opération Caïn représente un sacré défi. Le principe est très simple : je vous offre la possibilité de commettre votre premier crime. Abordez une personne inconnue dans la rue et assassinez-la au moment où elle s'y attend le moins.

« Attention ! Rien ne vous oblige à effectuer la Mission n° 2. J'insiste sur ce point : si vous préférez passer votre chemin, n'hésitez pas. Car, sitôt que vous aurez accepté l'Opération Caïn, votre anti-moi, jusqu'alors invincible, deviendra mortel. Il pourra, à son tour, se faire liquider à tout instant. Et, souvenez-vous, vous ne disposez que d'une seule vie. Bonne chance ! Signé : Adrien Sterner. »

Adrien Sterner avait souhaité incorporer cette mission à l'Antimonde afin de confronter les avatars à la grande question : celle du bien et du mal. Dans la plupart des jeux de simulation, les utilisateurs déchaînaient librement leurs pulsions de violence. *GTA*, par exemple, autorisait à commettre des massacres sanglants, et même des attentats. On y prenait son pied en tuant des civils dans une rue de Liberty City, en canardant des femmes et des enfants, en décapitant des vieillards ou en les brûlant vifs. Une option permettait même de coucher avec une prostituée, puis de l'assassiner et de récupérer son argent en guise de remboursement. Dans certains pays, ce fut la goutte de trop : *Grand Theft Auto* fut censuré. Quant à Sterner, il voulait que son métavers permette aux anti-humains de prendre des décisions morales. Voulaient-ils goûter à la saveur du crime ? Ou vivre dans l'innocence, immortels et candides ? En moyenne, 87 % des joueurs, soucieux de rester vivants, préféraient zapper la Mission n° 2.

En lisant cet avertissement, Julien, pour sa part, hésita longuement. D'un côté, Vangel vivait sa belle vie de multimillionnaire globe-trotteur, passant ses journées entre des palaces et des banques et ses soirées dans des bars punks à deviser avec Serge Gainsbourg en personne. L'idée de mettre en danger ce paradis artificiel ne l'attirait pas le moins du monde. De l'autre, Sterner avait raison : tuer quelqu'un, c'était une expérience unique, qu'il ne vivrait jamais dans la réalité. Voir un être souffrir sous ses yeux, l'observer pendant qu'il résiste, le déglinguer sans aucune raison, n'était-ce pas pour découvrir de telles sensations qu'il jouait à l'Antimonde ? Certes, Vangel mettrait sa vie en jeu, puisqu'il deviendrait mortel, mais une telle vulnérabilité ne rajoutait-elle pas du piment à la situation ?

« Oui, j'accepte la Mission n° 2, quel qu'en soit le prix. » Julien s'était résolu. Quitte à avoir une seconde existence, autant la mener dangereusement. Il lut aussitôt la notice de l'Opération Caïn et se lança dans l'aventure. Arpentant les allées de Central Park, Vangel appâta le premier avatar venu. Le sort voulut que sa future victime s'appelât Goldenheart, il l'apostropha en des termes classiques.

– *Good evening*, lui écrivit-il à travers le tchat, *how are you ?*

– *Very fine and you ? I'm on vacation in New York. What a bustling city ! Here, businessmen meet wanderers, scholars get on with thugs ! Today, I want to visit the zoo, why don't you come with me ?*

Julien ne parlait pas très bien anglais, mais suffisamment pour comprendre que Goldenheart avait en effet le cœur tendre. Il accepta sa proposition. Tandis qu'ils marchaient vers le zoo, un silence pesant s'instaura. De quoi discuter avec une inconnue en attendant qu'elle se fasse charcuter ? Vangel manquait d'inspiration. Il demanda à Goldenheart quel était son métier. Manque de bol, cette anti-humaine était businesswoman, comme lui, et détenait une fortune de 5 millions de cleargolds. Pour changer de sujet, il lui demanda ce qui l'amenait à New York. De pire en pire : elle recherchait l'amour.

– *And what are your criterias for a good story of love ?* l'interrogea-t-il dans une langue approximative.

– *Pulchritude is not my criterion. I'm looking for a man with a beautiful soul.*

Par-dessus le marché, Goldenheart était idéaliste. Vangel ne savait plus où se mettre. Il essaya de détourner la conversation, mais Goldenheart insistait pour lui faire des compliments.

– *You seem to be a nice guy, with a beautiful soul...*

À mesure qu'elle déclamait ces gentillesses, Julien commençait à sentir le poids de la culpabilité : pourquoi fallait-il qu'il tombât sur une proie aussi attentionnée ? Il hésita bientôt à choisir une autre victime. Mais, comme si l'Antimonde anticipait ses pensées, une alerte s'afficha en bas de son écran : « Attention ! Goldenheart a également accepté la Mission n° 2. Si vous ne la tuez pas en premier, cette anti-humaine vous assassinera. Bonne chance et adieu, au cas où nous ne nous reverrions pas... »

En découvrant cette notification, il se redressa sur sa chaise : une lutte à mort s'engageait. Ce crime devenait une question de survie. Alors qu'ils achetaient leurs billets au guichet du parc zoologique, Vangel ne laissa rien paraître. De son côté, Julien s'efforçait d'analyser la situation. Sur son ordinateur, la personne qui maniait Goldenheart avait dû recevoir la même alerte que lui. Elle savait qu'il tenterait de la descendre, il savait qu'elle aussi, elle savait qu'il savait, il savait qu'elle savait qu'il savait : la victoire reviendrait à celui qui attaquerait l'autre par surprise.

– *Honey, do you want to see polar bears ?*

Derrière ses airs angéliques, Goldenheart avait eu la même idée que lui : le jeter dans la fosse aux ours. Pour remporter ce duel, il fallait bluffer aussi bien qu'elle.

– *What brilliant idea*, répondit Vangel dans son anglais exécrable, *I had dream all my life to see these marvelous animals !*

L'enclos réservé aux ours consistait en une falaise de faux rochers. Imitant la forme d'un paysage de glace, le décor surplombait un bassin aquatique. Trois grosses bêtes y barbotaient sous les yeux enchantés du public. Devant la barrière qui séparait la pièce d'eau du public, Goldenheart s'émerveilla en contemplant les animaux :

– *These beasts are the cutest I have ever seen !*

Puis elle tint à dire à Vangel combien elle était heureuse d'effectuer cette visite avec lui :

– *I don't know how to thank you for accompanying me... Let me kiss you, my love !*

Enlaçant soudain Vangel, elle tenta de le pousser contre la rambarde. Mais Julien fut plus réactif. Aussitôt, il cliqua sur la touche « q » : grâce à ses séances de musculation, son avatar parvint à agripper Goldenheart sans la moindre difficulté. À l'aide des flèches de son clavier, il la hissa par-delà le garde-fou. Ne restait plus qu'à taper sur « x » pour la jeter dans l'enclos. Désespérée, Goldenheart se débattait en vain. Elle savait que son temps était compté et, à la hâte, elle lui envoya une salve de messages désespérés : « *Please !* », « *Vangel, I can't go on holidays, I spend my summer on this metaverse, don't kill me otherwise I loose everything* », « *I'll do whatever you want if you stop* ». Au moment où il s'apprêtait à la lancer par-dessus bord, elle lui adressa un dernier mot de détresse : « *No !!!!!* » Insensible à ses suppliques, il l'éjecta dans le bassin. Tandis que les ours la dépeçaient, le compte en banque de Vangel enregistra un gain de 5 millions de cleargolds et une énième notification s'afficha : « Mission réussie, bravo ! Je suis sûr que vous avez adoré cette expérience. » Après avoir bu un verre d'eau, Julien souffla : il avait sauvé sa vie, mais à quel prix ?

Chapitre 8

Vangel était donc mortel. Conséquence : à n'importe quel moment, un autre joueur pouvait le zigouiller. Rien n'était plus simple, il suffisait d'un coup de revolver ou d'une voiture-bélier, d'une bombe artisanale ou d'une attaque au poignard, le tout via un clavier d'ordinateur. Un meurtre par télécommande, en somme. Avec, à la clé, une expulsion immédiate de l'Antimonde, sans préavis ni deuxième chance. En gros, vivre à la première personne ce qu'il avait infligé à Goldenheart... Se connecter, comme chaque jour, pour vaquer à ses occupations. Tomber dans les rets d'un guet-apens. Se faire dézinguer à l'improviste par un maboul impitoyable. Se retrouver, au beau milieu de l'été, évincé du seul loisir disponible quand on ne part pas en vacances. Perdre à jamais son butin de cleargolds. Le comble de la malchance : game over sur fond de vie de merde.

Les jours qui suivirent l'Opération Caïn, Vangel resta cloîtré dans une suite du Mandarin Oriental à tourner en rond entre un lit king size, un espace salon et une terrasse qui donnait sur Broadway. Activité qui, pour Julien, ne présentait pas grand intérêt : à quoi bon s'enfermer dans son studio de Rungis pour que son anti-moi fasse de même dans une chambre d'hôtel, aussi luxueuse fût-elle ? Très vite, il s'ennuya. Parfois, après de longs moments d'hésitation, il sortait se promener sur Columbus Circle mais c'était pire encore. Sur ses gardes, Vangel rasait les murs, s'interdisant d'interagir avec les piétons qui l'abordaient dans la rue. Tous les dix mètres, il se retournait pour vérifier si quelqu'un de suspect le suivait. Aucune de ces précautions ne le rassurait pour autant : la menace pouvait surgir de n'importe où, d'un autobus conduit par un chauffard, d'un imprudent jetant un piano par la fenêtre, voire d'un policier prédateur… Alors il marchait jusqu'à la Trump Tower et, pris de panique, il rebroussait chemin au pas de course.

Un soir, Gainsbourg lui rendit visite dans sa suite. Passablement éméché, le chanteur était surtout remonté par l'attitude de son ami :

– Comment un gus comme toi peut-il avoir peur de la mort ? lui répétait-il en vibrionnant comme un fauve au milieu de la chambre. La mort devrait avoir pour toi le visage d'un enfant au regard transparent. Elle égratigne davantage qu'elle ne tue. Moi, quand j'ai fait ma crise cardiaque en 1973, tu crois que j'ai fait quoi ? Encore plus d'alcool et de cigarettes ! Alors imite-moi : prends ton courage à deux mains et dégage de cette chambre ! Le danger est l'unique antidote. Le seul moyen de conserver sa vie, c'est de la laisser aller à la dérive et de voir ce qui se passe après, conclut le PNJ en citant le script d'un court-métrage méconnu de Gainsbourg, *Lettre d'un cinéaste.*

Vangel lui expliqua ce qu'il perdrait en cas d'assassinat : une fortune estimée à 60 millions de cleargolds, et qui n'en était qu'à son commencement. À cet argument, Gainsbourg se ravisa :

– Ah, marmonna-t-il, si c'est pour ton fric que tu flippes, c'est une autre affaire. Moi, quand les paras m'ont foutu la trouille à Strasbourg, en 80, à cause de mon remix de *La Marseillaise*, j'ai demandé à Phify, un type du Palace, de me servir de garde du corps. Tu devrais y réfléchir, mon coco.

Julien se renseigna. Sur la page du forum jeuxvideo.com consacrée à l'Antimonde, il découvrit que certains utilisateurs, pour réduire les risques, recrutaient des gardes du corps. Les agents de protection étaient des joueurs surentraînés, des malabars capables de repousser n'importe quelle tentative d'assassinat. En raison de leurs compétences dignes des forces spéciales, le prix de leurs prestations était salé : il fallait débourser 120 000 cleargolds par mois pour s'offrir les services d'un officier de sécurité. Vangel estima que ça valait la peine. Il recruta deux bodyguards qui parlaient français, SuperBond008 et KillerNumberOne.

Chaque fois que Vangel se connectait, ses deux sbires recevaient une notification. Ils disposaient d'une minute pour se connecter à leur tour et partir au travail sur-le-champ, faute de quoi ils se verraient licenciés sans indemnités. Ces joueurs devaient donc être sans cesse à proximité de leur ordinateur et en état d'alerte maximale, prêts à se rendre immédiatement disponibles à toute heure du jour et de la nuit pour escorter Vangel dans ses péripéties. Le premier soir, afin de tester l'efficacité de ce dispositif, Julien se connecta à minuit : en moins de quarante secondes, les avatars de SuperBond008 et de KillerNumberOne se matérialisèrent dans la suite du Mandarin Oriental, armés jusqu'aux dents et opérationnels. Le tchat s'activa, ils attendaient des consignes :

– Bonsoir, patron, demanda SuperBond008, quel est votre programme, aujourd'hui ?

Aucune idée. Il n'avait pas de « programme ». Juste sortir un peu, profiter de la vie, jouer les touristes, aller à droite ou à gauche, partir à Chicago en train ou prendre l'avion vers un autre pays. Bref, suivre ses désirs et improviser. Seulement, là, il y avait des gens dont le boulot était de prévoir ses souhaits et ils attendaient une réponse, il fallait en donner une, la première qui lui vînt à l'esprit :

– Eh bien, je dois aller dîner au Minsay avec Serge Gainsbourg.

Minsay était « le restaurant le plus cher de New York », dixit le réceptionniste du Mandarin Oriental. Vangel ne le connaissait pas et, à vrai dire, il n'allait presque jamais au restaurant dans l'Antimonde : perdre une heure pour regarder un avatar se goinfrer de mets électroniques, quelle décision de cinglé ! Pourquoi n'avait-il rien trouvé de mieux à répondre ? Ses gardes du corps devaient le prendre pour un parfait abruti.

SuperBond008 et KillerNumberOne s'activèrent. Exfiltration de Vangel via une porte dérobée. Arrivée dans un parking souterrain. Installation dans une voiture blindée. Départ du Mandarin et trajet dans New York à cent kilomètres-heure, toutes sirènes hurlantes. Feux brûlés. Sens interdits bravés. La berline roulait comme dans une scène de film, en se faufilant entre les camions et en manquant de provoquer une dizaine d'accidents. Elle fit une halte au Lenox Hill Hospital d'où Gainsbourg fut exfiltré sur un brancard. Puis elle redémarra à toute vitesse en direction de Soho. Les deux agents spéciaux, l'un au volant et l'autre assis à l'arrière, s'envoyaient des noms de code via le tchat : « On lance la procédure colibri ? », « Dès qu'on arrive au point-cible, tu te charges de passer les alentours au radar ? », « Garde un œil sur le VIP quand on dépasse la zone sensible ». Tout ça pour que Vangel aille bouffer trois sashimis dans un restaurant de luxe avec un PNJ. C'était franchement ridicule.

Les jours suivants, toutefois, Julien commença à se prendre au jeu. Lui qui n'avait jamais eu de baby-sitter ni de nounou, lui dont les parents avaient toujours refusé de déléguer les tâches ménagères à qui que ce fût d'extérieur à la famille, il s'acclimata à cette situation. Donner des ordres, ce n'était pas évident pour un pianiste d'appartement. Mais, peu à peu, il apprit à imposer son autorité de manière naturelle. Le tout était de trouver le ton juste pour édicter ses caprices. Parler comme un enfant gâté. Ne pas avoir peur de déranger ses employés, de leur faire perdre du temps, de leur formuler des demandes extravagantes ou impossibles à réaliser : ils étaient précisément là pour ça – pour assouvir les lubies d'un mégalomane. Bientôt, Vangel entra tout à fait dans ce rôle. Chaque matin, il se connectait et ordonnait à ses bodyguards d'accomplir tout ce qui lui passait par la tête :

– Aujourd'hui, j'ai envie de partir à Mexico. Je veux y arriver avant midi, donc trouvez un moyen d'aller à l'aéroport en hélicoptère. Une fois à Mexico, je vais aller tester la piscine de l'hôtel Excelsior, qui m'a l'air fantastique. Je compte nager une vingtaine de minutes. Puis vous me prendrez un jet pour le vol retour dans la foulée. Il faut impérativement que je sois à New York avant la nuit car je dois retrouver Serge Gainsbourg pour l'accompagner à l'hôpital quand il tombera dans les pommes. Allez, trêve de bla-bla : au travail !

Aussitôt ses ordres proférés, SuperBond008 et KillerNumberOne s'exécutaient sans broncher. Pendant dix heures de suite, ils se pliaient en quatre et engageaient une course contre la montre dans le seul but que Vangel puisse tremper ses couilles dans une fausse piscine.

Au bout d'une semaine, grâce à une plus-value de 4 millions rapportée par la vente d'un triplex sur la 5e Avenue, il décida de passer un nouveau cap dans cette folie des grandeurs et de recruter vingt-cinq gardes du corps supplémentaires. Une véritable petite armée qui fût à son service. Un cortège de six voitures chaque fois qu'il se déplaçait. Deux ouvreuses équipées de gyrophare dernier cri annonçaient son passage, suivies de sa limousine personnelle qui précédait elle-même trois berlines remplies de mercenaires surarmés. Bien sûr, cela supposait de multiplier par dix les frais de Vangel, mais ces dépenses se justifiaient pleinement : à présent qu'il était un magnat de l'immobilier, son anti-moi suscitait toutes sortes de jalousies. S'il y avait un domaine où il ne fallait pas radiner, c'était bel et bien la sécurité.

Il était enfin un VIP. Une personne extrêmement importante. Quelqu'un qui provoquait des embouteillages quand il sortait de chez lui. Quelqu'un qui était supérieur à vingt-sept êtres humains, qui passait avant eux et les traitait comme des chiens. Quelqu'un à qui tout était permis et qui n'avait aucun compte à rendre. Quelqu'un qui ne faisait rien de ses journées mais qui avait du pouvoir, un pouvoir illégitime autant que délicieux. Quelqu'un qui déplaçait le monde quand il se déplaçait. C'était ça, l'importance : il existait, sur la planète Terre, vingt-sept individus – avec une vie privée, des désirs, des projets, peut-être une famille, sans doute des amis – dont les avatars étaient suspendus à ses décisions. Il avait, en permanence, la possibilité de modifier leur emploi du temps, de les retenir devant leur ordinateur pendant des journées entières, de leur imposer trois nuits blanches de suite… Et ces gens-là le suivaient, toujours aussi dociles. Ils lui appartenaient. L'Antimonde avait multiplié par vingt-sept l'importance de Julien Libérat. Quant à Vangel, il était le patron d'une entreprise qui ne servait à rien, qui ne produisait rien et qui brassait ce rien.

C'est dans ce contexte de chevilles enflées, de grosse tête et de melon décomplexé que, le 3 août, Vangel décida de se lancer dans la Mission n° 3 : « Réinventez l'amour ». La phrase venait d'Arthur Rimbaud et, à en croire la notice d'introduction qui s'afficha sur l'écran de Julien, le principe était clair : « Vous êtes riche, vous avez peut-être un passé criminel, que demander de plus ? De l'amour, pardi ! Votre mission est simple : faites l'amour avec 100 joueurs, à chaque fois dans des positions différentes. Bon dépucelage ! Adrien Sterner, pour vous servir. »

Chapitre 9

C'est seulement pour les besoins de cette mission que Julien se résolut à acheter un casque de réalité virtuelle. Sur son site, Heaven vendait une « panoplie de l'anti-humain » à près de 1 900 euros. Livrée en vingt-quatre heures, elle comprenait, outre le casque, un micro équipé d'un logiciel de *voice edit* ainsi qu'une combinaison haptique dotée de moteurs vibrotactiles permettant aux utilisateurs de ressentir à la première personne tout ce que percevrait leur avatar. Julien se contenta du casque qui coûtait 240 euros. Selon son descriptif, ce dernier englobait le champ de vision des personnages, offrant ainsi une expérience 100 % immersive. Pour faire l'amour, c'était la moindre des choses.

Notification : « Sexyanna vous demande l'autorisation d'effectuer une fellation sur votre sexe. » Vangel allait enfin se faire dépuceler. Dans une boîte libertine, qui plus est, et pas n'importe laquelle : le Babydolls. Posté au beau milieu de la 7e Avenue entre une publicité géante et un stand de barbe à papa, ce club pour adultes n'éveillait pas les soupçons. De l'extérieur, l'enseigne ne payait pas de mine. Elle ressemblait à celle d'un bistrot classique, voire d'un magasin de jouets. Sitôt que Vangel y pénétra avec sa cohorte de bodyguards, l'innocence de la façade s'évapora soudain : devant lui s'étendait un immense baisodrome où, agglutinés comme des mouches, les anti-humains copulaient avec n'importe qui et n'importe comment.

Pour cette Mission n° 3, Sterner et ses associés essayaient de relever un défi : ils aspiraient à faire entrer, enfin, la sexualité dans l'univers du jeu vidéo. D'un point de vue technique, la reproduction graphique de scènes érotiques était une tâche élémentaire. Nombreux étaient d'ailleurs les studios de développement qui avaient précédé Heaven sur ce terrain et qui flirtaient avec la pornographie : *Watch Dogs*, développé par Ubisoft, reconstituait très précisément les appareils génitaux des avatars, allant jusqu'à imiter différents degrés de pilosité en fonction des personnages, de la touffe abondante à l'épilation intégrale en passant par le ticket de métro. De même, il était très facile d'inventer toutes sortes de scénarios sexuels, y compris les plus borderline. Dans *Alpha Protocol*, le studio Obsidian Entertainment avait conçu une séquence où le héros se faisait violer par une femme fatale. Le problème, pour Heaven, résidait ailleurs : comment faire en sorte qu'un jeu vidéo provoquât le désir des utilisateurs ? Autrement dit, comment concurrencer le monopole de la pornographie dans le domaine de la sexualité factice ?

Quand Vangel entra dans le Babydolls, Julien enfila son casque et dodelina de la tête pour examiner les lieux. Visiblement, son arrivée avait fait sensation auprès des libertins. Avec son armada de mercenaires, il passait vraiment pour un VIP : était-ce une star ? Un milliardaire ? Un chef d'État étranger profitant d'un sommet à l'ONU pour se dévergonder ? De part et d'autre, des femmes allaient et venaient entre les groupes, toutes aussi moulées que les mannequins en silicone d'une enseigne de lingerie. Sexyanna fut la première à s'approcher de Vangel. Par chance, elle parlait français. Visiblement, cette Miss Universe virtuelle ne voulait pas tourner autour du pot : elle engagea la conversation sans fioritures, en allant droit au but.

– Tu es célibataire ?

– Non, je suis millionnaire.

– Tu as l'air très sexy…

– Qu'est-ce qui te plaît chez moi ?

– Le nombre de tes gardes du corps. Où en es-tu dans ta vie sexuelle ?

– Au point mort. Cent pour cent débutant. Et toi ?

– J'ai fait l'amour dans toutes les positions. Sauf une : sucer un mec. Ça te dirait ?

– Oui.

Sexyanna attacha ses cheveux et, dans son casque, Julien écarquilla les yeux : c'était la première fois qu'il avait une interaction sexuelle avec quelqu'un depuis des mois. Lentement, elle se mit à genoux et débraguetta Vangel. C'était la première fois, également, que son avatar apparaissait nu, d'autant que, lors de l'inscription, le sexe était la seule partie du corps dont le joueur ne pouvait choisir la physionomie, cette dernière étant générée au hasard pour chaque utilisateur. Julien eut la surprise de découvrir que son anti-moi était doté d'un micropénis, presque imperceptible à l'écran tant il était petit. Sexyanna sembla aussi interloquée que lui, et ne manqua pas de réagir à cette triste révélation :

– C'est une blague ? Tu veux que je suce quoi, là ? Tes poils ?

Sa colère n'était pas dépourvue de légitimité. Faute d'un pénis convenable de la part de Vangel, Sexyanna ne pourrait pas achever la Mission n° 3. Elle insista quand même, multiplia les coups de langue et autres titillements : au bout de deux minutes, le vermicelle enfla, atteignant une taille à peu près décente, celle d'un auriculaire. Sexyanna en profita pour lui offrir une gorge profonde. De son côté, Julien peinait à ressentir la moindre excitation : le casque virtuel ne restituait que la vue – et, même avec la meilleure volonté du monde, l'érection ne se situait pas au niveau oculaire. Tout compte fait, cet accessoire le gênait plus qu'autre chose. Étant donné qu'il n'avait pas acheté la panoplie complète, il devait sans cesse le retirer pour manipuler Vangel à l'aide de son clavier. Au moment où il s'apprêtait à l'ôter, Sexyanna s'indigna, via le tchat, de sa passivité :

– Tu comptes rester là comme une endive à te faire sucer en restant stoïque ?

– Excuse-moi, mais que veux-tu que je fasse ?

– Tu m'as l'air d'être un sacré puceau, toi ! Tu ne connais pas les codes, ici ? Quand une femme te fait une pipe, tu pourrais avoir au moins la politesse d'écrire des messages hot pour la chauffer. Je sais pas, moi, c'est quand même la moindre des choses, non ?

Une fois de plus, Julien était à court d'inspiration. Que dire à un internaute dont l'avatar simulait une fellation ? Il se gratta le menton : il n'en avait vraiment aucune idée. Il se demanda ce qu'il dirait s'il était à la place de Vangel. Certainement des onomatopées :

– Oh oui... Oh, oui ! Oh, oui !!!

– T'es con ou tu le fais exprès ?

– Désolé, mais je ne comprends rien. Tu attends quoi de moi ?

– Bah, que tu fasses un vrai scénario, andouille ! Dis-moi que je suis ta pute, demande-moi si je mouille quand je fais ma coquine en suçant un bad boy dans un bar...

– Est-ce que tu mouilles quand tu fais ta coquine ?

– Bon, laisse tomber.

Son éducation sexuelle serait pour une prochaine fois. Sexyanna se releva et partit faire un gangbang avec SuperBond008 et KillerNumberOne. Julien ôta son casque et le rangea dans un tiroir : il préférait encore jouer sur son ordinateur. Il se déconnecta en se demandant quel genre d'individu pouvait perdre son temps à se faire tringler par des Sims. Il était raisonnable de penser que Sexyanna cachait un Jean-Michel Lagrande, soixante-douze ans et quatre-vingt-dix kilos.

Chapitre 10

Le lendemain matin, Julien eut une drôle de surprise en allumant son téléphone : selon Google Actualités, le cours du cleargold avait doublé dans la nuit à la suite d'un afflux soudain de transactions, effectuées notamment par des fonds saoudiens. Le prince héritier lui-même, connu pour son ambition de diversifier l'économie de la péninsule arabique, avait fait allusion à cette cryptomonnaie dans une conférence de presse, incitant les investisseurs de son pays à miser sur cet « or transparent », plus fiable que le doré ou le noir. Sa déclaration avait provoqué un séisme. En une poignée d'heures, le prix de l'immobilier dans le métavers avait été multiplié par 2,8 dans toutes les métropoles. « Selon les estimations de nombreux spécialistes, expliquait un article des *Échos*, la flambée du cleargold devrait s'accentuer encore au cours du prochain semestre, étant donné que l'exemple saoudien risque d'inspirer quantité de spéculateurs. » Grâce à Mohammed Ben Salman, la fortune de Vangel, un mois seulement après son inscription, valait plus de 4500 euros.

Julien gagna sa fenêtre et inspira une grande bouffée d'air frais. Un bénéfice net de 4100 euros entre le 3 juillet et le 16 août : en six semaines, l'Antimonde lui avait rapporté ce que l'Institut de Musique à Domicile lui versait en trois mois. De toute sa vie, surtout, il n'avait jamais gagné d'argent aussi facilement. Il fallait cinq minutes à Vangel pour s'offrir une baraque et deux heures à Julien pour obtenir un chèque de 30 euros. Entre l'IMD et Heaven, aucune comparaison ne pouvait tenir. Désormais, le jeu deviendrait son métier, et son travail un jeu. Plus besoin de faire sonner son réveil à l'aube et de languir dans les transports en commun du matin au soir. Il suffirait d'être à l'image de Vangel : un type qui gagne sa thune en claquant des doigts. Un flemmard qui déplace des mille et des millions sur son ordinateur. Rentier du virtuel, retraité du réel, Julien se verserait 2500 euros par mois sur les plus-values de son anti-moi et cette somme pourvoirait amplement à ses besoins.

À quoi ressemblerait cette nouvelle vie ? Alors qu'il digérait à peine la nouvelle devant une tasse de café, Julien n'en avait aucune idée. Sa seule pensée, pour l'heure, était de se mettre en congé de l'IMD. Il téléphona à Irina Elevanto et tomba sur son répondeur. En vacances, celle-ci était injoignable jusqu'au 4 septembre. Il appela le standard de l'Institut et demanda à être mis en relation avec le service des ressources humaines. On l'aiguilla vers Max Kerec, responsable digital et administratif. La discussion fut procédurale et brève. Julien exprima son désir d'être mis en disponibilité, Kerec tiqua sur l'expression « mise en disponibilité » qui ne correspondait pas au statut d'autoentrepreneur.

– Tout ce que je peux faire, précisa-t-il au terme d'une courte explication juridique, c'est de supprimer votre profil de notre site.

Julien n'y voyait pas d'objection. Le temps de checker le serveur, Kerec le laissa sur une musique d'ambiance. Au bout d'une courte attente, il reprit la communication.

– Dites-moi, fit-il observer avec un zeste d'inquiétude dans la voix, je constate que vous avez une réservation aujourd'hui même à dix-sept heures avec Michaël Benedetti. Comptez-vous l'annuler ?

Après une brève hésitation, Julien accepta d'honorer ce dernier cours. L'appel était sur le point de s'achever quand Max Kerec prit un ton plus humain, presque contrit :

– Savez-vous qu'une fermeture de page est irrémédiable ? Êtes-vous sûr de vouloir perdre toute votre base de clients ?

Il répondit que oui, le remercia et tous deux raccrochèrent.

De tous ses élèves, le petit Michaël était le plus horripilant. Il battait de très loin les records de l'exaspération. Depuis trois ans qu'il étudiait auprès de Julien, son annulaire n'avait pas gagné un centimètre de hauteur. Non seulement ce préadolescent ne faisait jamais ses devoirs, non seulement il oubliait ce qui avait été enseigné à la leçon précédente, non seulement il ne parvenait toujours pas à déchiffrer trois notes sur une clé de *sol* sans se tromper quatre fois, mais par-dessus le marché il se débrouillait pour être hypocrite. Quand Julien débarquait avenue Kléber, sachant que sa mère le passerait à la question une heure et demie plus tard – « Alors où en est le petit ? Au même endroit que la dernière fois ? Mais comment ça se fait ? » –, il optait pour la stratégie des prophéties mensongères. À défaut de préparer son cours de piano tout au long de la semaine, il préparait l'interrogatoire tout au long du cours. Pour prendre les devants sur la situation, il accueillait Julien d'un visage mielleux et racontait des salades, prononçant systématiquement la même formule magique : « Ah, tu vas voir, j'ai travaillé comme un fou ! »

Ce jour-là, Michaël ne manqua pas à sa ruse fétiche. Julien demeura impassible devant son traditionnel numéro et n'ouvrit pas la bouche tandis que le gosse tentait de temporiser par un bouquet de flatteries : « Elles sont trop belles, tes chaussures, tu les as achetées où ? », « C'est vraiment génial, le piano, ça cartonne avec les filles ! », des choses de ce genre. Puis Michaël ouvrit ses partitions et appuya sur une dizaine de touches plus ou moins au hasard. Après avoir pianoté sa merde habituelle, il prit un air penaud :

– Je n'en reviens pas, larmoya-t-il, ça marchait super bien quand je m'entraînais ; vraiment, c'est in-com-pré-hen-si-ble…

Cela faisait huit mois qu'ils travaillaient sur le même morceau : la sonate nº 16 de Mozart, connue dans l'histoire de la musique sous le nom de *Sonate facile*. En réalité, elle présentait plusieurs difficultés techniques, à commencer par l'usage répété des doubles croches, qui rendait délicate la synchronisation des deux mains. À ce titre, elle figurait dans le volume 2 du manuel *De Bach à nos jours*, celui des pianistes intermédiaires, et réclamait une dextérité dont Michaël était manifestement dépourvu. Mais en décembre sa mère avait insisté pour que Julien la donne à son fils. Persuadée que le mauvais niveau de son petit s'expliquait non par sa paresse, ni par son éducation, mais bel et bien par le fait qu'il était un surdoué incompris, elle avait insisté pour que Michaël reçoive des cours « avec du challenge ». Julien connaissait trop bien ce genre d'argumentaire, fréquent dans les familles d'enfants gâtés : « Mon fils n'est vraiment pas comme les autres… S'il ne progresse pas, c'est parce que son intelligence le paralyse… Vous comprenez, le solfège, ça ne le stimule pas… C'est pour ça qu'il ne le révise pas… Il a du mal à se concentrer dans un cadre scolaire… Tous les psychologues l'ont soumis à des tests, et il a 133 de QI… Officiellement surdoué… Il faut lui donner des morceaux à la hauteur de son esprit… » Le moins qu'on puisse dire, c'est que le résultat se révélait brillant : depuis janvier, l'enfant prodige en était à la dixième mesure.

– C'est vraiment incompréhensible, répétait Michaël en feignant d'avoir les yeux humides.

Julien n'eut pas l'énergie de le sermonner, de lui rappeler que des centaines de jeunes rêveraient d'être à sa place. Muet comme une carpe, il réagit comme à l'accoutumée : il ferma le manuel et se mit à exécuter les différents moments de la sonate, de sorte que Michaël imite les mouvements de ses doigts. Le petit mioche était content. Il tapotait sur son clavier en zyeutant sur les mains de Julien, et la sonate sortait du piano comme d'une boîte à musique. Pourquoi donc s'embêter à apprendre le solfège ? Pourquoi se fatiguer avec les gammes et les arpèges ? Pourquoi perdre du temps à assimiler des compétences ? Il suffisait de faire semblant.

Voilà à quoi avaient ressemblé ces huit dernières années, songea Julien en prenant congé de son ancienne vie. Enseigner la musique se résumait à une banale affaire. Quelque part dans le nord du XVIe arrondissement, il y avait des familles aisées qui, par soif de respectabilité, offraient un piano à leur enfant gâté. Julien assurait le service après-vente. Tous les lundis, il traversait Paris pour expliquer le fonctionnement de cet objet qui encombrait leur salon. Professeur particulier ? C'était un bien joli mot pour désigner la réalité de sa fonction : aider Michaël à maîtriser le mode d'emploi du cadeau dont ses parents l'avaient pourri. Servir, en somme, de tutoriel humain. Et, de semaine en semaine, d'année en décennie, apprendre à détester la passion qu'on transmet.

Chapitre 11

Combien de personnes, dans ce métro, faisaient partie de l'Antimonde ? Quelle était, ici, la proportion des humains et des anti-humains ? Délivré de son ancien élève, Julien rentrait chez lui. Dans la rame, les deux camps étaient là, positionnés sur des strapontins. D'une part, les gens normaux : ceux qui partaient en vacances et allaient à des soirées, ceux qui socialisaient avec les autres et qui s'écoutaient parler, ceux qui se forgeaient des ambitions et croyaient en des valeurs, ceux dont la vie épousait le cours d'une entité externe et qui se sentaient embarqués dans le trajet de cette vie. De l'autre, cachés parmi la foule, disséminés et clandestins, Julien et ses semblables. Les geeks qui, une fois pour toutes, avaient renoncé à s'épanouir ici et maintenant. Les célibataires qui faisaient l'amour à travers le micropénis d'un avatar. Les Français moyens qui voyageaient sur internet. Les hommes-légumes qui réduisaient leur existence au strict minimum, déversant leur frustration dans un paradis artificiel. Les pauvres types qui ne trouvaient pas leur place dans un monde de cons.

Maintenant que le métavers était devenu son gagne-pain, à quel groupe Julien appartenait-il, en définitive ? Étaient-ils nombreux ceux qui évoluaient à cheval entre le réel et son double ? Ce wagon comptait forcément, parmi ses occupants, des personnes qui, comme lui, avaient passé l'été dans un studio miteux à dorloter leur anti-moi. Sans doute un bon quart, peut-être davantage. Lui-même, qui pouvait le soupçonner de s'appeler Vangel ? Aux yeux des passagers, il était un jeune homme aussi normal, aussi insignifiant que les autres. Un type accroché à une barre métallique en face d'une publicité Acadomia. Qui, en l'observant, pouvait se douter qu'il avait passé son été auprès d'amis imaginaires ?

Et vice versa... Cette dame, là, par exemple, avec ses écouteurs et ses baskets trouées, rien n'excluait qu'elle fût l'utilisatrice de Bativel, le millionnaire qui, la veille, avait sodomisé SuperBond008 et KillerNumberOne au Babydolls. Ou bien celle de Kikoulle, son banquier new-yorkais, voire de feu Goldenheart... Bien sûr, Julien n'avait aucun moyen d'en avoir le cœur net. Il pouvait seulement se laisser aller à des spéculations – mais une chose était sûre : Kikoulle, Bativel et Goldenheart, eux, n'étaient pas des hypothèses. Il y avait fatalement, quelque part sur cette Terre, des humains réels qui s'occupaient de les faire exister. Quel dommage qu'ils n'aient pas le droit de dévoiler leur identité ! Ne s'amuserait-on pas à découvrir qui se cache derrière qui ? Certes. Mais en même temps, qui oserait briser l'anonymat de son anti-moi ?

Dommage quand même, pensa Julien. À supposer que les joueurs cachés derrière Sexyanna, Goldenheart, Bouledehaine et SuperBond008 se soient inscrits dans l'Antimonde pour les mêmes raisons que lui, certainement auraient-ils eu des choses à se dire s'ils avaient pu se réunir ailleurs que via une plateforme. Autour d'une bière, ils auraient évoqué la monotonie de leur travail respectif, l'été passé à ne rien faire, la vie sociale au niveau zéro, l'absence radicale de relations amoureuses, la solitude et le désir de ne plus s'impliquer dans le monde tel qu'il va… À coup sûr, cela leur aurait fait du bien, d'échanger de vive voix. Et, qui sait, peut-être auraient-ils réussi à reconstituer leur contre-culture en dehors du métavers. Discuter en face à face avec Goldenheart… Partouzer pour de vrai avec Sexyanna… Pourquoi pas se battre avec Bouledehaine, pour peu que ce fût en chair et en os… Ne plus avoir besoin d'un ordinateur pour ne pas s'ennuyer. Le retour au réel, le bonheur d'être ensemble.

Julien se caressa la barbe : à réfléchir, l'inverse lui paraissait plus probable. S'il lui avait été donné de rencontrer les connaissances de Vangel, la réunion aurait plutôt ressemblé à une séance des Alcooliques anonymes – en plus morbide encore : ça aurait été un rendez-vous des guignols honteux. À la place de Bouledehaine, il aurait découvert un gringalet au corps squelettique, incapable de faire entendre le son de sa voix sans se mettre à bégayer sous l'effet de la timidité. Sexyanna aurait été une sorte de pervers passant ses journées à se masturber en rêvant d'orgies BDSM. SuperBond008 et KillerNumberOne ? Des adolescents acnéiques ou des psychopathes aux yeux atomisés par les écrans. Au fond, le seul avatar vraiment intéressant était Serge Gainsbourg. Dommage, car il n'existait pas.

Chapitre 12

– Tu ne sais pas comment remplir tes journées ? Profites-en pour les vider : ne rien foutre est un art.

Comme d'habitude, Serge Gainsbourg prodiguait des conseils tranchants. Les deux compères s'étaient donné rendez-vous au Chumley's. Ce bar clandestin aux murs tapissés de posters et de livres datait de la Prohibition. Dans la réalité, cet ancien quartier général de la Lost Generation avait fermé ses portes en 2007. Mais sa réplique dans l'Antimonde continuait d'accueillir des PNJ célèbres. Ce soir-là, justement, Francis Scott et Zelda Fitzgerald trinquaient dans une alcôve avec Hemingway et Kerouac. Gainsbourg ne prit pas la peine de les saluer. Affalé dans son fauteuil en face de Vangel, il enchaînait les verres de saint-émilion et les aphorismes de son cru. Il semblait dans un état étrange. Son visage, plus cireux que d'habitude, n'exprimait aucune autre émotion que l'absence. Le regard curieusement distrait, la bouche écrasée sous le poids de ses rides, il ressemblait à ses dernières photographies, celles de 1991, prises dans les jours qui avaient précédé sa cinquième crise cardiaque.

– Tu te sens bien ? s'inquiéta Julien derrière son ordinateur.

– Je ne sais pas, grommela le chanteur en serrant les dents, j'ai l'impression d'avoir des points de suspension à l'intérieur de moi. Un peu comme des impacts de pistolet-mitrailleur.

Serge répondait par une métaphore issue d'*Au pays des malices*, un recueil de textes et d'aphorismes gainsbouriens : au moins, son algorithme fonctionnait à plein régime. Il se resservit du bourbon, resta mutique le temps d'une cigarette avant de rompre le silence qu'il avait instauré :

– Je me demande vraiment pourquoi j'ai arrêté la peinture en 1957, déplora-t-il en lorgnant le fond de son verre. Si c'était à refaire, je casserais plutôt mon piano.

– C'est-à-dire ? répliqua paresseusement Vangel, qui ne trouva rien d'autre à dire après cet aveu fortuit.

– Tous mes ennuis sont venus de là, mon coco… Je n'ai jamais eu le moindre talent en peinture, mais au moins je m'initiais. Humblement, j'imbibais tous les codes arbitraires, toutes les normes rigides de cet art majeur. J'étais nul, mais je m'adonnais au plus beau des voyages : le voyage didactique. Avec son luxe de modèles écrasants et suaves, dans son éclat de couleurs inutiles, peindre m'équilibrait. Autant de faux-fuyants pour oublier le feu sacré qui s'absentait en moi.

– Et ensuite ? le relança l'avatar de Julien, cantonné dans son rôle de confident.

– Ensuite, j'ai gaspillé le génie qui me faisait défaut. Dans ma surabondance de vie, je me suis disloqué en plein vol, englouti par la pulsion de me coller des identités impossibles, corrompant chaque jour les dons dont j'étais dépourvu. Au grand feu du martyre, mes masques se consumèrent, certains provocateurs, « mégalomanes » disaient les journalistes, d'autres désespérés. Retournant ma veste dans le sens du vison et du cuir, du style et de la merde, de l'argot et du rare, mélangeant mes instincts sans autre méthode que celle du calvaire, je me suis déglingué comme un astéroïde. Et me voilà, souffrant d'avoir souffert, au vestibule de cette mort dans la mort que constitue l'oubli, n'osant rien prolonger et n'ayant rien créé.

Au fil de cette longue tirade, les sentences de Serge avaient changé de rythme. L'oralité populaire du titi parisien s'était évaporée au profit d'un langage littéraire, presque ampoulé, rappelant l'incipit d'*Evguénie Sokolov* ou encore les vers de Félix Arvers, eux aussi oubliés mais que Gainsbourg avait interprétés dans les années 1960.

– Et puis, ajouta-t-il de plus en plus méditatif, moi qui étais né sous une mauvaise étoile avec le pire des nez et une gueule prête à se déboulonner, moi le vitriolé, le tricard, l'addict indélébile, moi l'Artilleur et moi le Bazooka, j'ai entamé une carrière de Pygmalion, brillant à travers la gloire des autres, qu'ils se nommassent les Frères Jacques ou Gréco, France Gall ou Bardot.

Être moi-même ? Je n'ai jamais eu cette folle prétention, moi qui, en digne Cyrano des temps modernes, me noie dans mon miroir faute d'y savoir nager.

– Pourquoi dis-tu tout cela ? s'étonna Julien, qui cherchait dans sa mémoire l'origine de toutes ces citations.

– Parce que je ne suis pas de ce monde, se borna-t-il à murmurer, je ne suis d'aucun monde.

Tandis que le chanteur achevait de s'enivrer, Vangel prit son courage à deux mains et osa, enfin, lui poser la question qui lui brûlait les lèvres :

– Dis-moi, Serge, as-tu un héritier artistique ? Un fils spirituel ?

Il avait touché le point sensible de son idole. Visiblement, l'intelligence artificielle, pourtant omnisciente sur la personne de Gainsbourg, ne savait pas comment le faire réagir à cette situation. Un message d'erreur s'afficha : « PNJ hors service ». Aussitôt, Serge fut pris de convulsions et s'affaissa au sol. Tandis que Vangel s'échinait à lui administrer un massage cardiaque, le chanteur eut le temps de prononcer ses ultimes paroles dans un râle à peine perceptible :

– Ceci est mon dernier sursis… Je casse ma pipe, je ne fais que passer… Je suis content de t'avoir rencontré… N'oublie jamais d'oublier tes idées… Le mot amène l'idée et non l'idée le mot…

Trente et un ans après son décès officiel, Serge Gainsbourg était mort pour la seconde fois.

Chapitre 13

« Le mot amène l'idée et non l'idée le mot », que pouvait bien signifier cet étrange testament ? Serge Gainsbourg avait esquivé la question de Vangel au moment d'expirer, refusant d'évoquer son héritage artistique. Mais pouvait-il en être autrement ? Appartenait-il aux artistes de désigner leurs successeurs ou aux débutants de choisir leurs modèles ? L'interprète du « Poinçonneur des Lilas » avait opté pour la seconde option. Il était mort comme il avait vécu : sur un malentendu.

À minuit, tandis que le corps de Serge était acheminé vers la morgue, Vangel sortit du Chumley's. La Mission n° 4 tombait à pic. Intitulée « La Contre-Société », elle avait été créée en septembre 2021, un an et demi après le lancement de l'Antimonde, auquel elle avait été intégrée grâce à une mise à jour automatique. Son principe reposait sur le procédé de la mise en abyme, consistant à représenter une œuvre au sein d'une œuvre du même genre : un film dans un film (comme dans *La*

Rose pourpre du Caire), une scène théâtrale dans une pièce de théâtre (*L'Illusion comique*) ou encore un jeu vidéo inséré dans un jeu vidéo, configuration exploitée par le simulateur de vol *Wing Commander* ou, une fois de plus, par *GTA*. En ce qui concernait la Mission n° 4, sa conception répondait à une question que se posait Adrien Sterner depuis la fin des années 2010 : étant donné que l'Antimonde imiterait le monde contemporain dans son exhaustivité, et que l'apparition des réseaux sociaux avait bouleversé la modernité, fallait-il reproduire cette dimension-là de la réalité ? Fallait-il, en d'autres termes, inventer un serveur web interne au métavers, afin que les avatars puissent se connecter à leur propre réseau social ? Si oui, comment devrait-on nommer ce network : l'anti-Antimonde ? Le méta-Antimonde ? L'Antimonde puissance deux ? À la dernière minute, relisant dans la biographie de Steve Jobs que le patron d'Apple avait été marqué dans sa jeunesse par la contre-culture, Sterner avait opté pour le nom de « Contre-Société ».

La notification de la Mission n° 4 commençait par un ordre. Elle demandait à Vangel d'acheter un ordinateur et une box. Puis il lui incombait d'allumer le modem. Un écran s'afficha à l'intérieur de son écran, et un site internet : contresociete.com. Comme tous les anti-humains, Vangel y disposait d'une page personnelle sur laquelle il pouvait publier le contenu de son choix, y compris des documents visuels ou audio. La Mission n° 4 lui demandait simplement de s'y exprimer : « Il est temps que nous bâtissions la Contre-Société ! À partir de maintenant, ne vous contentez pas de communiquer via la messagerie instantanée. Faites-vous de nouveaux amis, partagez vos anecdotes et vos astuces pour gagner de l'argent, parlez de tout et de n'importe quoi, likez les autres, soyez liké par les autres, soyez influencé et influencez-les ! *Good luck*. Signé : Adrien Sterner. »

De la part de Sterner, la manœuvre se révélait habile. En créant officiellement un réseau social inhérent à l'Antimonde, Heaven ne concurrençait plus seulement les autres studios vidéoludiques (Rockstar, Asobo ou Shiro). L'entreprise du bec d'Ambès jouait désormais dans la grande cour, rivalisant directement avec Facebook, Twitter ou Instagram. La Contre-Société, en effet, était référencée sur Google comme un site internet à part entière. Son adresse URL en faisait une entité indépendante : les utilisateurs avaient donc la possibilité d'y être redirigés via l'Antimonde ou de s'y connecter directement, à condition toutefois de respecter la règle de l'anonymat. Cette option, espérait Sterner, permettrait à Heaven d'atteindre une nouvelle clientèle : en incitant les joueurs de l'Antimonde à publier un maximum de contenus sur la Contre-Société, le studio de développement parviendrait aisément à optimiser la volumétrie des données et le référencement de ce réseau social. L'objectif, d'ici 2023, était de rejoindre le classement Similarweb des sites internet les plus visités au monde. À long terme, Adrien Sterner boxerait dans une autre catégorie. Dépassant définitivement le peloton des *game developers*, il rejoindrait l'Olympe des dieux de la modernité : Zuckerberg, Jobs et Musk.

Pour l'heure, Julien scrollait sur la page d'accueil de la Contre-Société, qui ressemblait à s'y méprendre au fil d'actualité de Twitter. Bativel avait publié une capture d'écran : on y voyait SuperBond008 et KillerNumberOne partouzer au Babydolls. Bouledehaine déversait des flots d'insultes et de menaces de mort. Sexyanna exhibait en selfie ses courbes virtuelles. Et puis il y en avait d'autres, des centaines d'autres, des inconnus que Vangel devait avoir croisés dans la rue ou au détour d'un couloir d'aéroport. Partout, des screenshots ridicules où les avatars pullulaient comme des Playmobil.

Des Playmobil, c'était l'idée, ou plutôt le mot. Oui, le mot... À cette pensée, Julien se souvint de la maxime qu'avait proférée Serge Gainsbourg en guise d'épitaphe, « Le mot amène l'idée ». Tout s'éclaira soudain... Il suffisait d'un mot pour que les choses prennent sens. Un seul mot qui, une fois trouvé, débloquait tous les autres : les anti-humains étaient des Playmobil. Des Playmobil, c'est-à-dire des gnomes virtuels. Des zombies qui communiaient dans le purgatoire des vies artificielles. Et si cet univers de geeks le prenait en otage depuis trois mois, si ce jeu vidéo le fascinait autant, si le paradis de Sterner réussissait à l'ensorceler chaque jour davantage, c'était pour une raison très simple : là-bas, les gens vivaient ensemble et séparés. Ensemble et séparés, comme le titre de cet album qu'il n'avait jamais réussi à écrire. Il l'avait enfin découverte, la clé de son inspiration. Elle était là, cachée sous ses yeux depuis le tout début : dans l'Antimonde, au beau milieu de son ordinateur.

Pourquoi n'y avait-il pas pensé plus tôt ? Cet album, c'était au nom de Vangel qu'il fallait l'écrire. Cet avatar était son Gainsbarre à lui : son double confidentiel. Son masque et son prête-nom. Son alter ego et sa part secrète. Vangel, le futur auteur d'*Ensemble et séparés*.

Julien sortit une bouteille de vin et se mit au travail. En ouvrant l'application Word, il se sentit traversé d'une décharge de violence. Pour son premier coup, il allait taper fort. Il verserait dans l'insulte et la provocation. Il parlerait avec ses tripes et viderait son sac. Au programme : dire leurs quatre vérités aux joueurs de l'Antimonde. Rhabiller pour l'hiver ces avatars grotesques. Les insulter. Les humilier. Leur déclarer la guerre. Leur tendre le miroir qu'ils méritaient. Devant son ordinateur, la fougue montait en lui. Elle le transportait, cette fièvre intérieure, irrépressible et brûlante. C'était plus fort que lui, les mots venaient tout seuls, il déchirait le voile de cette mascarade et ça le soulageait.

Alors, pour la première fois de l'été, il écrivit un poème en entier. Sur le moment, il ne se rendit pas compte qu'il était en train d'« écrire », et encore moins un « poème ». Il y avait seulement son ventre qui bouillonnait. Lui, il regardait son écran et ça lui rappelait tous ses dimanches gaspillés depuis deux mois, depuis cinq ans, depuis l'éternité. Sous l'effet de l'alcool, il allait à la ligne chaque fois qu'il achevait une unité de sens. Ses doigts pianotaient frénétiquement sur le clavier et toutes les insultes qu'il lançait à la face des avatars apaisaient son ardeur. Au bout d'environ une heure, il publia son poème tel quel. Ce texte ne passait pas l'éthylotest, tant il puait la piquette avalée à la hâte. Trop ivre pour se relire, Julien ne releva pas qu'il y manquait des lettres. Il laissa « meriques » au lieu de « merdiques » et « muque » à la place de « musique ». La Contre-Société lui suggérait d'ajouter un titre en haut de sa publication. Il l'appela « Playmobil ! » et se déconnecta.

Playmobil !

Bonsoir à vous, bande de Playmobil
Qui êtes-vous, derrière vos gueules de Sims ?
J'aimerais bien les voir, vos collègues, vos amis,
S'ils apprenaient que, dans un autre monde,
Vous vous appelez Kikoulle, Brocoli, Bativel

Vous n'êtes pas les premiers à rêver d'une seconde identité,
D'une existence en plus, gratuite et délicieuse.
Certains se réfugient dans l'art, d'autres dans l'adultère
Et vous, vous avez choisi d'aimer vos anti-moi,
Ces lutins radioactifs que vous trimballez
Dans les méandres d'un univers qui a copié le nôtre.

Ces gnomes virtuels incarnent, je le soupçonne,
Tout ce que le destin ne vous a pas offert.
Vous qui jouez à vous croire réels,
Vous avez trouvé ici une poubelle idéale
Où vous pourrez pourrir dans des ordinateurs

Que vous devez souffrir, petits êtres meriques,
Pour vous évader dans de l'électronique
Je vous plains, spécimens malsains de ce monde malheureux
Alors adieu, je retourne à ma muque

Chapitre 14

« Playmobil ». Ce mot, Julien ne l'avait ni prononcé ni écrit depuis près de quinze ans. Il était resté rangé derrière le vantail de l'armoire à jouets de son enfance, parmi le peuple de figurines qui résidaient dans ce vieux meuble austère. Tous les jours, en rentrant de l'école, il se ruait sur eux et l'histoire commençait. Ces Playmobil mesuraient quelques centimètres, à peine la taille de ses doigts, mais ils incarnaient tout ce que Julien deviendrait plus tard. Pompiers, policiers, aventuriers ou princes, chevaliers ou médecins, vacanciers en maillot de bain ou rockeurs à la mode, ces minuscules statuettes achetées à la Grande Récré reflétaient, chacune à sa manière, le Julien de demain.

Il avait donc fallu une soirée au Chumley's, la mort du PNJ de Gainsbourg, un été gaspillé, un monde où les avatars se comportaient comme des individus et les individus comme des avatars, ainsi qu'une bouteille de mauvais rouge pour faire resurgir le mot « Playmobil » des strates de l'enfance. Le lendemain, Julien n'eut pas le temps d'y repenser : en pleine gueule de bois, il fut réveillé par un texto de Partene qui, rentré de vacances, tenait absolument à boire un verre avec lui au plus vite, idéalement dans la journée. « C'est important », précisait-il dans un P-S sibyllin, proposant de le retrouver sur le rooftop du centre Pompidou. Julien n'eut pas besoin de consulter son agenda pour savoir qu'il était libre.

En arrivant sur la terrasse de Beaubourg, Julien hésita à rebrousser chemin : la brasserie Georges était pleine à craquer, à cause du panorama. À l'accueil, on refoulait les touristes que l'escalator continuait malgré tout d'éjecter au dernier étage. La plupart pestaient, d'autres décidaient de patienter derrière un cordon en velours qui se déployait sur une vingtaine de mètres. Par chance, Julien avisa une table qui venait de se libérer. À l'insu des serveurs, il s'y faufila en feignant de rejoindre quelqu'un. Le tout était de s'autoconvaincre qu'il était dans son bon droit, d'avancer sans jamais se retourner jusqu'à se fondre totalement dans la masse des clients : il parvint à faire illusion. Thibault lui écrivit que son Uber stagnait dans des embouteillages, alors il commanda une pinte de 1664 et observa l'horizon.

Devant le ciel dégagé, il mit du temps à comprendre pourquoi Paris paraissait aussi flou. Au bout d'une longue minute, il dut se rendre à l'évidence : ces trois mois passés sur un ordinateur avaient sérieusement endommagé sa vue. À peine parvenait-il à distinguer les grues qui dessinaient des équerres au-dessus des immeubles. Il fronça les sourcils, la tour Saint-Jacques se précisa peu à peu. Raide, enluminée d'arcs qui la fendillaient de partout, gercée de minuscules niches où se dressaient des anges, elle semblait grimacer. Comme si le poids des gargouilles et autres diablotins qui se convulsionnaient dans le vide lui faisait mal au dos. Julien continua de cligner des yeux, il zooma du regard et des détails surgirent : un homme, en statue, se tenait debout sur le sommet en compagnie d'un aigle rachitique et d'un lion à la crinière ailée. Tout autour, le panorama était de plus en plus nébuleux. Julien avait beau se concentrer, il ne discernait presque rien. Juste des taches de patine qui s'étalaient sur des bouts de métal. Du vert-de-gris à perte de vue. Aidé par le coucher de soleil, peut-être par l'alcool, Paris s'estompait, fondant dans une myopie absolue. La confusion était définitive, la ville tout entière disparaissait dans une peinture abstraite où flottaient çà et là des teintes différentes.

– Désolé pour le retard, j'ai cru que je ne sortirais jamais de ces bouchons…

Julien ne l'avait pas vu arriver. Mais c'était bien Thibault. Un Thibault plus bronzé qu'en juillet, plus athlétique aussi. Un Thibault qui avait pris de l'assurance et des couleurs – et qui, de fait, ne ressemblait plus du tout à un habitant du Quartier latin. L'air sûr de lui, il balaya la terrasse du regard, épiant une à une les personnes installées aux tables voisines, avant de retirer sa veste à tire-d'aile et de s'asseoir enfin.

– Ça fait longtemps qu'on s'est pas vus ! Alors, ces vacances ?

Julien hésita à lui narrer la vérité : qu'il avait tout envoyé valser et gagnait désormais 4 000 euros par mois sans sortir de son lit. Mais il se ravisa à l'idée que lors de son prochain concert au Piano Vache, Partene profiterait sans doute de cette information pour négocier sa rémunération à la baisse.

– Oh, préféra-t-il répondre en tripotant son verre déjà vide, pas grand-chose d'extraordinaire… Parisien de A à Z… Un peu de boulot par-ci par-là. Le reste du temps, la glandouille…

– Mon pauvre ! fit Partene en se forçant à s'apitoyer.

– Et toi ?

– Par quoi commencer ? Figure-toi que j'ai quasiment traversé toute l'Europe ! Tu connais le Pass InterRail ? Non ? C'est une offre permettant de voyager pendant un mois dans n'importe quel pays d'Europe. Pour moins de 450 euros, j'ai visité l'Allemagne, l'Italie, l'Autriche, les Pays-Bas, la République tchèque…

C'était parti pour la grande carte postale. Aussi excité que s'il déclamait une publicité, Thibault s'emballa en livrant ses souvenirs de touriste. Étape par étape, il n'épargna aucun détail. Le plaisir de partir à l'aventure en solitaire, de prendre des trains de nuit, de ne pas savoir où l'on va atterrir, de se retrouver, à l'aube, sur le parvis d'une gare, de se laisser charmer par un centre-ville inconnu, de chercher un hôtel pas trop cher, d'errer d'un musée à une plage, d'une église à un parc, d'enchaîner baignades et randonnées, de manger du risotto à Milan, du fish and chips à Londres, des tapas à Barcelone et des croissants à Vienne, de tisser des amitiés éphémères avec des inconnus, de marcher de l'aube au crépuscule jusqu'à perdre le sens de l'orientation... Surtout, d'oublier Paris et la vie quotidienne.

– Je ne t'ai pas dit le principal, conclut Thibault plus guilleret que jamais. Je suis tombé amoureux !

Machinalement, Julien demanda comment elle s'appelait. Partene rétorqua qu'il ne s'agissait pas d'une femme. Julien reformula sa question au masculin. Raté : ce n'était pas un homme non plus. Comme Julien cherchait un pronom neutre, Thibault dissipa tout mystère :

– Non, tu n'y es pas du tout : j'ai eu un coup de foudre pour une ville. Mais un vrai. Un putain de coup de foudre. Le genre de déclic qui te fait tout abandonner du jour au lendemain.

Partene restitua la scène. C'était vers la fin du voyage. Rentrant de Milan, il avait réservé une dernière escale à Nice avant de remonter en région parisienne. Non que la Côte d'Azur l'emballât. Repoussé par sa réputation de région tapageuse, il n'y avait jamais mis les pieds. Mais c'était le seul train disponible, comme quoi le destin se jouait à merveille du hasard. À l'heure prévue, le TER Vintimille-Cannes était arrivé en gare de Nice. En foulant les pavés de cette ville, il avait eu l'impression de rencontrer son âme sœur. Était-ce à cause des palmiers et des fleurs ? du face-à-face entre la mer et la montagne ? des avenues colorées, presque parisiennes mais déjà italiennes ? de la douceur ambiante ? des piétons qui semblaient à la fois sereins et vigoureux, comme s'ils gardaient fièrement le secret du bonheur ? ou tout simplement de cette alchimie qui donnait à Nice une allure de décor de théâtre ?

– Ce que je te raconte, admit Thibault, est hyper caricatural, je le sais bien. Mais je te promets que c'est vrai ! Cette évidence m'est venue d'un coup, dès ma sortie de la gare : je suis fait pour cette ville. Et depuis, je n'arrête pas d'y penser. Tu te rends compte ? Je vis à Paris depuis trente ans, je n'ai jamais déménagé et une demi-journée m'a suffi pour tout envoyer balader. Crois-moi bien : je suis le premier à m'étonner de cette situation...

Le visage de Partene s'illuminait à mesure qu'il évoquait sa décision de quitter le Piano Vache pour postuler dans un bar du Vieux-Nice. Peu importait le salaire, son souhait était irrévocable, il n'en changerait pas. Sans transition, il se mit à cracher sur Paris, cette ville où le temps de la fête était fini depuis longtemps et qui, désormais, ne lui apportait que du stress, avec ses arrivistes et ses embouteillages, ses emmerdes et ses loyers exorbitants, ses métros bondés et ses dimanches de pluie. Il ne s'arrêtait pas de dénigrer la capitale, l'accusant de maux parfois contradictoires, comme d'être à la fois trop polluée et trop écolo, trop ennuyeuse et trop grande, trop répétitive et terriblement chronophage. À l'entendre, on eût dit que Paris était une personne réelle, jalouse et malveillante : une sorte de pervers narcissique, sinon de dictateur.

– Et toi, tu ne ressens pas l'envie de t'évader loin de cette ville toxique ? l'apostropha-t-il en le fixant dans le fond des yeux, comme s'il s'agissait de la question la plus métaphysique que le monde ait connue depuis sa création.

– Oui et non, arbitra Julien sans dire à son ami ce qui lui passait vraiment par la tête : qu'il s'évadait déjà, en mieux et pour de faux, dans un univers beaucoup plus palpitant que n'importe quelle Côte d'Azur. Que ce n'était pas la région parisienne qui le dégoûtait, mais le réel tout entier. Que chaque portion du monde, si ténue fût-elle, lui était désormais sinon désagréable, du moins indifférente, y compris le fait d'écouter les états d'âme d'une personne physique sur un rooftop du Marais où il voyait tout flou. Que l'argent ou le stress n'étaient même pas la source du problème : riche ou pauvre, autoentrepreneur ou rentier, plus rien ne lui plaisait autant que la vie de son anti-moi. Que sa Nice à lui se nommait l'Antimonde.

De retour chez lui, Julien s'autorisa à dîner à l'Enclume en solitaire avant de retrouver sa piaule et son ordinateur. Dès sa connexion au jeu, pourtant, un encadré étrange s'afficha, l'informant qu'il avait reçu un message rédigé par Adrien Sterner en personne :

« Cher Vangel,

Je ne sais pas ce qui vous a pris de pondre ce poème, mais je tiens à vous en féliciter chaleureusement : je l'ai découvert ce matin en arrivant à mon bureau et j'ai immédiatement apprécié le regard irrévérencieux que vous portez sur l'Antimonde. Derrière votre style iconoclaste, votre talent est évident. Je dirais même plus : il est prometteur.

Depuis que j'ai créé la Contre-Société, rien ne me rend plus heureux que de constater qu'elle devient un support d'expression pour les artistes comme vous. J'ai donc décidé de booster l'audience de votre publication, qui devrait être visionnée environ 20 millions de fois avant ce soir.

Votre intention est-elle de continuer dans cette voie ? J'ai l'intuition que oui... Pour vous encourager, je tiens à vous offrir 40 millions de cleargolds chaque fois que vous publierez un poème. Faites-en bon usage !

Par souci de confidentialité, ce message s'effacera automatiquement au bout de trois minutes. Lisez-le attentivement et n'en parlez à personne, pas même à vos proches. Si la rumeur s'ébruitait que nous soutenons certains profils et pas d'autres, vous imaginez bien que, conformément au principe d'anonymat, je serais obligé de fermer définitivement votre compte.

Je crois en vous et je vous fais confiance.

Bien cordialement,

Adrien Sterner »

Julien eut à peine la possibilité de prêter attention à ces lignes : son écran pétillait de notifications. Des millions de likes. Autant de commentaires. Et une tornade de messages, rédigés par des inconnus, qui se déversaient sans fin sur le compte de Vangel. À peine tentait-il d'en ouvrir un que sa boîte de réception le faisait disparaître derrière des dizaines d'autres. Il essaya de fermer la fenêtre de navigation, mais un onglet lui signala que Google Chrome ne répondait plus. Il s'acharna, cliqua encore et encore sur le bouton « Quitter le programme », essaya d'ouvrir le gestionnaire de tâches mais, soudain, son ordinateur se mit à dysfonctionner. Le pavé tactile devint plus brûlant d'une seconde à l'autre, les applications s'ouvraient et se fermaient sans raison tandis que l'écran surchauffait de plus en plus. Bientôt, le Mac tout entier partit en vrille, émettant des bruits stridents de ventilation : on aurait dit qu'il s'essoufflait avant de rendre l'âme. La batterie se vidait à une vitesse démesurée. Julien n'eut pas le temps de saisir sa prise que ce fut l'écran noir.

PARTIE III

RÉINITIALISATION

Chapitre 1

Qu'est-ce qui était le plus déconcertant, dans cette histoire ? Le fait qu'il soit devenu une star du jour au lendemain ? Que cette gloire subite ait jailli au moment où il s'y attendait le moins ? La mort de Gainsbourg, quelques verres de piquette et un clavier d'ordinateur : étaient-ils là, les ingrédients de la célébrité ? Et puis, d'où sortait-il, ce message d'Adrien Sterner ? Qu'avait-il trouvé de si génial, le P-DG de Heaven, dans ces vers d'ivrogne ? Où voyait-il un « poème » dans cette série de phrases sans queue ni tête ? Se moquait-il de lui ? Lui jouait-il un tour ? Était-ce un canular ? Non, Julien ne rêvait pas : les millions de likes qui s'affichaient à l'écran étaient bel et bien réels, autant que le déluge de messages élogieux. Quelle était la raison de cet engouement soudain ? Comment des geeks pouvaient-ils s'enticher d'un poète alcoolique ? Et, d'abord, pourquoi les anti-humains s'intéressaient-ils à la « littérature » ? Quelle mouche les avait tous piqués ?

Julien venait de faire réparer son ordinateur. La Clinique du Mac avait fait du bon travail. Spécialisé dans la restauration des appareils estampillés Apple, ce magasin portait bien son nom. Là-bas, les écrans étaient traités comme de véritables patients. On les auscultait. On leur diagnostiquait d'étranges pathologies. Dans une salle d'attente, les proches s'inquiétaient : Ma machine survivra-t-elle ? Perdra-t-elle la mémoire ? Faudra-t-il la racheter ? Les vendeurs se voulaient rassurants. En dignes chirurgiens de la technologie, ils proposaient d'opérer l'ordinateur : remplacer la batterie, retoquer le clavier, faire une greffe d'écran… En fonction de la gravité de la maladie, les tarifs augmentaient. Dans le cas de Julien, son MacBook Pro souffrait d'une surchauffe généralisée. La thérapie coûterait 180 euros. S'il voulait retrouver l'accès à l'Antimonde, Julien n'avait pas le choix. Au moment de payer, le vendeur le regarda droit dans les yeux. Aussi sérieux qu'un acteur de *Grey's Anatomy*, il l'alerta de la situation :

– Votre Mac est très vieux, lui expliqua-t-il. Une bécane comme ça, faut vraiment faire attention à elle. Sinon, ajouta-t-il avec un ton de cancérologue, je ne lui donne pas trois mois.

À présent que son ordinateur était rétabli, Julien découvrait enfin l'étendue de sa célébrité. Le buzz déclenché par la publication de « Playmobil ! » était encore plus important qu'il ne l'imaginait. Sur la Contre-Société, l'onglet « Presse » permettait de consulter les dizaines de contre-journaux qui, parodiant les médias occidentaux, couvraient l'actualité de ce monde parallèle. Et Julien s'avisa avec stupéfaction que des dizaines d'articles avaient déjà été rédigés pour commenter la publication de son poème. Certains le qualifiaient de génial, désignant « Playmobil ! » comme un « chef-d'œuvre travaillé au ciseau ». D'autres s'indignaient de la « violence verbale décomplexée » avec laquelle Vangel appelait à la haine contre les anti-humains, stigmatisant notamment les pseudos de Kikoulle et de Bativel. D'autres encore dissertaient sur le sens caché de ses vers. Dans *Contre-Culture*, un critique littéraire analysait la métaphore du titre : « Dans "Playmobil !", écrivait-il, Vangel nous compare à des jouets et il y a lieu de questionner la connotation de ce motif. Que sont les Playmobil ou les Sims ? Ce sont des objets qui imitent notre morphologie. En nous assimilant à eux, Vangel souligne que nous sommes des humains qui ressemblent à des choses qui ressemblent elles-mêmes à des humains. L'art du paradoxe est ici porté à son comble : selon cette métaphore, nous existons en nous rapetissant. »

Mais la question qui tenait en haleine la plupart des commentateurs portait sur les deux néologismes de la dernière strophe, « meriques » et « muque ». Que pouvaient bien désigner ces termes qui n'étaient répertoriés dans aucun dictionnaire ? Sans imaginer un seul instant qu'il pût s'agir de coquilles, convaincus que Vangel avait décidé sciemment d'inventer ces deux mots et qu'il l'avait fait pour des raisons très profondes, les contre-journalistes traquaient dans « Playmobil ! » des résonances étymologiques savantes, des allusions secrètes à une muse quelconque ou des liens hypertextuels avec l'*Odyssée*. La gloire de Vangel croissait sur ce malentendu, on marchait sur la tête.

Mais en même temps, pourquoi ne pas voir l'essentiel dans cette revue de presse ? L'essentiel : un flux de compliments. Des louanges qui lui donnaient envie de continuer. Ce n'était pas banal, après tout, d'être félicité. Vrais ou faux, mérités ou absurdes, ces éloges l'encourageaient. Ils lui tendaient la main. Après sept ans à composer des albums dans son coin, à essuyer le mépris de tous les producteurs de disques, Julien avait enfin affaire à quelqu'un qui acceptait de lui donner sa chance. En le prenant sous son aile, Adrien Sterner lui prodiguait ce dont il manquait depuis toujours : de la reconnaissance. Et puis, les 40 millions de cleargolds qu'il lui verserait à chaque nouvelle publication représentaient, selon la cote actuelle de cette cryptomonnaie, près de 2400 euros. L'Antimonde lui offrait une occasion en or. Il ne pouvait pas se permettre de ne pas la saisir.

Certes, il s'agirait d'écrire des poèmes sous une fausse identité et de les publier sur un métavers. Mais il ne serait pas le premier à connaître la gloire par procuration. Gainsbourg, jadis, avait laissé ses interprètes lui voler la vedette. De son propre aveu, il avait souvent troqué son dandysme contre des grivoiseries dans le simple but d'amuser la galerie. Alors pourquoi pas des avatars ? Ils formaient un public comme un autre, semé d'outrances et de malentendus. On déchiffrait sa métrique et son style. On injectait du sens dans ses fautes de frappe. On réparait ses étourderies par des interprétations alambiquées. On méditait sur des allusions secrètes auxquelles il n'avait pas songé. On l'habillait de ce qu'on voulait voir en lui. Surtout, on le félicitait. Depuis les ténèbres d'internet, des inconnus le mitraillaient de likes. Ils offraient un triomphe à Vangel et en coulisse, c'est-à-dire dans son studio de la vraie rue Notre-Dame, Julien se rendit compte que ce nom était beau.

Chapitre 2

Adrien Sterner pensait chacun des mots qu'il avait adressés à Vangel. Le 17 août 2022 tombait un mercredi. Comme tous les matins, il était arrivé au siège de Heaven sur les coups de huit heures. Guillaume Levet, son assistant, était chargé de lui apporter, avec son petit-déjeuner, un dossier en carton où il avait imprimé une sélection de quelques posts notables publiés la veille sur la Contre-Société. Ce rituel constituait l'équivalent d'un *daily brief* : il lui permettait, à travers un échantillon représentatif, de prendre le pouls des anti-humains. À chaque fois, Sterner feuilletait le dossier, piochait au hasard une ou deux publications et les parcourait du regard en avalant des pâtisseries. Le plus souvent, cette anthologie ne comportait rien de spécifiquement original, aucun texte qui la distinguât des dossiers précédents. Juste de l'humour facile, des pensums prévisibles et du buzz anodin. Sterner refermait le dossier, soupirait de lassitude et se mettait au travail.

Ce jour-là, le post de Vangel dut sa présence dans le dossier de Sterner à un concours de circonstances. Guillaume Levet, qui se rapprochait du burn-out et se bourrait de codéine pour tenir le coup, n'avait pas fermé l'œil de la nuit. Il ne digérait pas la dernière engueulade de Sterner et la crudité de ses menaces :

– Arrêtez de réfléchir comme un technocrate décérébré ! Vos dossiers matinaux ne servent à rien. Compiler les posts qui ont récolté le plus de likes, c'est bon pour les robots ! Je vous demande de secouer vos trois neurones qui se battent en duel. Trouvez-moi des talents cachés, des types qui n'ont pas de followers mais qui valent la peine d'être boostés. Si vous n'êtes pas capable de réfléchir comme un être humain, allez dénicher un poste de machine à café dans une autre entreprise ! Demain, c'est votre dernière chance… Je commence déjà à chercher un remplaçant.

Du classique de la part de Sterner qui n'hésiterait pas à mettre ces paroles à exécution.

Guillaume Levet tomba sur la publication de Vangel vers quatre heures du matin. Sur le moment, il ne sut que penser de ce texte incohérent et mal agencé qui passait du coq à l'âne d'une ligne à l'autre. Et si c'était précisément ce que Sterner attendait ? De l'imprévu. Du mal construit. Du disruptif. Quelque chose qui ne ressemblait à rien de déjà vu. Un post qui cassait les codes de l'Antimonde et se permettait d'insulter le bijou de Heaven. Une sorte de satire, en somme. Le poème de Vangel remplissait ces critères : il dépassait les limites, il contrastait avec les louanges flatteuses auxquelles Sterner était exposé du matin au soir depuis 2020. Le ton iconoclaste et l'irrévérence de cet utilisateur interpelleraient nécessairement le patron méprisant qu'il incarnait au quotidien. Qu'il l'apprécie ou non, « Playmobil ! » ne le laisserait pas indifférent. Sans compter qu'en ce 16 août 2022 personne n'avait rien écrit de sensationnel sur la Contre-Société, excepté Vangel. Guillaume hésita jusqu'à l'aube, téléphona à sa mère pour lui demander son avis. Cette dernière se montrant indécise, il consulta son frère, ses amis et même son ex. Dans le Uber qui le menait au bec d'Ambès, Levet changeait d'opinion toutes les deux minutes : il plaçait « Playmobil ! » en première page du dossier, avant de l'en retirer, puis de l'insérer au milieu et, enfin, de le plier en quatre pour le mettre dans sa poche.

En pénétrant dans le siège de Heaven, Levet eut la désagréable surprise de constater que quelqu'un avait déjà préparé ses cartons. Cette vision déclencha en lui un instinct de survie. Quoi qu'il advienne, il n'avait plus rien à perdre, autant risquer un coup de poker. Il attendit l'arrivée d'Adrien Sterner en gobant un cachet de codéine. Quand Sterner parut, il semblait encore plus hostile que d'habitude. Guillaume Levet s'approcha de lui et, pour la première fois de sa carrière, il prit une initiative :

– Monsieur, murmura-t-il, aujourd'hui, je n'ai pas constitué le dossier que vous exigez de moi.

– Ah bon ? persifla Sterner sans même le regarder. Vous avez déjà l'esprit ailleurs ? Si tant est que vous ayez un esprit…

– Non, loin de là, répondit-il. Mais j'ai eu un coup de cœur pour une seule publication et, si cela ne vous dérange pas, j'aimerais vous la lire à voix haute.

Sterner fronça les sourcils. Il semblait surpris et balbutia avant de donner son accord : Guillaume Levet venait de marquer un point. D'une voix lente, il déclama le texte de Vangel. À mesure qu'il s'efforçait d'articuler, il accentuait les termes les plus grossiers : « gueules », « poubelle », « radioactifs », « pourrir »… Peu à peu, il vit les pupilles de Sterner se dilater et sa mâchoire se décontracter. Quand il eut fini, son patron se leva et lui serra la main.

– Eh bien, s'exclama-t-il, vous aviez besoin d'être un peu secoué pour faire du bon travail ! Vous pouvez me remercier ; comme le dit Matthieu, c'est avec des reproches qu'on opère des miracles.

Levet demeura silencieux. La pression baissa d'un coup et il sentit sa main trembler, sans doute d'émotion ou de soulagement. Toujours est-il qu'en moins de dix minutes sa chemise, maculée de sueur, avait changé de couleur. L'assistant remercia Adrien Sterner, quitta la salle et partit s'enfermer aux toilettes, où ses collègues l'entendirent vomir.

De son côté, Adrien Sterner relut le poème de Vangel en savourant des cupcakes au citron. C'était exactement cela qu'il désirait découvrir. La garantie du buzz. Des insultes percutantes qui critiquaient l'Antimonde depuis la Contre-Société. Un joueur qui parlait enfin avec ses tripes. Un téméraire qui n'avait pas sa langue dans sa poche. Une tête brûlée qui ne craignait pas de remettre en cause la création de Heaven. Bref, un courageux. Et qui avait du style en plus, enfin une certaine manière d'apostropher ses lecteurs. Sterner appela sa secrétaire pour annuler tous ses rendez-vous de la matinée. Il convoqua le directeur adjoint de la Contre-Société et lui ordonna : 1) de faire en sorte que le poème de Vangel s'affiche sur le fil d'actualité de tous les utilisateurs francophones du réseau social ; 2) de demander à tous les contre-journaux de traiter cet événement ; 3) de se débrouiller pour que Vangel devienne une star en moins de vingt-quatre heures.

Puis il s'isola dans son bureau, envoya un mail à Thierry Saumiat, médita longuement et commença à écrire : « Cher Vangel… »

Chapitre 3

Si Dieu a engendré le monde, intervient-il également dans le cours de l'Histoire ? Ou bien se contente-t-il d'assister aux aventures de l'humanité en simple spectateur ? Pendant des millénaires, ce problème a tenu les théologiens en haleine, et ce à cause d'une ambiguïté qui hante le corpus biblique. D'un côté, la Genèse raconte qu'après avoir modelé le monde, le démiurge s'est accordé un temps de repos, comme pour se rétracter en lui-même. Il passe ainsi le flambeau à Adam, à Ève et à leurs descendants, qu'il laisse maîtres de leur destin. De l'autre, l'homme ne cesse de décevoir son créateur. Du fait de sa faiblesse, souvent de son iniquité, il manque à sa fonction. Sa démesure et son orgueil le conduisent à bouleverser l'ordre cosmique, voire à le menacer. Toutes les grandes civilisations, selon la Bible, contribuent à détruire ce que Dieu a construit, elles qui chambardent et brisent les structures morales, elles qui vénèrent des fausses valeurs et profanent le silence des choses. La vie terrestre ne cesse de dévaster le monde :

inexorablement, elle façonne ses antimondes. Et Dieu, déçu de l'inhumanité de l'homme, se voit obligé de renoncer à sa réserve. À contrecœur, il s'arroge, tout au long de la Bible, un rôle qui ne devait pas être le sien et commence à interférer dans les affaires de ses créatures. De miracle en miracle, il s'efforce de maintenir la destinée du monde. Il s'immisce parmi les hommes et, contre leur gré, tâche de les sauver.

De toute évidence, Sterner, qui connaissait à fond ces controverses, avait opté pour l'attitude du Dieu biblique. En 2020, l'équipe de Heaven avait fait le serment de ne jamais commettre d'ingérence dans le jeu en lui-même : si les anti-humains voulaient agir n'importe comment, cela ne regardait qu'eux et personne, pas même un patron d'entreprise, n'était en droit de brider leur liberté. Au fil des semaines, puis des mois, Sterner ressentit une frustration croissante devant le peu d'imagination dont faisaient preuve les avatars. Il dut lutter au quotidien contre la tentation de prendre part à leurs péripéties. Son dilemme s'intensifia avec le lancement de la Contre-Société : Heaven offrait à ses utilisateurs un réseau social dernier cri, avec toutes les fonctionnalités et les options dont pouvaient rêver des geeks, mais ces derniers, au lieu de s'approprier cette plateforme de manière bénéfique, se vautraient dans la médiocrité. Ils saturaient la Contre-Société de publications puériles et d'idioties en tout genre. Des captures d'écran à gogo. Des photos d'avatars. Des textes emplis de vulgarité et de fautes d'orthographe. Sterner rêvait de surpasser Twitter ou Facebook, voilà que les anti-humains n'arrivaient même pas à la cheville du forum jeuxvideo.com. Les médias français, au demeurant, ne s'y trompèrent pas, eux qui ne tardèrent pas à désigner la Contre-Société comme un « flop total » et un « bide absolu ». C'était en effet un désastre annoncé.

Dès novembre 2021, Sterner décida de rompre son serment de non-ingérence. Une réunion fut organisée où, coké au dernier degré, il dépassa toutes les limites de l'agressivité. Roulant des épaules, bourré de tics et de démangeaisons, il fixa le programme des semaines suivantes avec une véhémence qui réveillait ses pulsions les plus tyranniques. Quand tout le monde fut assis, il distribua une coupure de journal, prit son air le plus menaçant et entama un mémorable monologue :

– Vous avez lu ? *Le Monde* dit qu'on est dead. Ils nous donnent trois mois avant de nous ratatiner. Alors aujourd'hui, le but de ce meeting n'est pas que je vous observe bouffer des croissants comme des branleurs et mettre du sucre dans vos tasses de café. Vous vous rendez compte que le moment est grave ? Trèèès grave ? Soit vous commencez à faire vos cartons, soit on se sort les doigts du cul et on inverse immédiatement la tendance. Vous avez le choix. Ceux qui veulent une belle retraite de salariés minables, vous pouvez rentrer chez vous et vous tourner les pouces. Les autres, vous restez enfermés dans ce bureau, et personne n'en sort tant que nous n'avons pas trouvé de solution.

Silence total dans la pièce. Un à un, les cadres reposèrent leur croissant et se pétrifièrent. Guillaume Levet fut chargé de verrouiller la porte de la meeting room. Il traversa la pièce dans une ambiance de mort et remit les clés à Sterner qui, remonté par la cocaïne et la situation, les jeta par la fenêtre. Il les lança si fort qu'on entendit un *plouf*: elles avaient atterri dans la Garonne.

La garde à vue porta ses fruits. Neuf heures plus tard et après l'intervention d'un serrurier, Sterner approuva un plan de secours destiné à rattraper le temps perdu. Dans ce document de soixante-sept pages, deux mesures étaient envisagées afin de sauver la Contre-Société. Tout d'abord, pour qu'elle devienne enfin une plateforme digne d'intérêt, dotée d'une véritable valeur ajoutée par rapport aux réseaux sociaux classiques, il importait qu'elle diversifiât son contenu. Pour ce faire, Heaven ne pourrait plus se satisfaire des publications individuelles rédigées par des internautes. L'entreprise devrait désormais inciter ces derniers à fonder des « contre-médias », c'est-à-dire des journaux qui couvriraient l'actualité de l'Antimonde et de la Contre-Société. *Society-Today* ouvrit le bal. Cette rédaction excellait dans l'art de créer des polémiques. Sa méthode était simple : il s'agissait de multiplier les procès d'intention et les accusations infamantes envers tel ou tel anti-humain célèbre, afin de soulever en permanence des débats passionnés, c'est-à-dire sulfureux. Ce genre d'initiatives contribuerait à cultiver l'effervescence du jeu.

Plus important encore, la Contre-Société devrait, pour concurrencer les réseaux sociaux, devenir un support d'expression artistique. Autrement dit, il fallait que son contenu vaille la peine d'être consulté avec avidité – et personne ne pouvait susciter une telle dépendance davantage qu'un artiste. D'où la nécessité que Heaven devienne un incubateur de talents, tâche que Sterner voulut coordonner personnellement. Il s'engagea à y consacrer une heure de travail quotidien. Sa méthode était simple : chaque fois qu'une publication attirait son attention (événement qui se produisait environ une fois tous les deux mois), il proposait au joueur en question de recevoir une somme conséquente de cleargolds et d'être boosté en matière de visibilité. En retour, il réclamait de lui une totale confidentialité. Et, bien sûr, l'heureux élu se voyait invité à développer son œuvre.

En janvier 2022, Adrien Sterner entama ainsi une nouvelle carrière, à mi-chemin entre un travail d'éditeur et une fonction d'agent artistique. Tous les matins, il décidait de la gloire des anti-humains. Ce nouveau pouvoir, cumulé à tous les autres, ne tarda pas à le griser. En mars, par exemple, il commanda à Chocapixel, un avatar qui avait fait fortune dans le cleargold, une série de chroniques consacrées à la vie quotidienne d'un milliardaire dans l'Antimonde. Le joueur s'exécuta en faisant montre d'un talent manifeste. Ses récits déployaient une subtilité malicieuse pour dépeindre le mélange de frustration et de futilité qui régnait chez les anticapitalistes. Quand ses chroniques dépassèrent les cent millions de vues, Sterner donna l'ordre, sans la moindre raison valable, de supprimer définitivement le compte de Chocapixel. Une fois de plus, cette décision autoritaire suscita des remous au sein de l'équipe dirigeante de Heaven. Lors d'une réunion agitée, Saumiat et Olivien, fidèles à leurs convictions, prirent le risque de faire entendre une voix dissonante : à quoi bon offrir de la célébrité à certains avatars si c'était pour la leur retirer ensuite ? Certes rhétorique, la question n'en demeurait pas moins pertinente. Et, comme à l'accoutumée, Sterner y répondit par un de ces quiz bibliques dont il avait le secret :

– Savez-vous comment saint Jean conclut sa Première Épître ? cuisina-t-il ses deux cadres. Eh bien, par une phrase tout à fait étrange, qui ressemble presque à une menace : « Petits enfants, gardez-vous des idoles. » Il y a un truc qui cloche, dans ce verset : pourquoi saint Jean nous demande-t-il de nous « garder » des idoles ? Pourquoi n'exige-t-il pas tout simplement que nous les détruisions ? Qu'en dites-vous, tous les deux ?

Saumiat et Olivien n'en disaient rien. Ils baissèrent les yeux et attendirent que Sterner poursuive son explication :

– C'est pourtant très simple : saint Jean s'adresse à vous. Oui, à vous, Patrick et Thierry, car vous parlez comme des petits enfants. Et les idoles dont il parle, ce sont les stars. À vos yeux, la célébrité est une fin en soi : si Chocapixel a fait cent millions de vues, alors nous devons le choyer. Moi, je pense tout le contraire. C'est précisément parce que cet avatar a dépassé un certain degré de notoriété qu'il faut le rayer de l'Antimonde. Elle est là, la leçon de saint Jean : certes, les idoles existent; certes, il faut composer avec elles; mais ce n'est pas une raison pour devenir idolâtres. Nous devons les tuer avant qu'elles ne nous tuent.

En vérité, saint Jean ne disait pas tout à fait cela, ni aucun texte de la Bible. Le Nouveau Testament, à vrai dire, n'invitait jamais à transiger avec les idoles. Mais Sterner voyait les choses ainsi : pour que la Contre-Société fonctionnât de façon optimale, il fallait qu'y pullulent des stars éphémères, disparaissant des radars au moment opportun, c'est-à-dire dès qu'elles commençaient à prendre la grosse tête.

– Rien n'est pire que les stars narcissiques, expliqua-t-il avant de clore la réunion. Si nous avions laissé à Chocapixel le temps de devenir une icône, ce joueur aurait fini par perdre son talent. En un sens, supprimer son compte lui a rendu service.

Peu à peu, Sterner céda aux sirènes du syndrome de l'homme-Dieu : rien ne l'amusa plus, au cours de l'année 2022, que de manipuler les anti-humains comme des marionnettes, choisissant d'en booster certains pour mieux les piétiner ensuite, rendant tel ou tel avatar célèbre dans le seul but de le renvoyer aux oubliettes quelques mois plus tard. Mis à part la gloire expéditive de Chocapixel, il y eut notamment, en mai-juin, le roman-feuilleton de Vruza, narrant la trajectoire d'une famille d'immigrés qui débarquaient en France. Son récit avait ceci de singulier qu'on ne pouvait jamais savoir, quand il évoquait telle ou telle ville, s'il se référait à l'Antimonde ou à la France réelle. Ou bien l'auteur trouvait son inspiration en promenant son anti-moi dans des lieux qu'il ne connaissait pas, ou bien il dépeignait une condition qu'il avait lui-même éprouvée : toutes les interprétations se tenaient et c'est sans doute en raison de cette ambivalence que Vruza rencontra un succès fulgurant – avant de se faire buter, lui aussi, le jour même où il publia sur la Contre-Société la dernière page de son roman.

Ainsi certains avatars pouvaient-ils devenir des stars par la seule volonté de Sterner. Mais tandis que dans la société réelle, la France des années 2020, accordait le statut de célébrité à des personnes plus ou moins choisies au hasard, à l'instar des vedettes de téléréalité ou des influenceurs, les joueurs légendaires de l'Antimonde devraient leur gloire à un authentique travail. Ces individus connaîtraient, en quelque sorte, un destin analogue à celui de Banksy. Comme le fameux peintre de street art, ils seraient mondialement connus tout en restant anonymes. Comme lui, ils auraient un pseudo qui se superposerait à leur identité. Banksy, en effet, incarnerait l'exemple à suivre, le modèle par excellence : il s'agirait de se dissimuler pour disséminer l'art, d'habiter l'Antimonde en poètes. L'idéal, là-bas, serait de se draper sous une légende occulte, de se métamorphoser en un illustre confidentiel, d'être une étoile des ombres.

L'enfant tient un ballon qui ne volera pas,
Un trompe-l'œil d'amant suspendu dans le vide,
Des slogans indignés, un parlement de singes :
Tes fresques sont des murs qui se joignent aux nôtres.

Je crois que tes pochoirs n'ont d'autre utilité
Que d'esquisser des portes impuissantes à s'ouvrir.
Ton œuvre s'est bloquée dans la marche du monde.
Figée comme un rêveur qui retiendrait ses larmes.

Toi qui vois tout en noir que pensent tes couleurs ?
À quoi bon décorer des remparts de béton ?
Ce qu'il croit dévoiler ton art le dissimule
Représentant des vies qu'il ne verra jamais.

Mais tu te bats, Banksy, oublié de tes œuvres.
Le musée est total et nous t'en rendons grâce
Toi qui tends des miroirs, des fenêtres opaques
Oubliant un instant que l'écran gagnera.

Banksy

Chapitre 4

«*Avertissement : article incomplet et en cours d'écriture.* Vangel est le pseudonyme d'un poète dont l'identité est inconnue. Francophone, il s'est fait connaître sur la Contre-Société, le réseau social en ligne fondé par Adrien Sterner, en publiant "Playmobil !", une satire qui tourne en dérision l'Antimonde et dénonce la virtualisation des liens sociaux. Le sens caché de ce poème continue à faire l'objet de nombreuses spéculations.»

La page Wikipédia consacrée à Vangel s'arrêtait là. En même temps, il n'y avait rien à ajouter, puisque son personnage se réduisait pour l'heure à ces informations. C'était sur les épaules de Julien que reposait la responsabilité de donner une matière supplémentaire aux rédacteurs de cette entrée. Il fallait se mettre au travail dans les plus brefs délais, en écoutant les conseils que Sterner lui avait adressés dans un deuxième message, sensiblement plus long que le premier : «Une fois que vous serez une star, préconisait le patron de Heaven, isolez-vous. Dans l'Antimonde, vous ne pourrez plus sortir sans que des anti-humains viennent vous alpaguer, vous photographier, vous interviewer… Si vous cédez à la tentation de faire plaisir à vos fans, votre mystère disparaîtra en deux semaines et tout le monde vous oubliera. Avec votre fortune, installez-vous dans un endroit replié, mais au cœur de New York : comme ça, vous serez dans l'œil du cyclone. Surtout, évitez les apparitions ou les conversations avec vos amis. Ne sortez qu'en cas d'urgence, et toujours en cachette. De même, ne publiez pas trop de poèmes à la fois. N'hésitez surtout pas à rester silencieux pendant un mois ou deux si cela vous est nécessaire. »

Habiter dans « l'œil du cyclone »… À New York, un seul lieu correspondait à cette suggestion : le dernier étage du Mandarin Oriental, que Vangel affectionnait de plus en plus. Il décida de réaménager trois suites présidentielles pour qu'elles deviennent communicantes et que ses gardes du corps puissent occuper des chambres attenantes à la sienne. Pendant près d'un mois, il ne sortit pas de cette prison dorée. Chaque soir, Julien se connectait à vingt-deux heures : sans jamais s'aventurer au-dehors, Vangel se contentait de contempler le panorama ou de lire ce qui se publiait à son sujet dans les contre-médias.

Le reste du temps, Julien écrivait des vers. Dans ces instants, il s'installait à sa table devant une feuille blanche A4 et se munissait d'un stylo roller. Au départ, il ne savait pas de quoi son poème parlerait. Tout juste avait-il une vague idée d'une thématique dont il voulait partir, d'un mot qui sonnait bien, d'une image qui lui plaisait. Il s'imprégnait du silence de la pièce et sans se forcer, sans même se concentrer, il laissait les mots s'agencer sur le papier, penchés dans l'encre bleue. Lentement, un premier vers se formait, qui donnait le ton. Une musicalité s'en dégageait, une sorte de mélodie sans notes qui ondoyait dans sa tête. Sans qu'il s'en rendît compte, cette cadence le berçait, il soumettait ses pensées à ce rythme mental, si bien que les morceaux de phrases venaient naturellement : il avait l'impression de les prélever dans l'air ambiant, de les décoller du calme environnant. En s'allongeant sur le papier, les mots faisaient surgir un réseau de métaphores diffuses. Filandreuses au début, les images s'ordonnaient et devenaient limpides à mesure qu'elles s'emboîtaient les unes dans les autres. Il sentait, en les transcrivant, qu'il se dégraissait lui aussi d'une certaine confusion, s'allégeant avec elles en les apprivoisant.

La rédaction d'un poème pouvait prendre vingt minutes, une heure, parfois une journée. Il n'avait aucune notion de durée dans ces moments. Son seul indicateur était le recto-verso qui se remplissait avec le flegme d'un sablier. Sur le papier, le dosage du bleu et du blanc s'inversait peu à peu. La part de bleu gagnait du terrain, disséminant ici ou là ses métastases de mots sous forme de flèches, de ratures, de notes de bas de page. Les métaphores se dispersaient dans tous les sens et le blanc vaincu rétrécissait, n'occupant bientôt que les interlignes ou les marges. Quand il n'avait plus de place pour écrire, Julien se levait, marchait en rond dans son studio et lisait son brouillon à voix haute. Parler tout seul permettait d'y voir clair. Aussitôt le poème proféré, il reconnaissait sans le moindre doute les fulgurances et les scories. Puis il recopiait ses vers sur une seconde feuille. Le but était désormais de simplifier, d'élaguer au maximum, d'écarter toutes les expressions difficiles à comprendre. Quand il avait le sentiment d'avoir poli son texte, il allumait son ordinateur. Alors Vangel prenait le relais : cette œuvre devenait la sienne.

Tout au long du mois de septembre, il prolongea la veine de « Playmobil ! ». D'un poème à l'autre, il alternait entre une voix de moraliste et un ton plus grinçant. Dans « Hashtags », par exemple, le motif de la servitude était omniprésent. Vangel y flirtait avec un imaginaire presque complotiste, multipliant les allusions à des « puissances obscures » ou à des « réseaux anonymes ». Il lui arrivait même d'appeler directement à la haine (« Haïssez l'univers »). Cette violence soudaine, mêlée à une esthétique où se côtoyaient les « poubelles » virtuelles et les « nombrils hurleurs », donnait à sa plume des accents de pamphlet. Tantôt, au contraire, ses vers prenaient l'apparence d'un murmure, d'une plainte désespérée, comme à la fin de « Scrolling » où le poète invoquait la vanité («On essaie vainement d'attirer l'attention»). Julien oscillait également entre le «moi», le «on» ou le «nous», ce qui l'emmenait dans des directions différentes : exprimer l'intime, décrire l'aliénation d'une société robotisée, apostropher vivement ses lecteurs. Malgré ces variations, toutefois, l'enjeu restait le même. Il s'agissait, dans tous les cas, de dépeindre une humanité qui n'avait plus rien d'humain.

Le plus souvent, Julien ouvrait ses poèmes en évoquant des expériences concrètes : scroller sur Facebook, avoir des followers sur Twitter, créer des hashtags. Tels des fleuves confluents, ces tableaux menaient à la même noirceur. Les réseaux sociaux se voyaient toujours décrits comme des usines à souffrance, comme des machineries destinées à abrutir les gens, comme les dispositifs d'une pollution mentale. Dans un texte inédit, c'est-à-dire non publié sur la Contre-Société, Julien se moquait des adultes qui, comme les adolescents, s'envoyaient des smileys en guise de communication. D'une métrique maladroite, il commençait par cette strophe :

Vous êtes des zombies qui aiment les sourires
Ravis de ces symboles qui ne désignent rien
À longueur de journée vous parlez par clins d'œil
Un jour vous oublierez les mots qu'ils remplaçaient
Ces pièges de visages vous tendront un miroir

Comme les chiens à leur maître vous leur ressemblerez
Et vous aurez enfin la gueule de vos smileys.

À cette époque, Julien désertait en effet les vers libres au profit de l'alexandrin. Non qu'il cultivât une inclination spécifique pour le classicisme, mais pour se sentir libre d'écrire ce qu'il voulait, il ressentait le besoin d'obéir à une contrainte, n'importe laquelle pourvu qu'elle l'astreigne. Bientôt, ce garde-fou devint son meilleur appui : un nombre de syllabes à ne pas dépasser pour rester dans la règle. Tant que ses phrases comptaient douze pieds, tant que les mots n'en débordaient pas, alors il avait écrit des vers. Si par contre il franchissait la limite, l'œuvre redevenait pour lui un agrégat de lignes chaotiques. Sur le fond, en revanche, il ne s'embarrassait pas. Il se doutait certes que d'autres artistes, bien plus talentueux que lui, composaient des poèmes depuis la nuit des temps. Sans doute reprenait-il inconsciemment, quand il trouvait une métaphore, des images découvertes par des écrivains qu'il n'avait jamais lus… Peut-être accumulait-il, sous l'effet d'un psittacisme inavoué, les lieux communs les plus éculés de la « littérature ». Mais à vrai dire, il n'en avait rien à faire. Original ou non, charlatan ou génie, il ne cherchait pas à savoir quelle était sa valeur. Seule importait la manière dont il se libérait devant des feuilles blanches. Et puis, là où il était, à Rungis, il n'y avait pas de place pour la poésie des livres. La poésie flottait autour de lui, dans son smartphone ou derrière la fenêtre, dans les rues et sur les réseaux sociaux. Une poésie de béton et de pixels, de boulangeries vides et de likes abondants. Une poésie qui naissait de la rencontre, violente et étouffée, entre des écrans qui contenaient le monde et la grisaille absolue d'une ville sans piétons. Une poésie où s'affrontaient les mots pour essayer de dire la vérité des liens artificiels.

Parfois, pour se renseigner sur son nouveau métier, Julien tapait sur Google « poésie française contemporaine ». Il tombait sur des articles qui dressaient toujours le même constat. Bien sûr, disaient-ils, l'héritage des lettres françaises était indissociable des génies poétiques : Ronsard, Hugo, Baudelaire, Aragon ou Genet. Certes, ces auteurs étaient célèbres dans le monde entier. Assurément, il y avait encore des poètes majeurs. Sans nul doute, les Français se montraient encore friands de poésie via les réseaux sociaux. Mais les chiffres parlaient d'eux-mêmes : les parutions poétiques contemporaines représentaient environ 0,2 % des livres vendus chaque année. Plus étrange encore, les statistiques rapportaient que cet essoufflement de la poésie était un problème typiquement français. Dans les autres pays, à l'instar de l'Espagne, du Japon, des États-Unis, du monde musulman ou encore d'Israël, l'idéal poétique continuait de se vivifier. Seule la France avait connu tout à la fois l'apothéose et le sommeil de la poésie. Certes, des exceptions existaient, des poètes vivants et reconnus dont les œuvres étaient traduites à l'étranger, mais ces cas particuliers ne faisaient que confirmer la dynamique globale. Qu'on l'acceptât ou non, que cette désuétude parût inévitable ou navrante, elle crevait les yeux : la poésie, en tant qu'art et que style de vie, était devenue minoritaire. À la lecture de ces articles, Julien se sentait toujours un peu mal à l'aise. Une question toute simple rôdait dans son esprit. Ce qui le gênait, c'est qu'il n'avait aucun moyen d'y répondre. Pourquoi lui ? Ou, plutôt, pourquoi Vangel ?

Vers la fin septembre, il y eut une journée où Julien écrivit davantage qu'à l'accoutumée. Dehors, alors que certains arbres avaient déjà perdu leurs feuilles, les derniers soubresauts de l'été s'abattaient sur Rungis. Vers dix-sept heures, il sortit boire un café au PMU de la place du Général-de-Gaulle. Presque aveuglant, le soleil étincelait partout sur la terrasse. En petits groupes, des enfants rentraient de l'école, jouant à la marelle sur les passages cloutés. À la table d'à côté, une bande de retraités prenait l'apéro ; devant un pastis et une coupelle d'olives, ils se racontaient leur vie, échangeaient des blagues grivoises, devisaient sur le retour de la pluie et le départ du beau temps. Parmi eux, une vieille dame ne lâchait pas Julien du regard. Qu'avait-elle à l'épier ainsi ? La connaissait-il ? Était-elle une professeure de conservatoire, une mère d'élève ou une voisine d'immeuble ? Non, sa tête ne lui rappelait rien. Alors quoi ? Avait-il quelque chose de ridicule au visage ? Une crotte de nez apparente ? La moustache mal rasée ? Un bout de salade entre les dents ? Julien se photographia en selfie et zooma sur le cliché. Rien d'anormal non plus de ce côté-là. Il n'y avait pas d'explication. Cette femme le scrutait, point à la ligne.

Et si elle avait décelé dans ses traits le visage de Vangel ? Julien y pensait souvent quand il sortait de chez lui : statistiquement, près d'un Français sur trois appartenait à son lectorat. Sur cette place même, il y avait forcément des personnes qui l'adulaient sans même le savoir. Si seulement il se levait à l'instant de sa chaise pour révéler en hurlant sa véritable identité, comment ces gens-là réagiraient-ils ? Il lui suffirait de crier son vrai nom. De réciter l'un de ses poèmes. La rumeur enflerait. La nouvelle tournerait sans doute sur les réseaux sociaux que Vangel s'appelait Julien Libérat.

D'un autre côté, en avait-il envie ? Gainsbourg disait vrai : les masques avaient du bon. Au demeurant, s'il sonnait le glas de cet anonymat, l'Antimonde lui fermerait son compte sans recours possible, c'était écrit noir sur blanc dans le règlement : il perdrait sa rente mensuelle et ses investissements. À quoi bon rompre le charme certes frustrant de cette célébrité dont il ne jouissait pas ?

Au bout de vingt minutes, la vieille dame de la table d'à côté l'interrompit dans ses méditations.

– Monsieur, lui signala-t-elle, vous avez fait tomber votre carte bleue par terre.

Fausse alerte. Il la remercia et paya l'addition. C'était ça, le plus absurde : il était connu par des millions de gens, mais personne ne le reconnaissait.

En rentrant chez lui, Julien se connecta sur l'Antimonde. Entouré de ses gardes du corps, Vangel fumait un cigare sur la terrasse de sa suite. Dehors, la vie battait son plein. Les buildings en érection se dressaient jusqu'à la ligne d'horizon. Aux couleurs zèbre-tigre, des taxis se répandaient dans les rues. En contrebas, un attroupement d'avatars se formait devant le portique de l'hôtel : les fans de Vangel.

Cela faisait un mois que les Vangéliens guettaient chacune de ses apparitions : à travers la fenêtre de sa chambre, sur son rooftop, derrière un rideau… Chaque fois qu'ils entrevoyaient la silhouette de leur idole, ils prenaient aussitôt une salve de captures d'écran qui, publiées sur internet, faisait la joie de la presse people. Depuis la mort de Michael Jackson ou celle de Johnny Hallyday, on n'avait jamais observé, en Occident, un tel phénomène d'adoration envers un artiste. Fidèle aux injonctions d'Adrien Sterner, Julien avait toujours refusé de se plier au jeu. Mais, ce soir-là, en contemplant cette foule, il décida de mettre un terme à sa retraite monacale. Le vendredi suivant, il honorerait l'invitation de l'université Columbia qui souhaitait organiser, en sa présence, une conférence consacrée à son œuvre. Vangel était un dieu, il n'y avait pas de raison pour qu'il reste dans l'ombre une semaine de plus.

Chapitre 5

– *Ladies and gentlemen*, nous avons l'immense honneur d'accueillir aujourd'hui, à l'université Columbia, un invité de marque. Vous le connaissez tous, vous avez tous eu l'occasion de lire ses poèmes dans leur récente traduction américaine. Vous l'aurez compris : je vous demande de faire une ovation à Vangel !

Google Translate avait bien changé depuis ses années de lycée. À l'époque, le logiciel, loin de servir de pont entre les langues vivantes, les restituait toutes dans celle des robots. Incapable de construire des phrases, il se contentait d'en décoder séparément les termes (« *I love you* » devenait « Moi aime toi »), ce qui revenait souvent à rendre leur juxtaposition incompréhensible. Désormais, le programme avait fait des progrès : il avait enfin appris à maîtriser l'anglais. En parfait bilingue, il parvenait à décoder les structures syntaxiques, à repérer les éléments de langage et les locutions intraduisibles – et il les rendait dans un français absolument fluide. C'était à se demander pourquoi les lycéens de 2022 continuaient d'étudier les langues vivantes.

Vangel s'avança vers la scène. L'amphithéâtre fourmillait d'anti-humains. Des flashs crépitaient sans discontinuer, les spectateurs exultaient et les gradins tremblaient. Au moment de monter sur l'estrade, Vangel leva le poing en hommage à Gainsbourg. C'était la première fois qu'il effectuait une apparition publique et, vraiment, il ne regrettait pas d'avoir pris quelques libertés avec les conseils de Sterner.

La conférence était animée par deux universitaires, Chicaneur et Redleft, qui dialogueraient tour à tour avec l'invité d'honneur. Chicaneur prit la parole en premier. Il s'agissait d'un anti-intellectuel français qui cumulait plusieurs fonctions culturelles au sein de l'Antimonde : il exerçait à la fois en tant que traducteur de l'œuvre de Vangel, professeur de littérature comparée à l'Anti-Sorbonne et contre-journaliste à *Contre-Culture*. C'était lui, surtout, qui, le 17 août, avait signé un article-fleuve consacré à l'analyse lexicologique du terme « mérique », où il soutenait que Vangel avait truffé « Playmobil ! » de références à Homère. En matière de doctrine, Chicaneur se réclamait du structuralisme : selon lui, un texte constituait un réseau de significations qu'on devait décrypter sans s'intéresser à l'existence de l'auteur, mais en y décelant partout des allusions à d'autres textes de la littérature, c'est-à-dire en le bombardant d'analyses savantes.

Chicaneur l'attaqua d'emblée par ce qu'il désigna comme une « question préliminaire » destinée à « se mettre en bouche avant de passer à des enjeux plus ésotériques » :

– Votre premier poème, « Playmobil ! », s'achève par une strophe qui a fait couler beaucoup d'encre chez vos commentateurs. J'ai moi-même organisé trois colloques pour éclaircir le sens du terme « mérique » et, après longue réflexion, j'aimerais vous faire part de l'hypothèse qui me paraît la plus probable.

– Avec plaisir, fayota Vangel.

– Il me semble évident que, savant comme je sais que vous êtes, vous avez voulu faire écho à l'adjectif « homérique » qui désigne, outre l'œuvre de votre prédécesseur grec, tout ce qui se rapporte de près ou de loin au domaine de l'épique. J'en déduis que vous placez votre propre lyrisme sous l'égide d'un souffle surnaturel. Dès lors, la question que je brûle de vous poser est la suivante : pourquoi avez-vous retranché la syllabe « ho » ?

Tu parles d'une « question préliminaire »... Bien entendu, Julien n'avait jamais lu une seule ligne d'Homère. Quant à l'adjectif « homérique », il n'avait pas le souvenir de l'avoir employé ne fût-ce qu'une fois dans sa vie. Que répondre à cette logorrhée ? Il y avait certes la solution Wikipédia : consulter à toute vitesse l'article « Homère » et improviser quelques phrases qui puissent tenir la route... Mais, même en le survolant, Julien mettrait trop de temps. Il préféra faire comme Gainsbourg : improviser et dire n'importe quoi.

– Pour une raison très simple, mon cher. En français, le son « o » évoque inévitablement l'eau. Et je n'aime pas du tout les univers liquides.

– Comment avais-je pu passer à côté de cette évidence ? réagit Chicaneur avec exaltation. La clé résidait dans la phonétique ! Chez Homère, l'eau est le cadre des péripéties d'Ulysse. Elle constitue un lieu où s'affrontent la providence et l'héroïsme humain. En enlevant l'« ho » de l'« homérique », vous voulez inventer une épopée non épique, un lyrisme sans dieux.

– C'est même plus profond que ça, rebondit Julien, galvanisé par la manière dont ses bêtises étaient prises au sérieux. Car, si vous regardez bien, on entend également la « mer » dans le mot « mérique ». Donc, quelque part, je retombe sur mes pattes.

À cette ratiocination, Chicaneur chicana de plus belle : il venait d'avoir un orgasme mental. Tandis qu'il s'apprêtait à passer aux « enjeux ésotériques », Julien décida que Vangel répondrait oui à chacune de ses questions suivantes. C'était encore la meilleure chose à faire face à un anti-intellectuel forcené.

– Dans vos poèmes, vous employez souvent le terme de « lumière ». Seriez-vous d'accord pour dire que votre esthétique remplit une fonction apophantique, au sens que Heidegger prête à ce terme quand il commente la théorie aristotélicienne du logos ?

– Tout à fait. J'y pense depuis le premier poème que j'ai écrit, mais personne n'avait décelé, avant vous, ce clin d'œil à Heidegger. Bravo à vous pour la finesse de votre regard !

– Avais-je raison de soutenir que le mot « muque », dans « Playmobil ! », s'inscrivait sous l'égide de l'« arbitraire du signe » théorisé par Saussure ?

– Bien sûr !

– En lisant et relisant vos poèmes, j'ai remarqué que vous entretenez un rapport complexe à la ponctuation. Vous oscillez entre une conception mallarméenne de la métrique et une vision latine selon laquelle l'harmonie idéale repose sur l'hexamètre dactylique. Qu'en pensez-vous ?

– Je pense que votre analyse est parfaite. Vous êtes, de loin, le meilleur spécialiste de ma poésie.

Vangel avait réussi le premier tiers de son interrogatoire. Rien n'était plus aisé que de mystifier un universitaire : il suffisait de se prendre soi-même au sérieux et, en retour, de lui balancer des compliments. Les louanges avaient sur Chicaneur l'effet que les bonbons ont sur les petits enfants. Adoubé « meilleur spécialiste » de l'œuvre de Vangel, le structuraliste était aux anges. Avant de rendre son micro, il s'exclama que Vangel était « le meilleur écrivain du XXIe siècle ». Du renvoi d'ascenseur dans un amphithéâtre.

Vint ensuite le tour du bad cop. Redleft enseignait dans une anti-université de l'État de Washington. Comme son nom l'indiquait, il était rouge de gauche.

– Connaissez-vous Sainte-Beuve ? lança-t-il en guise de préambule. C'était un critique français du XIXe siècle. Sa méthode reposait sur le principe suivant : il ne faut jamais séparer l'homme de l'artiste. Pour comprendre une œuvre littéraire, il importe de s'intéresser à la vie privée de son auteur. Or, selon Sainte-Beuve, trois questions permettent de comprendre la vie d'un individu : quel est son rapport à l'amour ? Comment utilise-t-il son argent ? Quel est son positionnement politique ?

– Quel est le lien avec moi, l'interrompit Vangel, enfin avec le sujet de notre conférence ?

– Le lien est évident. Aujourd'hui, je vais vous interviewer à la manière de Sainte-Beuve.

Ce type est totalement cinglé, songea aussitôt Julien : que pourrait-il trouver à commenter quant à la biographie de Vangel ? Il n'eut pas le temps de se poser la question que Redleft entra dans le vif du sujet :

– Commençons donc par les sentiments. J'ai fait ma petite enquête sur vous. Et j'ai découvert que vous avez vécu un flirt avec une touriste en vacances à New York. Le moins qu'on puisse dire, c'est que cette bagatelle a très mal fini…

– Je ne vois vraiment pas où vous voulez en venir, rétorqua Vangel.

– Ah bon ? Et si je vous rappelle le nom de Goldenheart ? Et si j'apprends à notre auditoire que vous, Vangel, avez assassiné cette femme au zoo de New York ? Et si j'informe notre public que derrière un prétendu « poète » se cache un criminel ?

Vague d'indignation dans les gradins. Une trentaine d'anti-humains quittèrent aussitôt l'amphithéâtre. Les autres ne bougeaient plus. Éberlués par ce coup de théâtre, ils semblaient attendre la réaction de Vangel.

– Mais enfin ! dit-il après une minute de réflexion, je n'ai tué personne. Vous le savez bien : Goldenheart n'existe pas.

Julien se souvint alors du règlement intérieur de l'Antimonde : « Vos anti-humains existent. Nous vous demandons de les prendre au sérieux. » Mieux valait ne pas jouer avec le feu et trouver une autre ligne de défense.

– Oui, se justifia-t-il alors, j'ai en effet commis un meurtre. Mais, comme vous le savez, je n'avais pas le choix, j'étais obligé d'agir ainsi.

– Cet argument, répliqua Redleft, est celui que les nazis utilisaient pour minimiser leurs crimes au procès de Nuremberg : êtes-vous raciste, monsieur Vangel ?

Julien ne put réprimer un éclat de rire. Cette conférence prenait des dimensions hallucinantes. D'ailleurs, la question de Redleft n'avait même pas de sens : dans l'Antimonde, « raciste » se disait « antiraciste », de même que les « humains » devenaient des

« anti-humains ». D'où il suivait qu'inversement les « antiracistes » devaient, là-bas, être qualifiés d'« anti-antiracistes », donc de « racistes ». L'Antimonde inversait les coordonnées du bien et du mal : plutôt que de répondre à l'accusation de Redleft, Vangel partagea cette remarque auprès du public.

– Quoi ? s'indigna aussitôt son interlocuteur. Vous êtes en train de renvoyer dos à dos le racisme et l'antiracisme ? Vous rendez-vous compte de la gravité de ce dérapage ?

Cette question provoqua un mouvement de foule. Comme un seul homme, les spectateurs bondirent des gradins en direction de l'estrade. Certains atteignirent Vangel et commencèrent à le frapper. Heureusement, ses vingt-sept gardes du corps l'entourèrent. KillerNumber One n'eut d'autre choix, pour sauver son patron du lynchage, que d'ouvrir le feu. Armé d'un fusil d'assaut, il se mit à mitrailler le public. Pendant ce temps, SuperBond008 et ses collègues parvinrent à exfiltrer Vangel dans une voiture blindée qui le ramena à toute allure dans sa suite du Mandarin Oriental. De son côté, KillerNumberOne resta seul dans l'amphithéâtre de Columbia. La police finit par le neutraliser : il avait tué dix-huit anti-humains. Jamais, dans l'histoire de la littérature, un poète n'avait eu d'effets aussi explosifs sur son lectorat.

Chapitre 6

« Cher Vangel,

Je vous avais bien dit que toute apparition publique se solderait par un carnage. Vous n'en avez fait qu'à votre tête : vous voilà dans un beau pétrin… Heureusement, je suis là pour vous tirer d'affaire !

Si vous voulez réparer le tir (c'est le cas de le dire…), suivez mes indications à la lettre, sans faire de hors-piste. Primo, ne réagissez pas publiquement. Surtout pas de communiqué, ce serait la meilleure manière d'attirer la lumière sur les accusations de Redleft. Secundo, j'ai trouvé un moyen de rattraper la situation : figurez-vous que Pluto, le dictateur des anti-États-Unis, souhaite vous recevoir à la Maison Blanche. Comme vous le savez, sa politique d'extrême droite est de plus en plus impopulaire. Alors je vous ai concocté une mission spéciale, que j'ai appelée *Saving Private Vangel* (vous avez la référence ?). Je vous donne l'ordre d'assassiner Pluto et de rentrer en France.

Vous avez carte blanche. *Good luck !*

Adrien Sterner »

Comme son nom l'indiquait, Pluto était un admirateur de Donald Trump. Enragé par la défaite du quarante-cinquième président américain contre Joe Biden, ce joueur avait fait un putsch dans l'Antimonde le 6 janvier 2021 en envoyant son avatar à l'assaut du Capitole virtuel. Depuis, les anti-États-Unis vivaient sous sa coupe. En guise de programme politique, Pluto suivait une ligne paresseuse : il se calquait sur les dérapages de Trump. Un jour, il déclarait la guerre au Mexique. Le lendemain, il larguait une bombe nucléaire sur les « pays de merde » : Haïti et le Salvador. Le surlendemain, il demandait à la garde nationale de fusiller, un à un, les sénateurs qui refusaient de lui prêter allégeance – et ainsi de suite jusqu'à instaurer un climat de guerre civile. Depuis sa prise de pouvoir, il ne se passait pas une semaine, dans l'Antimonde, sans que la Maison Blanche soit à l'origine d'un massacre.

Initialement, le coup d'État de Pluto avait été une bonne nouvelle pour Heaven, dans la mesure où ce dernier donnait du grain à moudre à tous les médias qui, dans la société réelle, évoquaient la menace d'un retour du trumpisme. Pour le *New York Times*, CNN ou le Huffington Post, l'existence d'un « Donald *bis* » dans l'Antimonde était du pain bénit. Il n'y avait plus besoin de fournir des efforts d'imagination pour tourner Donald Trump en dérision : Pluto, qui incarnait sa caricature vivante, s'en chargeait lui-même. En outre, la violence démesurée dont faisait preuve cet avatar permettait aux politologues de démontrer que le trumpisme cristallisait non seulement des affects populistes, mais surtout des pulsions authentiquement criminelles et fascistes : un désir de faire physiquement disparaître toutes les populations perçues comme incompatibles avec le rêve d'une *Great America*. Aussi, nombreuses furent les rédactions qui couvrirent l'actualité du jeu vidéo de Sterner dans la rubrique « Politique » de leur journal, et non dans les pages réservées aux secteurs numérique et vidéoludique. Ce changement de statut permit à Heaven de cibler une nouvelle clientèle : plus de dix millions d'internautes américains s'inscrivirent sur l'Antimonde dans le simple but de résister au Donald à travers le Pluto.

Mais la politique sanglante de Pluto, qui assassinait les avatars à tour de bras, privait Heaven d'autant de clients potentiels. Le règlement de l'Antimonde était formel : « Si votre anti-moi trépasse, son décès sera définitif. Depuis votre adresse IP, vous ne pourrez plus jamais créer le moindre compte. » Certes, seuls 13 % des avatars, ayant validé la Mission nº 2, étaient mortels, mais cette proportion représentait près de cent quarante millions de joueurs. Et Pluto, à lui seul, assassinait près de soixante-dix mille anti-humains par semaine. Ce rythme n'était pas tenable : à terme, tout le marché américain glisserait entre les doigts d'Adrien Sterner. Le paroxysme fut atteint le 4 août 2022, un soir où Donald Trump publia un communiqué où il vilipendait les acteurs bobos du cinéma hollywoodien. Inspiré par cette déclaration et désireux de l'imiter dans cette voie, Pluto fit bombarder la ville de Los Angeles au napalm. Bilan : huit millions d'utilisateurs partis en fumée en une seule nuit. Il fallait mettre un terme à cette hécatombe financière. Dès ce jour, Sterner chercha activement un moyen de débarrasser l'Antimonde de ce despote détraqué. Aussi, quand Vangel, son petit protégé, se retrouva honni par la gauche new-yorkaise, et que Pluto le convoqua dans le Bureau ovale pour le féliciter de la détestation qu'il inspirait aux démocrates, le créateur de jeux vidéo décida, sans hésiter, de sauter sur l'occasion.

La Maison Blanche… Lui, le petit pianiste de Rungis, allait être reçu chez le président de la première puissance mondiale. Et il le flinguerait… Julien n'en revenait toujours pas. Le jour J, il acheta vingt dosettes de café, commanda trois pizzas, éteignit son téléphone et s'enferma chez lui. L'avion privé de Vangel atterrit à l'aéroport Ronald Reagan aux environs de sept heures du matin (GMT – 4), soit peu après le déjeuner de Julien. Il s'agissait d'un Boeing 747-400 qui transportait, outre le poète, les quarante gardes du corps qu'il avait recrutés en vue de la mission spéciale.

Le trajet jusqu'à Pennsylvania Avenue durait moins de dix minutes. Les dix voitures du cortège de Vangel roulaient à vive allure, protocole oblige. Elles longèrent le Potomac, s'engouffrèrent sur le pont d'Arlington et contournèrent le Lincoln Memorial. De son côté, Julien se mordait la lèvre : combien de soldats étaient affectés à la protection de Pluto ? Comment seraient-ils équipés ? Le laisserait-on entrer dans la Maison Blanche accompagné de quarante hommes de guerre ? S'ils étaient refoulés, parviendraient-ils à lancer l'assaut depuis l'extérieur du palais présidentiel ? Malgré les heures passées à échafauder un plan avec ses mercenaires, il n'avait aucune certitude. En cas d'incident, Vangel se ferait descendre et tout serait fini.

Bientôt, les voitures atteignirent un carrefour et ralentirent. En face, un immense obélisque se dressait au milieu d'une pelouse. Elles tournèrent à gauche, s'engagèrent dans une large avenue bordée de camions où des marchands vendaient des friandises. Sur le trottoir de droite, des bâtiments administratifs défilaient, immeubles imposants érigés dans un style à la fois colonial et massif. Puis la Chevrolet de Vangel traversa un portique de sécurité entouré de guérites, roula encore quelques mètres et s'arrêta devant une marquise : l'entrée de l'aile Ouest. Il était arrivé à destination.

Sur le perron, il fut accueilli par le chef du protocole. Ce dernier fut formel : la présence de bodyguards n'était pas tolérée dans l'enceinte de la maison du peuple. Sur l'insistance du poète, on autorisa SuperBond008 à pénétrer avec lui au sein de l'aile Ouest. Vangel eut le temps d'aviser les environs. Partout, des dizaines de snipers se cachaient. Camouflés dans les buissons, allongés sur les toits, ils guettaient la moindre anomalie. Le combat s'annonçait inégal : l'agent 008 à lui seul versus les services secrets de la première puissance mondiale. D'ici quelques instants, la mission suicide allait commencer.

Après avoir traversé un dédale de couloirs, Vangel et SuperBond008 arrivèrent dans une antichambre vieillotte. Malgré la faible lumière, on distinguait nettement quelques œuvres d'art : un buste où Pluto tirait la langue, des photographies où il tabassait des enfants, un poster où il torturait des hamsters. Pendant deux ou trois minutes, il ne se passa rien. Julien sentait son cœur battre de plus en plus fort. Un mélange d'adrénaline et de stress. Derrière cette porte, un film d'action l'attendait, qui le conduirait ou bien au sommet de la gloire ou bien dans les oubliettes de l'Antimonde. Libérat ferma les yeux, inspira longuement et arrêta de penser. C'était parti.

Un chambellan fit son apparition. La porte s'ouvrit sur le Bureau ovale. Dedans, une armada de journalistes s'apprêtaient à photographier la rencontre. Et, au milieu de la pièce, piétinant le sceau présidentiel qui trônait sur la tapisserie, Pluto fanfaronnait dans une tenue de golf. Vissée sur son crâne, sa casquette était rouge. Vangel y déchiffra le sigle « MAVA », slogan du plutonisme : « *Make America Violent Again* ».

– Ah, voici mon *fucking poet-warrior* !

Pluto s'avança vers lui pour lui serrer la main. Pendant dix minutes, il ne la lâcha pas. Sa poignée était tellement virile que les cartilages de Vangel cédèrent : il en perdit deux doigts. Remarquant la blessure qu'il avait infligée à son invité, Pluto présenta ses excuses à sa manière :

– T'inquiète pas pour tes doigts ! T'es un mâle alpha bourré de fric, comme moi ! T'as qu'à buter un gauchiste, lui découper sa main et te la faire greffer.

Julien décida de ne pas faire d'histoires et, pour satisfaire un caprice de son hôte, permit même à Pluto de jeter ses deux doigts amputés dans la cheminée. L'anti-président américain se montra particulièrement touché de cette attention :

– Vous voyez, interpella-t-il les journalistes, Vangel sait comment se comporter avec moi. Il m'a laissé lui couper et lui brûler les doigts pour me faire plaisir. Ça, c'est la preuve d'un good guy ! Vous devriez en prendre de la graine, vous les losers qui me manquez de respect du matin au soir !

C'est sur ce drôle de cadeau diplomatique que commença la conférence de presse. Pluto et Vangel s'assirent sur deux sièges en cuir. Pendant que les photographes les bombardaient de captures d'écran, ils répondaient, via le tchat, aux questions des journalistes accrédités :

– Monsieur le Président, Cookie48 pour le *Contre-Times*. C'est la première fois, en deux ans de pouvoir, que vous recevez quelqu'un pour une visite officielle.

Pourtant, Vangel n'est ni un chef d'État ni un politicien. Ma question est simple: pourquoi lui ?

– Voilà une question, attaqua d'emblée Pluto, qui est digne de vous : idiote, stupide, mesquine, absurde, haineuse et mensongère. Une question de petit pigiste merdeux qui gagne à peine 2000 cleargolds par mois et se permet de me faire la leçon.

– Monsieur le Président, se défendit le contre-journaliste, pourquoi me parlez-vous ainsi ? En quoi ma question était-elle haineuse ou mensongère ?

– Vous avez vu, Pluto apostropha-t-il les membres du Secret Service, comment me parle ce clochard puceau ? Vous avez entendu toutes les fake news qui sortent de sa bouche ? Allez, emparez-vous de ce fils de pute et foutez-le dans la cheminée ! Au feu, les crapules gauchistes !

Cookie48 essaya de prendre la fuite, mais il était trop tard. Quinze agents du FBI le saisirent par l'épaule et le jetèrent vivant parmi les flammes. En moins de dix secondes, ses cendres avaient rejoint celles des doigts de Vangel. Un contre-journaliste de MavaTV, la chaîne qui soutenait le pouvoir en place, interrogea à son tour l'anti-président des États-Unis d'Amérique :

– Monsieur le Président, Fucker35 pour MavaTV. C'est la première fois, en deux ans de pouvoir, que vous recevez quelqu'un pour une visite officielle. Pourtant, Vangel n'est ni un chef d'État ni un politicien. Ma question est simple: pourquoi lui ?

– Quelle excellente remarque ! Vangel est un poète *wonderful*, *incredible*, *beautiful* et *powerful*. Ce type est comme moi : il a une énorme bite et des burnes gigantesques ! L'autre jour, quand j'ai appris ce qu'il a fait à Columbia, je me suis dit : enfin un type qui vaut la peine de ne pas être tué ! Les gauchistes voulaient le canceler. Alors, au lieu de s'excuser, il les a canardés. C'est comme ça qu'il faut les traiter, ces ennemis du peuple, à la kalach et au lance-flammes ! Le voici, le message des poèmes de Vangel ! Le feu et la fureur ! La haine et la violence ! La mort et la virilité !

L'occasion tombait à pic. Vangel coupa la parole à Pluto :

– Monsieur le Président, vous vous trompez doublement. D'abord, contrairement à ce que vous avez insinué, je ne suis pas doté d'une « énorme bite », mais d'un infime micropénis – j'ai d'ailleurs la ferme intuition que sur ce point nous sommes semblables… Ensuite, mes poèmes n'incitent pas du tout à la haine dont vous êtes le héraut.

– Ah bon ? s'étonna Fucker35. Et à quoi ils incitent, alors ?

– À ceci…

À peine eut-il fini d'écrire le mot « ceci » sur le tchat que Vangel se leva et dégaina un pistolet caché dans les plis de son veston. Julien n'avait jamais appris à tirer dans l'Antimonde. Toutes ses balles atterrirent contre un lampadaire de décoration. Son chargeur était vide et sa cible manquée. Dans l'urgence, il fit comme avec Goldenheart : il appuya sur « q » et Vangel agrippa Pluto. À l'aide des flèches, il le traîna jusqu'à la cheminée. La touche « x » propulsa l'anti-président américain au cœur du foyer, dont les flammes redoublèrent aussitôt de hauteur.

L'anti-POTUS était dead. Confusion totale dans le Bureau ovale. Derrière son ordinateur, Julien contemplait la scène en se demandant ce qui allait advenir. Pendant près d'une minute, il ne se passa rien. L'acte de Vangel avait provoqué un effet de souffle, les anti-humains de la pièce étaient trop sidérés pour réagir sur-le-champ. Puis les contre-journalistes ouvrirent le bal. À l'exception notable de Fucker35, ils se mirent tous à sauter de joie.

– *Thank you, thank you so much*, répétaient-ils en boucle.

Les membres du FBI débarquèrent alors à l'intérieur de la salle. Dans la panique, ils mitraillèrent le carré des reporters. SuperBond008 en profita pour exfiltrer Vangel en catimini par une porte-fenêtre.

Cette issue débouchait sur une roseraie. À couvert derrière un arbuste, Vangel et SuperBond008 firent le point sur la situation : la première étape s'était déroulée sans encombre. Restait à sortir vivants de ce merdier. De loin, on entendait d'intenses détonations. Sans doute les quarante bodyguards qui assaillaient l'aile Ouest pour les rejoindre. Mais il était trop tard pour les attendre.

À cette heure, Vangel était déjà l'ennemi public numéro un dans tout le pays. Dans moins de dix minutes, la Maison Blanche serait envahie par des milliers de soldats qui auraient pour injonction de le neutraliser. Il fallait, sans plus tarder, prendre la poudre d'escampette et quitter le pays.

Où trouver un moyen de s'enfuir ? Sur la pelouse Sud de la Maison Blanche stationnait le Marine One, l'hélicoptère personnel de l'anti-président des États-Unis. SuperBond008 ordonna à son patron de sprinter jusqu'à l'appareil pendant qu'il le couvrirait. Vangel s'exécuta avec une telle dextérité que Julien, cramponné au clavier de son ordinateur, ressentit une douleur au niveau de son index : la vengeance de Pluto. L'agent 008 tira à bout portant sur les gardes qui protégeaient l'accès à l'hélicoptère, égorgea les pilotes et, juste avant de prendre les commandes du cockpit, redescendit sur la pelouse. Il brandit un lance-roquettes, visa le balcon de la Maison Blanche et le fit exploser. La diversion parfaite pour filer à l'anglaise.

Mise en marche du Marine One. Les pales s'activèrent. Des cercles de vent se formaient, timides et concentriques. Le gazon commençait à ployer sous la pression de ce décollage imminent. Au loin, la Maison Blanche en feu, son premier étage éventré. De tous côtés, des voitures blindées affluaient. Par centaines, des militaires se précipitaient en direction de Vangel et l'appareil ne prenait toujours pas de hauteur. Les hélices continuaient de tourner, mais avec trop de lenteur. Les soldats, pourtant, n'étaient plus qu'à cinquante mètres. Dans une poignée de secondes, ils lanceraient l'assaut. Le temps pressait. Dans le cockpit, SuperBond008 s'acharnait sur le levier. La vitesse de rotation augmenta enfin. L'hélico s'ébroua. Il s'inclina vers l'avant, se pencha en arrière et, soudain, se hissa vers le ciel.

Mission réussie. Julien alla se passer de l'eau sur la tête et revint à son ordinateur. La scène ressemblait au dénouement d'un film d'espionnage. Vangel était assis dans le siège de l'anti-président. Au-dessus de Washington, il contempla le dôme du Capitole et la fumée qui se dégageait de la Maison Blanche. Dans deux heures et demie, le Marine One, dont la capacité de vol embrassait une distance maximale de mille kilomètres, se poserait à Toronto. Là-bas, les autorités canadiennes lui affréteraient un avion privé qui le rapatrierait en France. Quant aux défenses anti-aériennes de l'armée américaine, il n'y avait rien à en craindre : le ministère de la Défense n'oserait jamais envoyer des F-16 pour torpiller l'hélicoptère de l'anti-président des États-Unis. Le triomphe était donc total.

Dans la soirée, l'information fit le tour du monde. Du vrai monde. De New York à Johannesburg en passant par Sydney, toutes les télévisions de la planète mentionnèrent, dans leurs journaux du soir, le métavers créé par Adrien Sterner. Dans toutes les langues, les présentateurs racontèrent l'histoire de ce poète qui venait d'assassiner le « Donald Trump *bis* » de l'Antimonde. En France, Anne-Sophie Lapix consacra, en ouverture de son JT, une séquence de trois minutes à l'exploit de Vangel : on y voyait des captures d'écran de l'avatar dans le Bureau ovale, dégainant son arme en direction de Pluto. Quant aux réseaux sociaux, ils firent un triomphe à Vangel. Le hashtag #ThankYouVangel atteignit le Top Tendances à l'échelle internationale. À minuit, Donald Trump se sentit obligé de réagir en personne par un communiqué acerbe, publié sur Truth, le réseau social qu'il avait fondé : « Les crazy gauchistes sont les ennemis du people !!! Ces poules mouillées sont fières de m'avoir buté sur un jeu vidéo ! Vangel est un shitty poète doublé d'un son of *****. Je suis sûr que ce stupid geek est un loser qui ne sait plus quoi inventer pour faire parler de lui ! » Julien ne le lui faisait pas dire…

Chapitre 7

À son retour en France, Vangel fut bel et bien honoré comme un super-héros. Dès son atterrissage, des milliers d'anti-humains convergèrent vers l'aéroport du Bourget pour lui réserver un accueil de star. Et pour cause : quand la rumeur avait commencé à circuler, sur internet, que Vangel venait d'assassiner Pluto, une vague de panique avait investi l'Antimonde. Personne, même parmi ses admirateurs, ne croyait Vangel capable de s'en tirer vivant. Sur la Contre-Société, les fans publiaient des messages d'inquiétude, parfois de condoléances, persuadés que l'avatar de Julien avait laissé sa peau dans cette opération suicide. Exécuter l'anti-président des États-Unis, passe encore, mais sortir de la Maison Blanche sain et sauf, au nez et à la barbe des services secrets, voilà qui semblait hors de portée. Comment ce joueur avait-il pu échapper à toutes les menaces qui pesaient sur lui ? Qui était-il au juste ? Un poète ? Un prophète ? Un mélange de James Bond et de Victor Hugo ? L'anti-humain le plus humain qui fût ?

La première question que se posa Vangel, quand son cortège s'engagea sur le périphérique, fut de savoir où habiter. De toute évidence, il importait d'acquérir une résidence à la hauteur de sa célébrité. À Paris, il ne voyait qu'un seul endroit : le dernier étage de la tour Eiffel, où Julien savait, pour l'avoir visité à douze ans, que Gustave Eiffel avait aménagé un appartement. Le monument était la propriété de la ville de Paris. Vangel ne perdit pas de temps : il demanda un rendez-vous à Karabuze, le maire de l'anti-capitale, qui accepta de brader le monument pour 8 millions de cleargolds. Une somme dérisoire qui aiderait toutefois la municipalité à éponger ses dettes. Karabuze fut ravi de cette vente et Vangel partit se retirer en compagnie des nuages dans son penthouse, à coup sûr le plus majestueux de l'Antimonde. Là, il décida de s'isoler complètement et de ne plus faire d'apparitions publiques ; à présent qu'il régnait au sommet de sa gloire, il était parfaitement vain de vouloir en descendre.

Tous les soirs, quand Julien allait sur l'Antimonde, il passait des heures à contempler le panorama depuis la terrasse de la tour Eiffel. À l'horizon, des millions de points lumineux pétillaient dans la nuit. Autant d'antihumains connectés en même temps que lui, autant de personnes qui s'amusaient par procuration, autant de fans qui attendaient de lire ses prochains poèmes, de pouvoir les réciter encore et encore, de les transformer lentement en lieux communs de la culture virtuelle. Il restait bouche bée à contempler ce flux d'existences fictives, cette anti-France 3.0 où la vie semblait s'être déplacée. Et, depuis son rooftop, il supervisait cette sphère, il se mêlait au ciel, il adoptait le point de vue des nuages, des étoiles, des rayons de soleil. Sur son écran, il observait la Terre avec les yeux de Dieu.

Dès les premiers jours d'octobre, constatant que son épargne dépassait les 4 000 euros, il ralentit son rythme d'écriture et se résolut enfin à acheter la panoplie de l'anti-humain vendue par Heaven. Le colis lui fut livré au bout d'une semaine. Il contenait une combinaison haptique emballée dans du papier bulle, un micro, des fils électriques et une dizaine de capteurs infrarouges. Julien se lança dans la lecture du mode d'emploi et passa en revue chacun des accessoires.

La combinaison était l'élément principal. Elle ressemblait à un scaphandre ou aux tenues en latex qu'utilisent les sadomasochistes. Composée de tissu élastique, elle épousait chacune des courbes du corps humain, des épaules aux orteils. Pour une utilisation optimale, elle devait être portée à même la peau, sans T-shirt ni sous-vêtements. Des centaines de moteurs cachés sous la doublure envoyaient des stimulations tactiles ou musculaires d'intensité variable, reproduisant aussi bien la palpation d'objets qu'une sensation de pluie, de chaleur, de vent ou de douleur, et même d'excitation sexuelle. La version masculine, en effet, recouvrait totalement le pénis, et la féminine s'adaptait à la morphologie vaginale, si bien qu'elles pouvaient toutes deux faire office de sextoy. Accomplissant la plus folle des alchimies, celle qui transformait le virtuel en réel, cette armure high-tech n'avait rien d'un vêtement. C'était une deuxième chair qui venait se greffer à celle de Julien. Un corps augmenté, un corps d'anti-humain.

Les autres pièces étaient plus simples à manier. Julien brancha le micro à son casque. Désormais, il lui suffirait de parler à voix haute pour qu'un logiciel transcrive chacun des propos de Vangel. Quant aux capteurs, il les positionna aux quatre coins de son studio. Ce seraient eux qui traduiraient ses mouvements en déplacements dans le métavers. Puis il ressortit son casque de réalité virtuelle qui serait enfin utile pour compléter la panoplie. Restait encore à connecter les accessoires à l'Antimonde via Bluetooth et, en moins de trois minutes, le système s'alluma.

Dans son casque, Julien ouvrit les yeux et ce qu'il ressentit alors fut extraordinaire : il était dans la peau de Vangel. Autour de lui, l'appartement de son anti-moi paraissait si présent que rien ne lui permettait de douter de sa réalité, excepté la pensée qu'il s'agissait d'une illusion. Mais que valait cette idée face à l'évidence de ce qui l'entourait ? S'il oubliait un instant qu'il portait une combinaison et que tout cela n'était qu'un système technologique, s'il se contentait de regarder la chambre de

Vangel, de se faire couler un bain, de marcher jusqu'à la terrasse et de contempler le panorama, rien, absolument rien ne lui permettait de faire la différence entre cet endroit et la vraie tour Eiffel. Tel un enfant faisant ses premiers pas, Julien chavira à deux ou trois reprises avant de trouver l'équilibre. Malgré le vertige, il se sentait plus léger que jamais. Il avait mis les pieds dans un rêve éveillé.

La veille et les jours précédents, Julien utilisait encore son ordinateur pour rejoindre l'Antimonde. À présent, il se promenait dedans. Le métavers n'était plus une interface où s'affichaient des images mais une fenêtre grande ouverte que Julien traversait, qu'il enjambait en toute transparence. Sans bouger, il était passé de l'autre côté, il pénétrait à l'intérieur du trompe-l'œil, il déplaçait des perspectives en 3D au rythme de ses pas, il s'égarait dans un univers où les images vibraient comme des choses et où les choses elles-mêmes flottaient, fantomatiques. L'environnement qu'il explorait ne se situait ni dans le monde ni dans son écran. C'était un brouillard d'espace qui oscillait entre les deux. C'était une planète où tout était vraisemblable et où rien n'était vrai.

Les jours qui suivirent, Julien ne quitta plus sa combinaison. Sortant à peine de chez lui, il s'immergea dans le corps de Vangel, apprit à découvrir la vie avec ses yeux, à se sentir chez lui au sommet de la tour Eiffel. Peu à peu, il oublia qu'il s'appelait Julien Libérat, qu'il était un ancien pianiste, qu'il habitait Rungis et autres données biographiques : plus rien n'existait désormais que sa nouvelle identité, la meilleure, celle de son anti-moi. Dans son rooftop virtuel, Julien aménagea un petit bureau où, depuis l'Antimonde, il se mit à écrire son poème le plus personnel, le premier qu'il composait avec les mains de Vangel. Sur des bouts de papier qu'il collait aux murs de son penthouse, il transcrivait de temps à autre une vague expression : « mirage réel », « ensemble = séparés », « reliés autrement »... Peu à peu, ces brouillons se juxtaposèrent comme les pièces d'un puzzle. Une strophe, puis deux, puis six. Le résultat fut un texte radicalement distinct de tous les précédents. Un manifeste où Vangel exprimait le désir qu'un autre monde se superposât au nôtre, invitant ses lecteurs à le rejoindre dans ce mirage réel où les âmes vivaient en extase, ensemble et séparées.

Son poème, il l'appela « Conditions d'utilisation de l'Antimonde », comme s'il s'arrogeait le rôle de son inventeur. Il fut publié le 15 octobre et connut un succès fulgurant, sinon incomparable : trente-huit millions de vues en une seule semaine. Les internautes francophones avaient dû le lire trois ou quatre fois chacun, au même titre qu'un tube musical. Ce fut tout naturellement que, dans ces circonstances, la popularité de Vangel se mit à dépasser le cadre de l'Antimonde. Dans les jours qui suivirent, plusieurs grands journaux français s'emparèrent du sujet. Slate lança le phénomène médiatique en présentant le poète comme « un écrivain mystérieux, dans la continuité directe d'un Romain Gary ou d'une Elena Ferrante». Ces comparaisons eurent pour effet de créer une véritable «affaire Vangel». Les esprits s'agitaient : comment l'avenir de la poésie pouvait-il se jouer sur un métavers ? Était-ce le signe d'une décadence de la culture ou d'une révolution artistique ? De quoi Vangel en somme était-il le nom ?

Quelques jours après l'article de Slate, François Busnel prit une décision inédite dans l'histoire de la télévision. L'animateur de *La Grande Librairie* avait toujours voulu avoir un temps d'avance sur la littérature institutionnelle, ce qui le conduisait à s'intéresser aux avant-gardes, prenant parfois le risque de déconcerter son public. Pour la première fois, il consacrerait une émission entière à un auteur qu'il n'inviterait pas sur son plateau. Officiellement, Vangel n'existait pas, faute d'avoir une identité réelle. Il était donc impossible de le convoquer au studio de la chaîne France 5. Et pourtant, n'était-il pas incontournable dans le champ littéraire contemporain ? Son succès ne témoignait-il pas d'une envie profonde d'en revenir aux textes, quitte à plonger les écrivains dans une totale invisibilité ? «Vangel, le Baudelaire des geeks ?» C'était le titre, volontairement équivoque, de l'émission. À coup sûr, elle marquerait les esprits.

Chapitre 8

– Certains voient en lui un outsider de la littérature, qui a accompli l'exploit de rendre la poésie accessible aux jeunes. D'autres le définissent comme un fossoyeur de l'art : un geek jouissant de son quart d'heure de célébrité. Et si Vangel était un mélange des deux ? Un charlatan visionnaire ? Un imposteur sincère ? Tel est le débat que nous souhaiterions engager ce soir dans *La Grande Librairie*. À mes côtés, j'ai convié deux écrivains, deux intellectuels, deux lecteurs aiguisés : Alain Finkielkraut et Frédéric Beigbeder.

Après cette brève introduction, François Busnel accueillit ses deux invités. Le plateau était sobre : quelques spectateurs, deux canapés se faisant face, le fauteuil du présentateur. De part et d'autre du studio, en guise de décor, d'immenses livres se dressaient. Seule leur tranche était visible et semblait relier le plafond aux dalles qui recouvraient le sol. Sagement, les volumes s'alignaient aux murs. Semblables aux colonnes des temples égyptiens, ils paraissaient veiller au bon fonctionnement de l'émission.

Pourquoi avoir réuni Alain Finkielkraut et Frédéric Beigbeder autour du « phénomène Vangel » ? François Busnel connaissait sans doute les risques de ce genre de situations. Organiser un débat sur un artiste en l'absence du principal intéressé, voilà qui contrevenait à la règle d'or de la télé, selon laquelle l'exclusivité primait le contenu. Mais le présentateur de *La Grande Librairie* savait ce qu'il faisait. Pour la première fois, une émission littéraire ne s'intéressait pas à un « livre », mais à un auteur issu d'internet. À lui seul, ce choix créait un précédent. Et qui mieux que Finkie et Beigbeder pour commenter l'irruption de Vangel ? L'un condamnait, depuis de nombreuses années, l'influence des révolutions technologiques sur la vie culturelle d'une civilisation. L'autre s'était intéressé, dans ses romans, à la modernité sous toutes ses formes, y compris les plus anti-littéraires : la publicité, le mannequinat, la drogue et la télévision... Pour ces raisons, la conversation n'engagerait pas seulement le cas particulier de Vangel, mais ce dernier servirait de prétexte à un débat plus épineux : à l'heure où la jeunesse désertait massivement les livres au profit des écrans, l'écriture pouvait-elle s'émanciper du papier ?

Sitôt que Beigbeder et Finkielkraut s'assirent, Busnel entra dans le vif du sujet et lut les « Conditions d'utilisation de l'Antimonde». À gauche de l'écran, caché derrière ses lunettes rondes, Finkielkraut semblait pensif. Nerveuses, ses mains s'agitaient dans le vent tandis qu'il révisait ses notes. À droite, Beigbeder faisait partie des rares écrivains qui, au XXIe siècle, continuaient d'apparaître à la télévision vêtus d'un costume-cravate. L'air à la fois concentré et relax, il regardait la caméra. Au bout d'environ deux minutes, François Busnel se tourna vers lui.

– Pour commencer, j'aimerais entendre vos réactions à chaud, lança-t-il. Qu'en pensez-vous ?

Comme à son habitude quand il jugeait une question abstraite, au lieu d'improviser une réplique passe-partout, Frédéric Beigbeder répondit par une autre interrogation, quitte à paraître donner sa langue au chat :

– Ce que je pense de ce poème ? Ou ce que je pense du geste consistant à publier un poème à l'intérieur d'un métavers ?

– Tout le problème est là, sourit François Busnel, mais je crois qu'il vaut mieux évoquer ces deux dimensions séparément…

– Moi, je ne crois pas, se redressa soudain Finkielkraut, dont les mains dessinaient maintenant de grands cercles. Le cas de ce Vangel est un symptôme typique d'une expression qui se calque sur la pauvreté de son support. Que lit-on sous sa plume ? Une accumulation, plus ou moins maladroite, plus ou moins disgracieuse, de clichés redondants. Le désir de vivre dans un autre monde, l'envie d'être quelqu'un d'autre, les poncifs habituels sur le « vivre-ensemble », voilà un faible programme pour qui a l'orgueil de se revendiquer écrivain… Et cela ne m'étonne pas : la réalité virtuelle est un vecteur d'immersion – avec tout ce que cet aspect implique d'illusoire, de réducteur, d'amnésique –, quand la littérature incarne une instance de transmission. Comme disait Charles Péguy…

Désireux de poser clairement les termes du débat, Busnel l'interrompit :

– Et ne pensez-vous pas que les livres inventent, à leur manière, une réalité virtuelle ? Imaginer des antimondes, n'est-ce pas la définition même de la littérature ?

– Je n'ai jamais dit le contraire ! Ai-je le droit d'émettre un avis nuancé sans passer aussitôt pour un réactionnaire technophobe ?

En un instant, les lunettes de Finkielkraut s'étaient recouvertes de buée. L'intellectuel semblait furieux de s'être énervé, ce qui le mettait encore plus en colère. En face, Frédéric Beigbeder demeurait impassible et, quand François Busnel lui demanda son avis, il prit un malin plaisir à contredire son interlocuteur sans hausser le ton. Non, commença-t-il, Vangel n'était pas un faux-monnayeur. Non, on ne pouvait pas lui reprocher de publier ses textes sur le support de son choix. À travers les siècles, d'ailleurs, la littérature avait réussi à épouser toutes les avancées technologiques de l'humanité. Il n'y avait pas de raison pour que, sous l'effet d'une pétition de principe, on proclamât internet incompatible avec la culture. Et puis, argumenta-t-il, Vangel faisait partie de ces auteurs qui, au lieu de trouver leur inspiration sur des thèmes galvaudés, essayaient d'engager leur art sur un terrain difficile d'accès. Il parlait des phénomènes contemporains : les réseaux sociaux, les amis artificiels, le temps perdu sur les écrans. Bref, il s'efforçait de compromettre la littérature, de la mettre en danger. Et ce pour mieux la réinventer.

François Busnel ne voulait pas prendre parti entre ses deux invités. Aux yeux des téléspectateurs, pourtant, il ne faisait pas de doute qu'il adhérait davantage aux propos de Frédéric Beigbeder. Se tournant une nouvelle fois vers Alain Finkielkraut pour lui donner la parole, il n'eut pas le temps de lui poser la moindre question que celui-ci, dont les verres restaient toujours aussi embués, reprit son monologue là où il l'avait arrêté :

– Je disais donc que Charles Péguy dénonçait, dans *L'Argent*, l'interchangeabilité des êtres et des valeurs qui caractérise la modernité.

– Excusez-moi, le coupa Beigbeder, mais quel est le rapport avec Vangel ?

– Eh bien, répondit-il en contorsionnant ses poignets, Vangel est précisément une non-valeur. L'idole d'une civilisation où on ne sait plus distinguer Baudelaire d'un pauvre type sans doute obèse, drogué au poison des écrans, qui a en plus le mauvais goût de se prendre pour Victor Hugo ou Dante. Comme le disait Emmanuel Levinas…

« Un pauvre type sans doute obèse, drogué au poison des écrans ». La sentence ne passerait pas inaperçue. Il l'avait prononcée en levant brusquement les mains à hauteur de son visage avant de les secouer comme pour brasser l'air. Dans les jours suivants, ces mots déclencheraient certainement une de ces polémiques dont le disciple de Michel Foucault avait le secret. Une fois de plus, emporté par ses diatribes contre le règne de l'inculture généralisée, le théoricien de la « défaite de la pensée » n'avait pas pu se retenir. Entre deux citations, il s'était débrouillé pour trouver le moyen de péter un câble. Sans compter qu'il commettait là un fâcheux raccourci. Qu'est-ce qui prouvait que Vangel était un pauvre type ? Techniquement, rien n'excluait qu'il fût le contraire d'un geek. Pourquoi pas un célèbre écrivain sous pseudo. Voire un nouveau coup de Patrick Sébastien. Pour François Busnel, la transition vers la question suivante était toute trouvée :

– Selon vous, Frédéric Beigbeder, à quoi ressemble Vangel ? Je veux dire : puisque Alain Finkielkraut se le figure sous les traits d'un homme sans qualités, comment imaginez-vous l'identité de cet écrivain fantôme ?

Beigbeder conserva le silence pendant quelques secondes. Finkie l'avait décrit comme un pauvre type, l'erreur eût été, par pur plaisir de contredire le philosophe, de percevoir en Vangel un génie. L'auteur de *99 francs* préféra déclarer qu'il n'osait pas répondre à cette question. Pourquoi ? Non par paresse ou par manque d'imagination. Mais parce que Vangel révolutionnait la manière de faire de l'art. Par un alliage subtil de pudeur absolue et de marketing efficace, à travers le story-telling de son avatar, il ouvrait la voie à une nouvelle configuration. Désormais, seule l'image publique comptait ; l'artiste en tant que corps, le poète et son « moi », la psychologie des écrivains, leur existence privée – tout cela disparaissait. Il n'y avait que des œuvres et plus personne pour se les approprier.

– Et si vous étiez à sa place, insista François Busnel, que vous inspirerait la perspective de savoir que vos poèmes sont lus sans que personne connaisse votre identité ?

– Honnêtement ? répondit Frédéric Beigbeder après un court silence. Je serais très frustré.

PARTIE IV

CONTRÔLE Z

Chapitre 1

Il faisait encore nuit sur le bec d'Ambès. En cette heure avancée, les fleuves et les paysages se distinguaient à peine. Derrière la baie vitrée, ils dessinaient à perte de vue leurs langues de pénombre. Plus que jamais, l'appartement de Sterner ressemblait à la proue d'un navire immense et vulnérable, voguant vers l'inconnu sur des flots où affleurent les récifs.

Ce jour-là, Adrien s'était levé trois heures avant son réveille-matin. En attendant de se préparer pour la réunion de crise à laquelle il avait convoqué tous les cadres de Heaven, il relisait l'Évangile selon saint Matthieu en buvant un café. Des quatre Évangiles, celui-ci était son préféré. Sobre, factuel, épuré de toute fioriture, Matthieu se contente d'y raconter le destin du Christ sans y mêler le moindre commentaire. Au chapitre XXVII, par exemple, il décrit de manière presque cinématographique le déroulement du calvaire : lors de son procès, Jésus reste mutique, renvoyant Ponce Pilate à ses questions et les anciens à leurs accusations. Il ne réagit pas quand les soldats le déshabillent, l'humilient, le couvrent d'un manteau écarlate et d'une couronne d'épines. Tout aussi impassible, il subit les brimades de la foule, ses crachats, ses insultes et ses gestes barbares. Crucifié parmi des brigands, il n'ouvre pas la bouche pendant près de trois heures. Il faut attendre le verset 46 pour qu'il pousse enfin un cri de vérité : « Mon Dieu, mon Dieu, hurle-t-il en invoquant les Psaumes, pourquoi m'as-tu abandonné ? » Quelques instants plus tard, après un nouveau râle, il rend l'esprit dans les mains de son Dieu, ce sauveur qui l'a assassiné.

Sterner referma le livre et sortit un pochon de cocaïne. Matthieu avait raison : le véritable responsable de la mort du Christ n'était pas Judas, ni Ponce Pilate, ni même les impies ou les prêtres, mais le Tout-Puissant lui-même, celui à qui le crime profitait. Dans cette histoire, c'était lui le manipulateur en chef, le commanditaire du complot diabolique. Il suffisait de repasser le fil des événements pour s'en aviser : un beau matin, lassé de la médiocrité de ses créatures, Dieu décide de leur tendre un piège. Il choisit la femme la plus intègre et lui fait un enfant. Trop pieuse pour se méfier, Marie tombe dans le panneau. Elle éduque son fils à la hauteur de la fonction qui l'attend : expier pour l'humanité. Année après année, Jésus grandit et remplit sa part du contrat. Il chasse les marchands du Temple, secourt la veuve et l'orphelin, tend la main aux infirmes et guérit les lépreux. Il aide les impies à se repentir et les âmes impures à devenir meilleures. Multipliant les exploits et les sermons exemplaires, il accepte même d'endosser le pire des fardeaux : celui de la souffrance et du vice universels. Fidèles à leur iniquité, ses contemporains prennent sa bonté pour une marque de faiblesse. Persuadé que son Père céleste finira par le protéger, Jésus subit leurs machinations avec philosophie. Jusqu'au dernier instant, il continue d'espérer le miracle qui le sauvera. Et c'est là, sur sa croix, qu'il comprend la vérité dans une larme ultime : Dieu s'est servi de lui pour se venger des hommes.

Dans un grand bruit d'aspiration, Adrien renifla une pincée de coke. À bien y réfléchir, les choses fonctionnaient de la même manière dans l'Antimonde. Deux mois auparavant, juste après avoir envoyé son premier message à Vangel, il avait voulu savoir qui se cachait derrière cet avatar. Aussitôt, il avait demandé à Thierry Saumiat de lui communiquer les coordonnées bancaires de cet utilisateur. En moins d'une heure, Sterner disposait d'un nom et d'une identité : Julien Libérat, vingt-huit ans, ex-professeur particulier de piano désormais au chômage, dont la dernière adresse connue était le 26 rue Littré, à Paris. Le profil parfait, avait-il alors songé. Un homme sans histoires, qui se délecterait de la célébrité de son anti-humain sans en demander davantage. Un artiste, donc quelqu'un de désintéressé. Le candidat idéal pour façonner une star qui tiendrait l'Antimonde en haleine pendant deux ou trois semaines avant de retomber dans l'oubli. Sterner avait eu confiance. Optimiste, il se félicita d'avoir boosté son audience.

Depuis, il n'avait pas eu le courage de liquider Vangel. Par quelle faiblesse lui avait-il épargné le sort de Chocapixel ou de Vruza ? Était-ce à cause de ses poèmes ? D'un élan de pitié ? Ou de ce nom, Vangel, qui semblait sortir tout droit de la Bible ? Peu importait. À présent, il était trop tard, la célébrité de Vangel avait pris des proportions effrayantes : les dizaines de millions de vues qui ne diminuaient pas d'une semaine à l'autre, la presse française qui s'enthousiasmait un peu trop, les articles qui pleuvaient, les médias qui ne désignaient plus l'Antimonde comme « le jeu vidéo créé par Adrien Sterner », mais comme « la plateforme qui a révélé les poèmes de Vangel »... Et Vangel... Vangel qui, non content d'écrire ses petits alexandrins, usurpait sa propre place. Vangel qui avait publié les « Conditions d'utilisation de l'Antimonde ». Vangel qui se prenait de plus en plus pour un Sterner *bis*, voire pour le Sterner numéro un. Vangel qui ne s'arrêtait pas de pondre des poèmes. Vangel qui se montrait de plus en plus avide de cleargolds. Vangel qui donnait des conférences. Vangel qui, contre tous les pronostics, avait survécu à sa mission suicide. Vangel qui faisait depuis les choux gras des magazines. La prochaine étape, Sterner la voyait venir : un jour ou l'autre, ce narcissique essaierait de dévoiler sa véritable identité. Les journaux s'exalteraient. Et puis des hordes de joueurs, galvanisés par l'exemple de leur star, se mettraient à enfreindre la règle de l'anonymat. Heaven perdrait aussitôt sa singularité sur le marché du gaming et ne tarderait à péricliter. Hors de question. Il fallait agir dans les plus brefs délais.

La réunion commença à huit heures, dans une ambiance glaciale. Autour de la table de conférence disposée en carré, une dizaine de cadres attendaient qu'Adrien Sterner leur expliquât le pourquoi de ce « meeting urgent ». Un plan social ? Une vague de licenciements ? Un investissement étranger ? Une énième gueulante arbitraire et violente ? Personne n'en avait aucune idée. Pour conjurer le stress, certains croquaient à pleines dents dans les pains au chocolat que Guillaume Levet distribuait discrètement. D'autres remuaient en vain leur cuillère dans leur tasse de café en attendant que le boss se résolût à ouvrir la bouche. Mais Sterner ne semblait pas pressé. Assis en roi dans un fauteuil plus élevé que les autres, il continuait de toiser ses employés dans le plus grand silence. Secoué par des tics nerveux, son nez bougeait étrangement comme s'il chassait des mouches imaginaires. L'effet de la drogue, sans doute. Depuis quelques semaines, des rumeurs couraient selon lesquelles le patron augmentait ses doses. À ce qu'on racontait, il réfléchissait à esquisser une nouvelle version de son métavers, encore plus ambitieuse que la première, qui aurait des implications morales et géopolitiques. Son narcissisme et sa folie des grandeurs n'avaient plus aucune limite. Raison de plus pour se tenir à carreau.

– Si je vous demandais, lança-t-il à la cantonade au bout de trois minutes, pourquoi l'Antimonde a connu son succès, que me répondriez-vous ?

– Tout simplement parce que nous sommes les meilleurs ! tenta Paul Tanugi, un manager qui ne perdait jamais une occasion de fayoter.

– À cause de ses graphismes, suggéra sans grande surprise le directeur du pôle graphisme ; nous avons quand même passé cinq ans à travailler dessus : c'est un travail de maître...

– J'invoquerais plutôt le concept en lui-même, proposa Émilien Cohen, le responsable du service marketing et grand amateur de « concepts ». Rien n'est plus chronophage que d'avoir une seconde vie, rien ne consomme autant d'énergie, de passion ; c'est pour cela, me semble-t-il, que l'Antimonde cartonne à ce point.

– Et aussi parce que la Contre-Société a transformé un jeu vidéo en réseau social ! surenchérit Paul Tanugi. Avec notre métavers, nous jouons sur les deux tableaux : le virtuel et le network. C'est une première, quand même !

Toutes ces réponses firent flop. Pendant qu'ils débitaient leurs arguties, Sterner se grattait le nez sans réagir. Ses employés mordaient à l'hameçon de sa question piège et il restait là, impassible, à les regarder se battre. Il y avait quelque chose de pathétique dans la manière dont chacun essayait de se montrer plus intelligent que les autres. On aurait dit des collégiens convoitant une bonne appréciation sur leur bulletin scolaire.

Au fond de la pièce, l'assistant d'Adrien Sterner continuait de servir le petit-déjeuner. Sans se faire remarquer, il tendit l'oreille : les cadres de Heaven se plantaient totalement. Guillaume Levet connaissait son patron par cœur. Quand il posait une question aussi large, c'est qu'il attendait une réponse extrêmement précise. Quelque chose d'immédiat, d'évident, de tellement simple que les technocrates ne prenaient pas la peine d'y songer.

– Excusez-moi, monsieur Sterner, mais je crois que je sais : c'est parce que, dans l'Antimonde, il n'y a pas d'histoire. Le joueur n'est pas là pour incarner un personnage imposé par les créateurs, ni pour se retrouver embarqué dans un scénario construit d'avance. Chez nos concurrents, l'utilisateur finit toujours par se lasser une fois qu'il a accompli toutes les missions. Mais l'Antimonde est un divertissement qui ne s'achève jamais : notre métavers existe à l'infini, dans tous les sens du terme.

Adrien Sterner eut un mouvement de surprise. D'un coup, il se redressa sur son fauteuil, se retourna vers Guillaume et l'invita à s'asseoir sur une chaise vide. Décidément, ce Levet l'étonnait. Sterner apostropha ses employés de sa voix mi-taquine mi-cruelle :

– Eh bien, la prochaine fois, c'est vous qui servirez le café à mon assistant !

– J'avais pensé à la même réponse que lui, se vanta Paul Tanugi, mais je n'ai pas osé le dire.

– Bon, bon, le coupa Sterner, revenons au sujet. Pourquoi, à votre avis, vous ai-je posé cette question ? Guillaume, voulez-vous continuer sur votre bonne lancée ?

– À mon avis, exposa Levet après une courte hésitation, c'est à cause de l'émission d'hier. Pour une raison qui m'échappe, vous avez peur que Vangel ne compromette l'avenir de Heaven.

– De mieux en mieux ! s'exclama Sterner.

Autour de la table, les cadres ne comprenaient rien à la situation. À quoi rimait cette réunion ? Parmi eux, certains firent part de leur perplexité : pourquoi Sterner s'obstinait-il à vouloir tuer tous les anti-humains qui avaient du succès ? Chocapixel et Vruza, passe encore, mais Vangel, c'était autre chose ; il suscitait un engouement réellement inédit. En quoi menaçait-il les intérêts de Heaven ? Bien au contraire, l'émission de François Busnel avait augmenté la visibilité de l'Antimonde auprès d'une population peu disposée à s'inscrire sur un site de jeux vidéo. Cinquante mille nouveaux comptes en une nuit, ce n'était pas négligeable… Et puis, grâce à Vangel, les médias de la planète entière offraient une publicité gratuite à leur entreprise. Vraiment, Sterner se trompait – ce que Paul Tanugi essaya de lui signifier aussi poliment que possible :

– Avec tout mon respect, je pense que vous vous inquiétez pour rien.

Cette phrase suffit à le faire sortir de ses gonds.

– Pour rien ? Pour rien ?!! Mais avez-vous lu les journaux de ce matin avant de dire une idiotie pareille ? De *L'Humanité* au *Figaro*, toute la presse s'emballe autour de Vangel : Vangel le génie, Vangel le mystère, Vangel le phénomène, il n'y en a que pour ce trou de balle... Sur les réseaux sociaux, il est en Top Tendances quasiment une fois par semaine ! Depuis un mois, il y a même une théorie du complot qui se répand sur internet : des milliers d'illuminés sont persuadés que Vangel est un genre d'envoyé. Pourquoi pas un messie !

Paul Tanugi ne comprenait toujours pas où résidait le problème. Une seule hypothèse lui paraissait crédible : Sterner était jaloux de sa créature. Après tout, un tel comportement lui ressemblerait. Bien sûr, Tanugi n'osa pas formuler cette explication ; il se contenta d'émettre une nouvelle salve de flatteries :

– Mais justement, c'est une publicité formidable ! Cela veut dire que vous êtes le fondateur d'une nouvelle religion ! Si Vangel symbolise le Christ, alors vous êtes Dieu...

– Vous n'avez toujours pas compris ? s'agaça Sterner, insensible à ce subtil compliment. Les médias et les gens sont déchaînés autour de Vangel ! Ils se posent tous la même question : mais qui est cet individu formidable ? Je suis prêt à parier que dans certaines rédactions des journalistes d'investigation travaillent déjà sur ce dossier. D'ici un mois, ou peut-être moins, ils révéleront son identité, comme ils l'ont d'ailleurs fait, ces rapaces, avec l'écrivaine Elena Ferrante ! Et alors, vous pourrez tous vous mettre gentiment à la retraite, car l'Antimonde pliera boutique. Je vous l'ai répété mille et une fois, s'énerva-t-il en guise de conclusion, notre seule valeur, c'est le mystère de l'anonymat !

Vu comme ça, Sterner n'avait pas tort. Il ne pouvait pas y avoir deux poids et deux mesures chez les antihumains. Si Vangel tombait le masque, qu'est-ce qui retiendrait les autres joueurs d'imiter son exemple ? Le responsable du service marketing demanda à Sterner s'il envisageait une solution spécifique. Soudain, celui-ci prit un air grave, presque solennel, le visage d'un chef d'état-major qui s'apprête à déclencher une opération militaire :

– Je n'en vois qu'une, rétorqua-t-il en soulignant chacun de ses mots, puisque Vangel se prend pour le Christ, on va le traiter comme tel ! On va lui rafraîchir la mémoire, tiens… Se souvient-il comment a fini son Jésus ? Sur une croix, comme tous les provocateurs ! Eh bien, on va lui donner ce qu'il attend, à cet illuminé. Il va l'avoir, son supplice ; ça, je peux vous le garantir !

La colère avait poussé Sterner à blasphémer. Une vague de silence recouvrit la pièce. Les employés attendirent fébrilement que l'un d'entre eux trouvât une échappatoire. De son côté, Guillaume Levet fronçait les sourcils ; il y avait une contradiction dans le plan de Sterner :

– Mais, monsieur, objecta-t-il, une fois que Vangel sera mort, son utilisateur pourra révéler son identité en toute liberté, puisqu'il n'aura plus rien à perdre.

– Voilà ce que je voulais entendre ! s'écria Sterner. Enfin une bouffée d'intelligence dans cette entreprise ! Bien sûr, j'avais pensé à ce problème : quand nous aurons tué Vangel, nous disséminerons des fausses pistes ; nous lui inventerons une fausse identité, histoire de lui clouer le bec pour l'éternité.

Guillaume sourit et ricana en même temps que son patron. C'était décidément son jour. Avec un peu de chance, Sterner lui proposerait un poste d'importance à la fin de la réunion. Pour ce faire, il ne fallait pas se relâcher mais continuer à dire des choses intelligentes. Il redoubla de concentration et trouva une autre question pertinente :

– Et ne pensez-vous pas que nous prendrions un risque énorme à liquider ce connard de Vangel ? Si l'affaire s'ébruitait, si la presse révélait les coulisses de sa disparition, cela n'ouvrirait-il pas la porte à un bad buzz planétaire ? Ne perdrions-nous pas les trois quarts de nos clients ?

– Ça, je n'y avais pas pensé, reconnut-il un peu dépité, mais c'est juste : Heaven n'a pas à être mouillé dans la mort de Vangel. Hum, vous savez quoi, Guillaume ? Cette opération, vous allez vous en charger vous-même, depuis votre propre compte. Je vous donne vingt-quatre heures. Débrouillez-vous, faites n'importe quoi, mais demain matin, je veux que vous frappiez à mon bureau pour m'annoncer sa mort.

Chapitre 2

Aussitôt la réunion achevée, Guillaume Levet quitta le siège de Heaven et rentra chez lui, dans le centre-ville de Bordeaux. Arrivé place de la Victoire, il acheta un paquet de codéine dans une pharmacie. En cette matinée d'automne, le soleil trempait ses taches de lumière dans les flaques d'eau, les pavés brillaient. Un peu plus loin commençait la rue Sainte-Catherine. En règle générale, quand Guillaume était pressé, il évitait d'emprunter cette artère piétonne, étroite et rectiligne. À cause de sa disposition, elle était constamment saturée de groupes qui déambulaient dans tous les sens : des lycéens qui allaient en cours, des livreurs à vélo, des familles qui promenaient leurs gosses, des travailleurs qui prenaient leur pause clope, parfois même des touristes. On ne pouvait jamais y marcher droit, on était sans cesse perturbé par les mouvements des autres, raison pour laquelle Guillaume, qui se savait nerveux, préférait les ruelles adjacentes.

Mais ce matin, l'assistant d'Adrien Sterner débordait de joie. Il s'engagea dans la rue Sainte-Catherine et prit le temps de se mêler à son flux anarchique, d'observer les gens, de suivre tantôt telle bande et tantôt telle autre, de se glisser entre elles, parfois de les laisser passer, de ralentir ou d'accélérer en fonction de la foule. La vie était à l'image de la rue Sainte-Catherine, chaotique mais sublime. Autant que les piétons, les événements se jouaient du hasard. Ils étaient reliés par des passerelles sinueuses qu'improvisait une magie occulte. Cela faisait trois ans qu'il piétinait dans son travail, qu'il supportait toutes les humiliations – et, enfin, Sterner le considérait. Il lui demandait autre chose que de servir son petit-déjeuner, il lui confiait une mission cruciale et le reconnaissait à sa juste valeur. Au fond de lui-même, Guillaume avait toujours su que ce jour finirait par advenir. Finalement, il avait bien fait d'endurer les moqueries et les diktats de son supérieur : il s'était tracé un chemin. Et la suite, à quoi ressemblerait-elle ? S'il réussissait à liquider Vangel, monterait-il enfin les échelons ? Remplacerait-il ces ânes à diplômes de directeurs adjoints ? Aurait-il l'occasion de discuter avec Sterner d'égal à égal ? Participerait-il, lui aussi, au destin de Heaven ?

Pour l'heure, les rêveries n'étaient pas à l'ordre du jour. Arrivé dans son studio, Levet se calfeutra. Il baissa les stores, mit au four un gratin surgelé et se connecta à son compte personnel de l'Antimonde où il retrouva son avatar, Bouledehaine. Car oui : Bouledehaine, le videur psychopathe du Skylove, le molosse des boîtes de nuit franciliennes, le nervi qui passait son temps à répandre ses paroles de hater – cet avatar était l'anti-moi de Guillaume. Tous les jours, ce dernier subissait les pulsions autoritaires de son patron et, la nuit venue, il se défoulait en trollant l'Antimonde. Grâce au jeu d'Adrien Sterner, Levet se vengeait d'Adrien Sterner : logique du boomerang.

Quand il se connecta, Bouledehaine dormait encore, allongé dans les backrooms du Skylove. Pendant qu'il se réveillait lentement, des inconnues s'activaient autour de son sexe. De son côté, Guillaume réfléchissait à un plan en mangeant son gratin. L'adresse de Vangel dans l'Antimonde était de notoriété publique : tous les anti-humains savaient qu'il habitait au dernier étage de la tour Eiffel. Le problème, c'était que le poète avait recruté des dizaines de bodyguards surentraînés. L'attaque au corps à corps se voyait donc exclue. Mieux valait opter pour un attentat suicide : faire exploser la tour Eiffel, histoire que son occupant y crevât d'un coup. Certes, Bouledehaine y laisserait sa peau. Mais, maintenant que Guillaume était heureux, il n'avait plus besoin d'avoir un anti-moi.

À dix-huit heures, Bouledehaine sortit des backrooms. Il tabassa pour la dernière fois un client mal sapé qui se dandinait sur la piste de danse, vola un coupé cabriolet garé devant la boîte de nuit et roula à vive allure vers l'aéroport Charles-de-Gaulle. Arrivé au terminal 2E, il acheta un billet d'avion long-courrier pour Abu Dhabi. Quelques instants après le décollage, il se leva de son siège, étrangla les hôtesses de l'air, prit un passager en otage et fit irruption dans le cockpit. Les choses, ensuite, se passèrent très vite : il fracassa le crâne des deux pilotes et s'empara des commandes. Sur un deuxième ordinateur, Guillaume s'assura, via les serveurs internes de Heaven, que Vangel était connecté. Puis l'appareil dévia vers le sud-ouest. Dans la nuit, on n'y voyait pas clair, mais les lumières de Paris ne tardèrent pas à briller au beau milieu de l'obscurité. Raide, entourée de ses deux faisceaux de lumière qui pivotaient dans le ciel, la tour Eiffel scintillait. Guillaume Levet se concentra. Plein gaz, l'avion perdit de l'altitude. D'ici un instant, il y aurait une intense explosion. Les piliers perdraient l'équilibre, le sommet vacillerait avant de chavirer. Les entretoises s'effondreraient comme des mikados. La girafe de métal agoniserait au sol, tuant avec elle son unique habitant. À quoi ressemblerait Paris sans la tour Eiffel ? Sans doute à l'Antimonde délivré de Vangel.

Chapitre 3

Julien mit du temps à comprendre ce qui lui était arrivé. La soirée, de son côté, avait pourtant bien commencé. La veille, Vangel avait reçu un message très étrange : une anti-humaine prétendait avoir « percé le mystère » de ses poèmes et souhaitait le rencontrer. En règle générale, il ne répondait jamais aux lettres de fans qui, dans le seul espoir d'attirer son attention ou de titiller sa curiosité, n'hésitaient pas à inventer des histoires sans queue ni tête. Mais cette fois, un détail l'interpella. La joueuse qui lui écrivait s'appelait June. À la lecture de ce message, Julien ne put s'empêcher de tiquer : June, quelle coïncidence… Bien sûr, rien n'excluait qu'il s'agît d'un hasard. Mais quand même, une femme avec un prénom de mois, ça ne courait pas les rues. Pour sa part, du moins, il n'en connaissait qu'une : May.

May… L'avait-elle reconnu derrière son anti-moi ? Leur couple avait duré cinq ans. Si quelqu'un était en mesure de démasquer Vangel, c'était bien elle. À cette pensée, Julien ferma les yeux ; il essaya de convoquer des images, des odeurs, des souvenirs d'eux ensemble, mais sa mémoire bloquait. Comme si ces cinq mois avaient suffi à dissoudre la présence de May. Qu'était-elle devenue ? Fréquentait-elle encore son Sébastien ? Lui manquait-il parfois ? Et si elle s'était inscrite sur l'Antimonde pour le retrouver ? L'hypothèse lui semblait folle. Il n'y avait qu'un seul moyen, toutefois, d'en avoir le cœur net. Julien avait tergiversé une heure ou deux avant de se décider : en guise de réponse, Vangel avait invité June à dîner dans son appartement privé, au dernier étage de la tour Eiffel.

Julien enfila sa combinaison. À l'heure prévue, June fit son apparition devant le pilier Sud. Alignés en rang d'oignons, les gardes du corps de Vangel lui indiquèrent l'ascenseur qui menait chez le maître des lieux. Au même moment, l'anti-moi de Julien sortit nonchalamment de la douche. Il traversa son penthouse et se posta devant le grand miroir qui ornait les murs du dressing. Suspendues à des cintres, des dizaines de tenues se succédaient, toutes plus élégantes les unes que les autres. Laquelle choisir ? Vangel essaya d'abord un smoking, puis un costume-cravate, une veste en jean – mais Julien déclara forfait : rien n'atténuait la laideur de son avatar. Résigné, il opta pour une chemise verte. Quitte à être moche, autant le rester jusqu'au bout. Il se dirigea vers le hall, prêt à accueillir son invitée. June n'était plus qu'à quelques étages de lui. À mesure que l'instant fatidique se rapprochait, il se rendit compte qu'il n'avait pas pensé à une phrase d'accroche.

L'ascenseur s'immobilisa au sommet de la tour. Lentement, ses portes métalliques coulissèrent. June apparut et Julien ne put nier que sa visiteuse avait un air lointain de May. Ses cheveux, bien sûr, d'un blond platine éclatant. Ses yeux, aussi, tout en regard d'amande et en pointes d'orgueil. Tandis qu'il commençait à avoir de sérieux doutes, June retira son manteau et il remarqua les motifs de sa robe. Des cordes dessinées qui s'entremêlaient de son cou à ses jambes. Des liens impossibles à unir autant qu'à séparer. Ceux qu'il avait contemplés la fois où il était venu récupérer des affaires rue Littré. Le message était clair. June n'était pas seulement May. Elle était la May du jour où il l'avait vue pour la dernière fois. La May d'après leur couple : celle de la séparation.

– Vous êtes beaucoup moins beau que vos poèmes.

Julien hésita à répondre qu'elle aussi était moins belle que dans la réalité – mais il se ravisa : June ne savait pas encore qu'il savait. De son côté, elle n'avait aucune preuve que Vangel dissimulait Julien, alors autant la laisser avec ses soupçons et voir comment elle s'y prendrait pour le démasquer.

– Détrompez-vous, lui dit-il. Si vous aimez mes vers, c'est que vous ne les avez pas compris. En revanche, vous a-t-on déjà dit que vous ressembliez à votre prénom ?

– Oui, assez souvent, réagit-elle sans se laisser intimider, j'ai entendu ce compliment une bonne centaine de fois. Pas très original, pour un poète.

De nouveau, Julien eut la tentation d'abattre ses cartes et de lui dire sans plus attendre quelque chose dans le genre : « Bien sûr que je ne suis pas original, puisque tu m'as déjà vu ! » Au lieu de quoi il mit fin à cette discussion préliminaire et proposa à June de lui faire visiter son penthouse.

Depuis que la panoplie haptique lui permettait d'habiter vraiment dans ce monument historique, il l'avait totalement réaménagé. À la place de la décoration Belle Époque, Vangel avait installé des canapés blancs, des tables en verre fumé, une cuisine américaine en marbre ainsi qu'un jacuzzi. Bref, il avait acheté tous les meubles dont Julien manquait dans sa piaule de Rungis. June épiait chacune des pièces, sans doute à la recherche d'un indice, et s'attarda devant les brouillons accrochés aux murs. Sur la terrasse principale, ils prirent place à une table de jardin, en face du panorama. Un sommelier leur apporta une bouteille de saint-émilion dont le prix dépassait les 4 millions de cleargolds. Pendant qu'ils trinquaient, Vangel décida d'engager la conversation sans détour :

– June, savez-vous pourquoi je vous ai conviée à dîner ?

– Le savez-vous vous-même ?

Répliquer à une question par une autre question, au demeurant absurde. Du May tout craché. Julien ne céda pas à ce donnant-donnant.

– Votre non-réponse est une réponse en soi. J'en déduis que cette invitation était une erreur. J'aurais dû m'en douter plus tôt, d'ailleurs : des messages de fans qui prétendent connaître le mystère de mon œuvre, j'en reçois des milliers. Tous des illuminés qui confondent les poèmes avec les Sudoku.

– Votre réponse en soi est une non-réponse. Si mon mot vous a intrigué, c'est précisément parce que vos vers cachent quelque chose. Dans le cas contraire, vous m'auriez à peine lue. Mais ne comptez pas sur moi pour vous révéler le secret de votre secret.

Le domestique de Vangel apporta l'entrée. Un velouté d'asperges recouvert de denrées hors de prix : de l'anti-truffe et de l'anti-caviar. June goûta à peine à son plat, signe qu'elle n'avait pas l'habitude de jouer à l'Antimonde. Julien sourit. Il y a quelques mois, elle l'avait chassé comme un parasite de leur appartement. Et là, il l'invitait dans son restaurant privatif, assurément le plus beau de tout le métavers. Oh, il imaginait May galérer devant son ordinateur, ignorant quelle touche du clavier permettait d'attraper sa fourchette. De son côté, Julien glissait parfois une frite sous son casque, histoire d'être synchronisé avec Vangel qui, pour sa part, se goinfrait comme un ogre. Il venait de terminer sa soupe-de-fric quand elle le relança :

– Savez-vous pourquoi votre avatar est hideux ? Je suis sûr que, quand vous l'avez créé, vous avez façonné sa physionomie sans réfléchir, sans même prendre la peine de vous poser la question de votre apparence.

Vangel renversa son bol et Julien tressaillit. Elle avait bien dit « votre avatar ». Elle s'adressait à l'anti-Vangel, à l'humain qui sommeillait en lui : si les modérateurs de l'Antimonde tombaient sur leur conversation, il risquait sa peau.

– Je vous vois venir : si je suis laid ici, c'est parce que je suis beau là-bas ! rétorqua-t-il de façon aussi évasive que possible, histoire de passer sous les radars de Heaven.

– Ça, c'est évident. Le problème se pose dans l'autre sens : puisque vous êtes beau là-bas, pourquoi avez-vous choisi, ici, ce masque de laideur ?

C'est vrai qu'il n'y avait pas pensé. Il se revoyait encore, au début de l'été, le jour de son inscription sur l'Antimonde. Son anti-visage, il l'avait composé comme on gribouille des monstres sur un bout de papier. S'il avait su, alors, qu'il donnait naissance à la version améliorée de lui-même, comment se serait-il dessiné ? Il avait beau y songer, aucune idée ne lui venait à l'esprit.

– Sur ce point, nota Vangel, vous avez raison : à ma naissance, je n'étais pas voué à devenir une star mondiale. Qu'il s'agisse de mes origines familiales, de mes dispositions, de mon caractère, tout me destinait au contraire à raser les murs de la société. Au grand désespoir de ceux qui n'ont pas cru en moi, je ne suis, en un sens, qu'un *échec raté* – un peu comme Gainsbourg…

En la déclamant dans son micro, il fut particulièrement fier de cette petite tirade ; lentement, la discussion déviait du virtuel au réel, de Vangel à Julien et de June à May, sans que la transition soit formulée de façon explicite. Vraiment, il ne pouvait trouver mieux. Au moment où elle s'apprêta à répondre, le domestique apporta le plat de résistance : une anti-pièce de bœuf Wagyu grillée aux sarments de vigne, accompagnée de truffes blanches, de foie gras, de feuilles d'or, et de tout ce que le cuisinier avait pu ajouter pour augmenter sa valeur financière. Nouveau silence de cinq minutes, le temps que les deux convives se bourrent l'estomac. Puis June reprit le flambeau de la conversation :

– Voulez-vous que je vous raconte comment j'ai découvert vos poèmes ? demanda-t-elle en écarquillant les yeux.

– Avec plaisir, répondit-il la bouche pleine.

– Cet été, je vivais à New York, où mon copain était stagiaire dans un cabinet d'avocats. Tous les matins, alors qu'il partait au bureau, je profitais du beau temps pour faire mon jogging sur la High Line, plaisir dont je m'étais privée quand j'habitais avec mon ex. Puis je marchais jusqu'à la 8e Avenue pour rentrer dans mon Airbnb. Un jour, je me suis arrêtée devant le marchand de journaux qui jouxte le Museum of Illusions. La couverture du *Harper's Magazine* était consacrée au «*Vangel Phenomenon*»; à l'époque, vous veniez d'assassiner le clone de Donald Trump. C'est là, devant le temple des trompe-l'œil, que j'ai vu votre visage pour la première fois : la capture d'écran d'un avatar ignoble.

– Certes, rebondit-il en feignant de ne pas saisir ses sous-entendus, mais mes poèmes ne sont pas dans mon visage.

– Je ne suis pas d'accord. On ne peut pas les comprendre si on ne commence pas par se plonger dans votre gueule. Certes, vos cheveux sont atroces, ainsi que votre nez, vos oreilles, votre menton, votre corps tout entier. Mais…

– Mais ?

– Mais justement vos poèmes se lisent à condition d'avoir les yeux fermés.

– Je vous préviens tout de suite : je n'aime pas les raisonnements fumeux ! Vous n'êtes pas sans savoir que j'ai déclenché une fusillade à l'université Columbia…

– Non, vous n'y êtes pas. Ce que je veux dire, c'est que les gens qui aspirent à déceler le secret de votre œuvre se trompent de méthode : ils se contentent d'en décortiquer les paroles à la recherche d'un indice sur votre identité.

– Et que voudriez-vous qu'ils fassent ? l'interrompit-il brusquement tandis qu'il découpait sa viande. De l'astrologie ?

Vangel l'avait vexée. Telle qu'il la connaissait, May le ferait patienter un bon bout de temps avant de poursuivre son analyse. Tant mieux, songea-t-il. Pour une fois, les rôles s'inversaient. Au même moment, le sommelier leur servit une deuxième bouteille de vin. Prostrée à l'autre bout de la table, June alluma une cigarette et contempla Paris. Il attendit qu'elle l'ait entièrement fumée pour tenter quelque chose.

– C'est mieux que la rue Littré, n'est-ce pas ? remarqua-t-il en désignant le panorama.

May ne parut pas surprise qu'il dévoile son identité. Sur son avatar, à vrai dire, il était difficile de déchiffrer les sentiments qui pouvaient l'animer à cet instant précis. Toujours est-il qu'elle lui répondit d'une phrase laconique :

– Oui, sauf que c'est irréel.

Une fois de plus, elle avait raison. Pendant de longues minutes, ils s'évitèrent du regard et n'ouvrirent pas la bouche. On aurait dit qu'ils n'avaient rien à ajouter, qu'ils allaient se quitter comme ils s'étaient retrouvés. Mais June finit par rompre le silence :

– Dis-moi, maintenant que tu es une star, que fais-tu de tes journées ? À ce que les contre-journaux racontent, Vangel ne sort jamais de chez lui et ne fréquente personne.

– C'est vrai. Mis à part les obligations quotidiennes, je passe le plus clair de mon temps à observer l'anti-panorama en cherchant des idées de poèmes.

– Et ton travail ?

– Je n'en ai plus : je suis le plus jeune retraité de France.

– Et tu ne reçois jamais de filles ?

– Non. Je ne sais pas si vous êtes au courant, rétorqua-t-il en alternant le « tu » et le « vous », mais j'ai vécu avec une femme pendant cinq ans, et ça m'a plutôt vacciné contre le couple, vois-tu.

Troisième silence depuis le début du dîner. Julien se demanda s'il avait bien fait de résumer ainsi les choses. Après tout, il ignorait la situation de May, et ses intentions. À son tour, il trouva un moyen détourné de l'interroger à travers le prisme de son anti-moi. Selon June, May sortait toujours avec Sébastien. Loin d'avoir éprouvé leur histoire, l'escapade new-yorkaise avait soudé les deux néo-tourtereaux. Dès leur retour à Paris, May avait obtenu un poste de directrice artistique dans une agence de pub, tandis que le jeune et brillant avocat prêterait bientôt serment au Palais de Justice. La belle vie, quoi. Désormais, May et Sébastien n'étaient plus seulement des amants du soir : ils prenaient des selfies ensemble, ils exhibaient leur amour sur les réseaux sociaux, ils épiaient chacun le téléphone de l'autre. Bref, leur couple formerait un binôme harmonieux. Un duo de winners prêts à tout casser dans la vie, à se battre pour monter en puissance, à contracter des emprunts bancaires, à acheter une résidence principale, puis secondaire, et pourquoi pas tertiaire. D'ici deux semaines, ils emménageraient ensemble dans un deux-pièces à Neuilly. Ce serait le point de départ d'une relation gagnante.

Alors que June évoquait la possibilité de ses futures fiançailles, le sommelier revint une nouvelle fois à la charge. Désireux de respecter jusqu'au bout les ordres indiqués par Vangel (« Surtout, épatez-la du début à la fin », « Resservez-nous sans cesse les bouteilles les plus chères ! »), il apporta une fiole de whisky d'Islay. Le poète avala trois shots cul sec mais June préféra décliner.

– Il y a une chose que j'aimerais quand même savoir, marmonna Vangel tandis que Julien décapsulait lui-même une bière. Comment as-tu compris que c'était moi ?

– En découvrant ton anti-tête sur la couverture du *Harper's*, je me suis soudainement arrêtée au beau milieu de la rue. Malgré sa laideur infinie, le visage de Vangel m'attirait. Je ne t'ai pas reconnu tout de suite. Mais je sentais bien que, si ce poète existait, je remuerais ciel et terre pour coucher avec lui.

– Et qu'est-ce qui t'a confirmé qu'il s'agissait de moi ?

– Quelques minutes plus tard, dans ma chambre d'hôtel, je me suis connectée sur internet et j'ai lu tes poèmes. D'abord une fois. Puis deux. Puis dix. Alors j'ai fermé les yeux, j'ai allumé une cigarette et je les ai récités. L'évidence a surgi.

– Quelle évidence ?

– Que c'est de la musique ! De la musique de mots !

– Un peu facile... Pas très original, pour reprendre ton reproche de tout à l'heure : la comparaison entre la poésie et la musique est aussi vieille que ces deux arts. Et puis, je ne suis pas le seul musicien qui existe sur Terre.

– Non, tu n'as pas compris, insista-t-elle. Dès l'instant où je me suis entendue prononcer tes vers, j'ai identifié *ta* musique. Pendant cinq ans, je t'ai vu jouer du piano tous les jours : je serais capable de reconnaître à l'aveugle ta rythmique et ton style.

– Pardonne-moi, mais j'ai du mal à te croire, répondit Vangel qui avait, au contraire, très envie de la croire.

– C'est pourtant très simple. La première chose que je me suis dite en récitant tes poèmes à voix haute, c'est qu'ils constituaient des chansons dépourvues de mélodie. Puis, à mesure que je continuais, sans que je puisse t'expliquer ni pourquoi ni comment, j'ai eu une drôle d'impression. Je me souviens encore de ce que j'ai pensé : Ce Vangel est un musicien qui déteste la musique. Et c'est à cette idée que ton visage m'a sauté aux yeux et qu'il s'est superposé au sien.

À l'évocation de ces visages superposés, Julien fit un pas vers l'avant, tendit ses bras dans le vide et ouvrit ses lèvres dans son casque : Vangel s'avança vers June, baissa légèrement la tête et déposa sa bouche sur la sienne. Son invitée sembla hésiter un instant, avant de l'enlacer de plus belle. Julien sentit des stimuli réchauffer sa combinaison, comme si des mains invisibles l'étreignaient, l'une caressant son dos, l'autre descendant vers son bas-ventre. La panoplie restituait à merveille le déplacement de ces doigts impalpables et la manière dont ils relâchaient la pression en effleurant son sexe. Très vite, un frisson traversa ses testicules : elle était en train de le déshabiller. Un à un, les vêtements de Vangel tombèrent au sol, laissant apercevoir son micropénis qui affleurait entre deux poils pubiens. Alors que la tenue de Julien s'étirait sous l'effet de son érection, June prit appui sur la rambarde et se positionna en émeu. Debout derrière elle, Vangel la pénétra. La barrière se mit à trembler sous l'effet des coups de reins, c'était l'apothéose.

Possédé par la scène, Julien se débattait tout seul au milieu de son studio. Alors qu'il retrouvait la chair de son ex, l'ivresse de Vangel commençait à se manifester. Dans le casque, l'alcoolémie était restituée avec une précision incroyable : les images devenaient floues, les objets se dédoublaient. Julien continua comme si de rien n'était. June titubait dans les bras de Vangel et ses va-et-vient accéléraient, intenses et presque convulsifs.

Les yeux plongés dans la vision de Paris, il vibrait de plaisir et se laissait bercer par le panorama, admirant l'immense perspective. En face, le Trocadéro exhibait ses fontaines. Puis l'avenue d'Eylau s'allongeait entre des rangées d'arbres. D'une finesse d'amande, elle s'étirait vers le bois de Boulogne. Et, tout au fond, alignées le long des courbes de la ville, on apercevait la Défense et ses tours.

Quelques instants avant de jouir, Julien se redressa et son regard se fixa sur la Grande Arche. Il y avait quelque chose, là-bas, qui attirait son attention. Une sorte de point lumineux, à l'horizon, qui grossissait dans le ciel. L'objet était flottant, brouillardeux, imprécis. À cause de l'alcool, Vangel ne le distinguait pas bien. Mais la chose fendait l'air et glissait entre les nuages. En suspension dans l'air, elle se dilatait d'instant en instant, laissant entrevoir des formes hésitantes. On aurait dit un aigle gigantesque aux ailes immobiles. L'oiseau se rapprochait, il surgissait de la nuit et semblait en chute libre. Sa vitesse augmentait, il était de plus en plus près, il fusait en droite ligne. La bête était immense. Les yeux dans les yeux, elle le dévisageait. Son visage apparut : c'était un avion, un avion monstrueux, un colosse volant. Julien n'eut pas le temps d'éjaculer que tout s'évapora. Il y eut d'abord un flash aveuglant. Une tonitruante déflagration. Des couleurs en pétard. Un geyser écarlate dans son casque. Des secousses. Une sensation de brûler vif. Un court-circuit dans sa combinaison. Et plus rien. Juste du silence. Du silence qui n'en finissait pas.

Les minutes s'écoulèrent. Julien retira sa panoplie et tenta d'en rebrancher les fils. Le temps que le système se remette en marche, il saisit son smartphone et alla sur Facebook. En évidence dans le fil d'actualité, une notification l'attendait. BFM : « Flash info : Mort de Vangel dans l'Antimonde. »

Chapitre 4

– Vous notez sous ma dictée, Guillaume ? Allez, dépêchez-vous, il faut que le communiqué soit prêt avant sept heures, l'AFP me le réclame au plus vite : « Nous avons le grand regret de confirmer la disparition de Vangel, le célèbre poète dont l'œuvre rayonne aux quatre coins du globe, victime collatérale d'un attentat terroriste visant l'anti-tour Eiffel. Depuis hier soir, une grande partie de l'opinion publique a exprimé son souhait que nous divulguions l'identité de Vangel. Outre qu'une telle décision serait contraire au règlement de l'Antimonde, nous avons contacté ce matin l'internaute qui se cachait derrière le compte de Vangel. Cette personne nous a signalé qu'elle tenait à conserver son anonymat. Elle ne nous a autorisés à diffuser qu'une seule information : il s'agit d'une femme de cinquante ans résidant au Québec. Nous tenons, en l'espace de ces lignes, à lui rendre le plus vibrant hommage et à la remercier. » Et vous signez : « Adrien Sterner et l'équipe de Heaven ». C'est bon, vous avez fini ? Faites-moi voir, que je vérifie votre orthographe...

Au siège de Heaven, Sterner et son assistant trépignaient d'enthousiasme. Depuis que Guillaume Levet avait réveillé son patron au beau milieu de la nuit en prononçant le nom de code (« Jésus KO »), les choses se passaient comme sur des roulettes. Avec ce communiqué mensonger, ils portaient le coup de grâce à Vangel. Maintenant qu'ils lançaient cette fausse piste, les gens se précipiteraient dessus et la vérité ne pourrait jamais resurgir. Julien Libérat aurait beau se démener pour revendiquer ses poèmes, personne ne le croirait jamais. Bref, le dossier Vangel était clos.

– Enfin ! cria Sterner après avoir expédié la dépêche à l'AFP.

De bonne humeur, il accorda une journée de congé à son secrétaire – et lui promit qu'ils se reverraient le surlendemain pour discuter de son avancement.

Le visage gercé de cernes, Guillaume Levet ne se le fit pas répéter : il le remercia pour sa confiance et s'éclipsa sans bruit. Quand il eut refermé la porte, le P-DG de Heaven alluma son ordinateur. Sur un document Word, il commença à écrire le mémorandum de son nouveau projet : le Plurimonde, un immense réseau interopérable qui contiendrait plein de métavers autonomes entre lesquels les joueurs pourraient évoluer. L'idée lui était venue d'une phrase de Leibniz, dans la *Théodicée*. « Une infinité d'autres mondes, écrivait le philosophe, sont également possibles et prétendent à l'existence. » Ces mots étaient limpides et ils voulaient tout dire. Oui, Leibniz avait raison. Le monde était trop étroit pour accueillir toutes les visions du monde, trop rare pour rassembler les fantasmes qu'il pouvait susciter. Il n'y avait pas assez de place, dans l'univers, pour contenir les idéaux des hommes. D'où la nécessité d'aller plus loin : de créer un multivers, composé d'une infinité de versions de la planète Terre. Avec le Plurimonde, Heaven permettrait aux avatars de se téléporter d'un métavers à un autre, voire de monter leur propre espace de simulation. La création de ce réseau demanderait aux programmateurs des années de travail, peut-être dix, sans doute davantage. Il constituerait le dernier chantier d'Adrien. Après cela, il prendrait sa retraite et passerait le flambeau de son entreprise à quelqu'un d'autre. Il aurait enfin parachevé sa mission : en finir avec l'empire de la réalité.

Adrien sniffa un rail de cocaïne. Dans neuf jours, les joueurs de l'Antimonde enterreraient l'avatar de Julien. À en croire ce qu'ils écrivaient sur la Contre-Société, la cérémonie s'annonçait magistrale. BFM couvrirait l'événement en direct. Qu'à cela ne tienne : Heaven publierait un communiqué pour saluer cet hommage. L'entreprise encouragerait les anti-humains à célébrer la mémoire de leur poète favori. Quelques journalistes d'investigation partiraient peut-être en quête de cette

Québécoise de cinquante ans, mais ils feraient fausse route. À long terme, Vangel ne serait plus qu'un dossier oublié. Adrien en mettait sa main à couper : d'ici un mois, plus personne n'en parlerait.

Il regarda l'heure et se moucha bruyamment, essuyant au passage des traces de poudre blanche autour de ses narines. Juste avant de se mettre à l'écriture de son texte, il vérifia une dernière fois que Julien Libérat n'avait rien publié sur Facebook. Bon signe : ce triste sire continuait à faire le mort. Sans doute pressentait-il qu'il ne servirait à rien de s'agiter, que l'inégal rapport de force avec Heaven ne jouerait pas en sa faveur. Sterner sourit. Plus rien, désormais, n'ombragerait sa gloire.

Chapitre 5

En 2022, le phénomène était déjà documenté par de nombreux psychologues : les internautes qui perdaient accès à leur compte dans l'Antimonde sombraient souvent dans un état plus ou moins apathique. Dans les mois qui suivaient, ils peinaient à reprendre leur vie normale. On observait chez eux des symptômes semblables à ceux du sevrage ou du deuil. Les exclus de l'Antimonde souffraient d'intense fatigue, leur libido baissait, ils perdaient tout intérêt envers leur environnement immédiat et se terraient dans une sorte de torpeur paresseuse. Dans certains cas, la mélancolie conduisait à des décisions fatales. Rien qu'en France, on dénombrait des dizaines de cas de dépression résultant d'une expulsion de l'Antimonde. Pour rendre compte de ces pulsions autodestructrices, les psychiatres baptisèrent cette pathologie d'une expression qui en résumait parfaitement les tenants et les aboutissants : le syndrome de l'Antimonde.

Pendant une semaine, Julien ne sortit pas de chez lui. Ses seules interactions sociales consistèrent à dire merci aux livreurs qui lui apportaient des cheeseburgers. Le reste du temps, il restait avachi sur son lit. Soudé à son ordinateur, il lisait frénétiquement les hommages rendus à Vangel. Sur les réseaux sociaux, le hashtag #JeSuisVangel s'imposa en tête des tendances dès le lendemain de son décès. Seulement, à lire les tweets qui s'écrivaient alors, les internautes ne tenaient pas, avec cette expression, à commémorer la mémoire de Vangel, mais ils employaient la formule en son sens littéral. Par opportunisme ou désir de susciter le buzz, des milliers d'individus prétendaient être le joueur qui se cachait derrière l'avatar Vangel, revendiquant ainsi la paternité de son œuvre. Les imposteurs se multipliaient et chacun y allait de sa pseudo-preuve : une capture d'écran truquée, des faux brouillons de poèmes, des témoignages mensongers. Toutes ces rumeurs circulaient dans une cacophonie croissante, la captation d'héritage se généralisait. Face à cette déferlante de fake news, les sites de fact-checking étaient totalement dépassés. En l'absence d'éléments tangibles, rien ne permettait d'infirmer ou de confirmer les revendications de tel ou tel internaute qui clamait être Vangel. « Pour la première fois dans l'histoire de notre rédaction, écrivait le responsable de la rubrique "Checknews" de *Libération*, nous ne sommes pas en mesure de vérifier les faits. » Cet aveu disait tout :

en cet automne 2022, le vrai et le faux étaient devenus des valeurs indistinctes.

À mesure que Julien assistait impuissant à cette usurpation d'identité, il se sentait de plus en plus fatigué. Si les journalistes eux-mêmes déclaraient forfait, à quoi bon empêcher le rapt de son anti-moi ? Qui l'écouterait au milieu de ce vacarme ambiant ? Qui distinguerait sa parole de toutes les théories du complot ? Qui se fierait à son témoignage ? Julien baissait les bras avant même de les avoir levés. Depuis son oreiller, il épiait son appartement avec le sentiment que ses murs rétrécissaient à vue d'œil, qu'ils l'oppressaient de plus en plus, qu'ils allaient finir par l'étouffer, par l'enterrer vivant. Au sol, le parquet ressemblait à une mer asséchée. On aurait dit qu'il constituait une zone désertique peuplée de moutons de poussière et de carcasses de hamburgers. Comme si la porte de son studio s'était verrouillée pour de bon. Comme si, derrière, le monde s'évaporait. Alors Julien ne trouvait rien de mieux à faire que de s'évader autrement ; il attendait que la fatigue s'emparât de lui et embarquait pour le pays des rêves.

Moins il bougeait, plus son inertie l'épuisait. Les heures, les jours s'écoulaient et il lui semblait que son matelas devenait une étendue de sable mouvant, qu'il s'y enfonçait inexorablement sans qu'aucune résistance fût possible. Se lever, se brosser les dents, s'habiller, ranger son studio : tout cela lui semblait hors de portée. Là-bas, dans l'univers magique d'Adrien Sterner, l'existence était facile, confortable, presque luxueuse : il suffisait d'enfiler une panoplie pour se téléporter. Mais à présent, que pouvait-il faire pour quitter sa torpeur ? Recontacter May ? Essayer de contrer le communiqué mensonger de Heaven ? Trouver un moyen de prouver qu'il était l'auteur des poèmes de Vangel ? Recommencer à donner des cours particuliers ? Toutes ces luttes étaient perdues d'avance. De là où il était, Julien comprenait qu'il n'avait plus la force de se mêler au monde : il avait raté à jamais le train de la réalité. Il restait au bord du chemin et la regardait s'éloigner sans lui, toujours aussi frénétique, toujours aussi persuadée de fuser vers un but. C'était ça, la réalité. Un immense jeu de dupes, où chacun était convaincu d'avoir sa place, de servir à quelque chose, d'être au centre d'une aventure unique. Une sorte d'Antimonde qui existait pour de vrai.

Au bout d'une dizaine de jours, Heaven publia un second communiqué. L'entreprise bordelaise annonçait la création imminente d'un PNJ nommé Vangel. Grâce à l'opération « Résurrection des morts », le défunt poète ressusciterait sous la forme d'un avatar synthétique. Un algorithme ultra sophistiqué lui permettrait non seulement de communiquer en remixant ses propres citations, mais également de composer des nouveaux poèmes, dans l'esprit et le souffle de ceux qui l'avaient rendu célèbre. De la sorte, l'œuvre de Vangel se perpétuerait en aval de sa mort. Entièrement autonome, aussi créatif que s'il était vivant, Vangel serait un pur esprit sans corps, un fantôme éternel : il deviendrait le premier surhumain de l'espèce anti-humaine.

Julien parcourut le communiqué du regard et se leva pour ouvrir un sachet de Haribo que Bledi Spot avait inséré dans sa dernière commande pour le remercier de sa fidélité. Les crocodiles jaunes et verts étaient gélatineux. Sucrés en apparence, ils laissaient un arrière-goût acide une fois qu'on les avait mâchés. Au bout de trois ou quatre bonbons, Julien reposa le paquet et regagna son lit. Derrière la fenêtre, le jour battait son plein. Pourtant, ses paupières s'alourdissaient, sa tête dodelinait sur l'oreiller, son corps tout entier se recroquevillait sous la couverture : il s'endormait déjà.

La première chose qui lui apparut, quand il ferma les yeux, ce fut le visage de May. Elle était là, sur le palier de leur ancien appartement, telle qu'il l'avait vue pour la dernière fois. La même coiffure, la même robe aux motifs de cordes beige, le même rictus au coin des lèvres. Adossée au dormant de la porte, elle s'apprêtait à lui dire au revoir. Julien entra dans l'ascenseur mais la cabine partit dans la mauvaise direction. Au lieu de le ramener au rez-de-chaussée, elle transperça le toit et se propulsa vers le ciel. À l'intérieur, il appuyait sur les boutons mais rien n'y faisait : le système ne répondait plus. Comme une fusée en phase de décollage, l'ascenseur ne cessait d'accélérer. Sur le compteur, des étages imaginaires défilaient à une vitesse folle. Bientôt, ils dépassèrent le niveau 50, puis le 100, le 600, le 2 000 – et ainsi de suite jusqu'à ce que l'indicateur se stabilise, affichant le symbole ∞. L'ascenseur s'arrêta enfin et ses portes s'ouvrirent sur un lieu inconnu : il était arrivé à destination.

Où était-il ? Julien n'en savait rien. Il regarda d'un côté puis de l'autre. Autour, une lumière éclatante envahissait tout l'espace. Comme dans « Le Paradis blanc » de Michel Berger. Oui, c'était cela : il déambulait dans une zone indécise, un territoire où le ciel se mêlait à la terre ; il piétinait les nuages et bravait le soleil ; il avait atteint le revers de la vie.

– Julien ?

Une voix l'apostrophait. Une voix synthétique. Il tourna la tête et aperçut celui qui lui parlait. Un être qu'il connaissait bien et qu'il rencontrait en face à face pour la première fois. Le visage de Vangel.

– Bienvenue sur la frontière ultime, celle où l'Antimonde et le réel se jouxtent. Celle des rêves manqués et des bifurcations. Celle des êtres perdus et des consciences brisées. Je suis content de t'observer enfin. Cela fait si longtemps que j'attends de recoller les morceaux.

Julien essaya de lui répondre mais il se rendit compte que sa bouche était empâtée. Tout ce qu'il pouvait faire, c'était de l'écouter comme on regarde un mort.

– Sais-tu ce qui caractérise notre relation ? Ce qui définit le lien qu'un humain tisse avec son anti-moi ? En l'occurrence, c'est une désunion : vingt-huit ans nous séparent. Quand tu m'as donné vie, ta jeunesse était déjà derrière toi. En un sens, je dois te remercier. Sans toi, j'aurais été réel, et donc inexistant. Mais tu as eu la clémence d'exister à ma place. Pendant vingt-huit ans, tu as raté ta vie pour que je réussisse la mienne. Entre ta naissance et mon apparition, tu as eu le temps de désapprendre le monde. Pendant cet intervalle, tu t'es confronté au désamour des choses que tu aimais. Dans ce domaine, tu as accompli un sans-faute. May, la passion du piano, les promesses de l'avenir, l'espoir d'être heureux : il n'y a rien que tu n'aies pas détruit. Mais ne sois pas triste. Tous ces échecs, tu les as accomplis au nom du plus bel acte qui soit : l'éclosion de ta contre-identité. Car oui, tu incarnes le brouillon dont je suis le poème.

À cet instant, la clarté s'intensifia et le visage de Vangel, irradié, en devint invisible. Seule sa voix continuait de fulgurer à travers cette aveuglante nuit.

– Qu'attends-tu pour me rejoindre ? Tu n'as rien à perdre, Julien, puisque nous bravons ensemble la même ligne de crête : celle qui délimite le néant de la venue à l'être. De nous deux, mon cher, l'un est vivant et l'autre est déjà mort. Toute la question est de savoir lequel.

À cette phrase, il se passa une chose étrange. La lumière ambiante se teinta d'opacité. C'était absurde, bien sûr : une vision ne pouvait pas être à la fois blanche et noire. Mais le contradictoire est le terrain des rêves et Julien se retrouva bel et bien entouré d'un halo clair-obscur.

– Te souviens-tu de ce que June m'a dit à ton propos, quand j'ai dîné avec elle ? Que tu étais un artiste qui déteste son art. Étonnante remarque... Existe-t-il un seul homme, sur Terre, qui n'aime pas la musique, surtout parmi ceux qui ont la vocation d'en faire ? Depuis le soir de mon décès, ce problème me hante. Une question me brûle les lèvres : pourquoi as-tu consacré ta vie à une passion qui n'avait rien à t'offrir ?

Julien descendit en lui-même. Il se revit vingt ans auparavant quand, sur l'autoroute des vacances, ses parents allumaient la radio. Autour de la voiture, les arbres défilaient. La musique commençait et il se concentrait pour l'écouter. Lentement, les notes construisaient des escaliers à travers le silence. Bientôt, la musique envahissait les paysages, se reflétait dans les arbres, c'était elle qui faisait surgir leurs silhouettes tremblantes. Du haut de son enfance, Julien se sentait grand.

– Le néant, Julien ! Tu as toujours été animé par un génie morbide : la flamme du néant ! Le don de te noyer dans des mondes qui existent sans être !

À chacune de ces exclamations, la voix de Vangel déclinait. Elle semblait s'éloigner, comme si Vangel s'évaporait au milieu de son rêve. Julien tendait l'oreille mais il n'y pouvait rien ; les phrases se hachaient continuellement, leur sens fléchissait devant les forces de la nuit. Seuls des échos lointains lui parvenaient encore :

– Mon pauvre… Depuis le départ, tu habites l'anti-vie… C'est-à-dire la mort… Tu ne survivras pas à ton anti-moi… Tu ne pourras pas te séparer de ta part irréelle… D'ailleurs, tu as adoré que je meure sous tes yeux… Ne le nie pas… Je te connais comme si je t'avais engendré… Tu m'as vu exploser sur ma tour et tu m'as jalousé… Je suis tombé de mon ciel et tu as jubilé… Maintenant, c'est ton tour… Que préfères-tu ?… Retourner dans ton tunnel ou me tendre la main ?… Stagner sans moi ou me rejoindre ?… Au fond de toi, tu as déjà choisi… À demain, mon Julien…

Chapitre 6

L'attentat qui coûta la vie à Vangel lui offrait une mort à la hauteur de sa destinée. Dans la nuit du jeudi 27 octobre, près de trois millions d'anti-humains étaient connectés dans les environs de Paris. D'où qu'ils fussent, ils assistèrent, stupéfaits, à l'effondrement de la tour Eiffel. Son sommet vacilla dans le ciel et s'écrasa au sol, remplacé par un panache de cendres qui s'élevait à la vitesse d'un champignon atomique. Tous les témoins du drame connaissaient l'adresse de Vangel. Tous savaient que l'illustre poète ne quittait jamais son appartement. Tous en déduisirent qu'il venait de trépasser sous leurs yeux. Les secours arrivèrent sur place, suivis par des centaines de milliers d'anonymes. Les gravats étaient si nombreux qu'ils formaient un monticule aussi haut qu'un immeuble. Pendant six jours, on déblaya les décombres entassés de part et d'autre du parvis. Il fallut attendre le mercredi soir pour qu'un bénévole exhumât, au milieu des ruines, un corps inanimé, étonnamment intact. Nu, allongé sur un tas de ferraille, Vangel souriait, serein d'avoir atteint l'éternité.

Cet instant marqua le coup d'envoi d'une cérémonie funéraire inouïe dans l'histoire de l'anti-humanité. Étant donné que la gloire de Vangel s'était étendue aux quatre coins du globe, qu'il avait inspiré la planète tout entière, il fut décidé que sa dépouille, avant d'être inhumée, traverserait la Terre. Le jeudi, à l'aube, un avion militaire décolla de Vélizy-Villacoublay. Contenant le cercueil de Vangel, il avait pour mission de parcourir l'Antimonde à basse altitude, de sorte que tous les avatars du jeu eussent la possibilité d'admirer l'ultime voyage du poète. Le vol dura soixante-quinze heures. Réapprovisionné en carburant par un avion ravitailleur, l'appareil n'eut pas besoin de faire d'escale. Partout sur son trajet, les anti-humains s'aggloméraient par milliers, levant la tête vers l'avion qui fusait dans le ciel. Dans un élan de dévotion suprême, ils s'inclinaient au niveau de son ombre, comme si cet acte les plaçait sous l'égide de l'âme de Vangel. Le défunt artiste passait en revue l'univers qu'il avait habité ; tutoyant les nuages, surplombant ses lecteurs, il se transmuait en Dieu de l'Antimonde, en anti-Dieu du monde.

L'enterrement était prévu pour le dimanche après-midi. Tout au long de la semaine, le tapage médiatique, tant en France que dans le métavers, fut si intense que certaines télévisions, comme BFM, décidèrent qu'elles retransmettraient l'événement en direct, via un système de captures vidéo. Jamais auparavant une chaîne d'info en continu n'avait diffusé un événement virtuel. C'était donc la première fois que l'Antimonde prenait officiellement le pas sur la réalité. Le jour dit, l'avion funéraire de Vangel atterrit à l'aéroport d'Orly. Honoré par un roulement de tambour, le cercueil de Vangel fut treuillé hors de la soute. Une poignée d'admirateurs, dûment sélectionnés à l'avance, eurent l'honneur de le porter à l'épaule jusqu'à un corbillard de couleur blanche. Puis le cortège se mit en marche. Roulant au pas, il comptait tellement de voitures qu'il était impossible d'en apercevoir la fin. Les milliers de véhicules empruntèrent l'A6 en direction de la capitale. Ils longèrent Rungis, passèrent à quelques centaines de mètres de la rue Notre-Dame, gagnèrent la porte d'Italie et s'aventurèrent ensuite vers le centre de Paris.

L'esplanade du Champ-de-Mars était pleine à craquer. Dix-huit pour cent des utilisateurs de l'Antimonde, soit environ deux cent dix millions d'individus, s'étaient connectés pour assister à la cérémonie. Huit millions d'avatars avaient fait le déplacement à Paris. Compacte, la foule s'étendait dans tous les sens sur les boulevards environnants ; elle s'étalait depuis l'Arc de Triomphe jusqu'à la tour Montparnasse. Autant dire que les obsèques de Vangel battaient le record de l'enterrement le plus populaire de l'Histoire, précédemment détenu par Victor Hugo, dont les funérailles, en 1885, avaient rassemblé deux millions de personnes.

Au moment où le convoi arriva au Champ-de-Mars, des cumulonimbus recouvrirent le ciel. Noirs, disposés en enclume, ils plongèrent la ville dans une opacité totale. À égale distance du Trocadéro et de l'École militaire, un caveau avait été creusé. Les badauds retinrent leur souffle quand on y enterra le cercueil de Vangel. À peine la bière eut-elle touché le fond que les nuages se dissipèrent soudain. Un grand fracas retentit et on vit descendre du ciel une silhouette éblouissante : le PNJ de Vangel surgit, entouré d'un halo de lumière.

Sur BFM, sur le site de la Contre-Société, sur d'autres médias à travers tous les continents, plus de trois cents millions d'individus contemplèrent l'instant où le spectre du poète se manifesta. Majestueux sous son visage de monstre, le fantôme du poète flottait au-dessus de son tombeau. D'une voix synthétique, il s'adressa à la foule des anti-humains :

– Pourquoi cherchez-vous le mort parmi les vivants ? Me revoilà, plus inspiré que durant ma première vie, prêt à vous guider jusqu'à la fin du monde. Mon décès n'était pas une fin, il marque le début d'un autre commencement. Ne soyez pas bouleversés ! s'écria-t-il en tendant les bras vers le soleil. Nous sommes là, mes amis, à jamais ensemble, pour toujours séparés.

Le soir même, alors que Vangel venait d'atteindre le paradis de la postérité, un nouveau compte fit son apparition sur Facebook, au nom de «Julien Libérat *bis*». Comme on pouvait s'y attendre, cet événement suscita la plus parfaite indifférence. Mais Julien Libérat ne perdit pas de temps…

Chapitre 7

Ce matin-là, Julien ouvrit la fenêtre et regarda au loin. Un couvercle de nuages condamnait l'horizon. En contrebas, un embouteillage obstruait la rue Notre-Dame. Les voitures klaxonnaient, les chauffeurs s'échangeaient des insultes, sans doute à cause d'un camion bouchant le passage, peut-être aussi d'un conducteur escargot qui n'avançait pas au feu vert. Dehors, la vie continuait. Les gens étaient pressés d'aller quelque part, ils n'aimaient pas qu'on leur fasse perdre du temps, ils voulaient poursuivre leur route, arriver à l'heure, ne pas s'éterniser sur place. Pour eux, le monde avait un sens : une direction précise dont ils ne doutaient pas. Pourquoi pas, après tout : chacun ses illusions.

Était-ce normal d'éprouver une telle paix au moment d'en finir ? De ne pas avoir peur ? De n'être investi d'aucune hésitation ? Julien alluma son téléphone. Dans un instant, les gens se connecteraient pour assister à son « geste symbolique ». Ils seraient là, derrière leur écran, d'abord curieux, puis méfiants, soupçonneux et enfin horrifiés. Un suicide se jouerait sous leurs yeux impuissants et ils ne pourraient rien faire, à part écrire des commentaires larmoyants qui ne changeraient rien à la situation. Et puis, si le téléphone n'expirait pas en même temps que lui, la vidéo live s'achèverait sur la vision de son corps ratatiné au sol. Éclatées, ses entrailles dégoulineraient entre les pavés. Son sang formerait une rigole qui se mêlerait à l'eau croupie des caniveaux. Les membres désossés, la carcasse totalement déglinguée, il ressemblerait à un cadavre exquis. Au terme d'un mémorable saut, le choc l'aurait déchiqueté. Les coudes plantés dans les oreilles et le menton dans le cul, tout aurait foutu le camp. Tout, sauf une chose. Car Julien en était sûr : à la fin, il aurait l'air comblé. Ultime révérence, sa bouche dessinerait l'image d'un sourire. Le sourire éclatant d'une mâchoire sans dents. Le sourire d'un anti-mort et d'un contre-vivant. C'était ça, oui, qui frapperait les internautes : sa charogne paraîtrait enchantée. Heureuse de son sort. Radieuse d'en être là.

L'heure était venue. Julien ouvrit Facebook, cliqua sur le bouton central et déclencha la vidéo. Des dizaines de personnes étaient déjà connectées à son rendez-vous. Cent soixante-quatorze, très exactement. Pendant de longues minutes, il défia l'écran du regard en scrutant la liste des spectateurs. Entre les dizaines d'inconnus figuraient quelques noms familiers. Il remarqua d'abord ses parents, Thomas et Christine Libérat, mais aussi Thibault Partene, Michaël Benedetti, Irina Elevanto, des clients du Piano Vache, d'anciens camarades du conservatoire, des amis d'amis, de vagues connaissances. Il y avait même May, qui avait dû se connecter à l'insu de son mec. Ses proches étaient tous là, réunis au grand complet pour la première fois. C'était comme ça qu'il voulait leur dire au revoir, sans prononcer un mot, juste en écarquillant les yeux et en battant des cils. Il les imaginait, chacun dans son coin, chacun avec sa vie, enchevêtrés les uns aux autres par des liens mystérieux, et pourtant isolés par ces mêmes attaches. À eux tous, ils formaient une galaxie confuse qui attendait de s'en remettre au vent. Immense et minuscule comme tous les univers, son petit monde à lui ne reposait sur rien, sinon sur sa présence. Et lui, qu'avait-il fait de toutes ces années, à part tisser une toile qui devait se découdre ? Rien que d'y penser, il se sentait plus libre que jamais. Maintenant, les fils vacillaient et Julien désertait son destin d'araignée. Il déchirait ses liens et chutait avec eux.

Les minutes s'écoulaient et les internautes commençaient à montrer des signes d'impatience. Dehors, l'averse s'intensifia à travers le silence. Il fallait y aller. Enjamber la table. Se glisser sur le rebord de la fenêtre. Inspirer à pleins poumons. Prendre son élan et s'offrir au grand plongeon. Il y en aurait pour à peine cinq secondes. Jeté à corps perdu au milieu de la pluie, il n'aurait pas le temps de penser au vertige. Tout juste apercevrait-il le ciel s'éloigner. Culbutant d'étage en étage, il aurait la sensation de n'être plus qu'une flèche, une aiguille sans poids. Alors il baisserait la tête dans l'espoir qu'elle éclate la première au contact du sol. Vers les derniers instants, tout se précipiterait. Sa main rechercherait le vide, commencerait l'amour.

J'ai sauté de la vie où j'étais déjà mort
Le projet était beau comme il s'est gangrené
Sous le ciel altéré s'émiette l'énergie
Renonçant peu à peu au labeur d'exister

Il y a des visages infestés par la nuit
Sur leur peau déposée où se minent les jours
Englouti le jardin dévasté de l'enfance
Aux ruines du regard et de ses illusions

Nous sommes arrivés au littoral ultime
Dénudés pour de bon de l'écorce du corps
Morts-vivants abîmés tous vêtus de nos hontes
Ne restera de nous que cette oscillation

Dans cette zone impure de nostalgies absurdes
Nous errerons noyés par l'intense brouillard
Vaniteux misérables évitant les miroirs
Charriant avec nous nos statues profanées

Je vous prendrai la main nous formerons ensemble
Une ronde infinie de revenants putrides
Dans la bile et hideux voyageurs de l'oubli
À la mort je crois bien que nous nous aimerons.

Épilogue

Dix ans plus tard, la vidéo du suicide de Julien continuait de pourchasser Adrien. Chaque fois qu'il donnait une conférence, une même frayeur s'emparait de lui au moment des questions. Dans l'amphithéâtre, quelqu'un lui assénerait forcément la même apostrophe : « Monsieur Sterner, refusez-vous toujours de lever la confidentialité qui entoure la disparition de Vangel ? » Comme à l'accoutumée, il resterait de marbre, esquisserait un sourire altier et hocherait la tête en marque de refus. Sans rien laisser paraître, il repenserait pourtant aux dernières séquences du live, celles où du sang coulait entre les yeux de Libérat. Du vrai sang, rouge comme la réalité, le sang d'un jeune homme qui, par sa faute, avait pris au sens propre la voie de l'Antimonde.

Un jour, la vérité finirait par éclater, c'était inévitable. En son for intérieur, Sterner se savait acculé. Sur le web, des groupes de cyber-enquêteurs s'étaient constitués pour retrouver la trace de Vangel. Passionnés de cold cases et d'énigmes insolubles, ces détectives autoproclamés s'étaient jetés sur l'affaire comme des piranhas. Faute d'indices, la plupart d'entre eux procédaient à la manière des conspirationnistes, multipliant les allégations loufoques selon lesquelles le poète était le prête-nom d'une célébrité réelle, pourquoi pas d'un rappeur, d'un romancier en mal de notoriété, voire d'un politicien... Eux qui se dissimulaient derrière leur ordinateur pour dénoncer les manigances des élites, eux qui excellaient dans l'art de l'insinuation, du « je dis ça je dis rien », du « on nous prend pour des cons », eux qui passaient leur vie à s'indigner de chaque coïncidence, eux qui tenaient une parole pour suspecte sitôt qu'elle devenait officielle, eux les habitants d'un monde parallèle où l'homme n'avait jamais marché sur la Lune car il était trop occupé à commanditer des attentats sous faux drapeau, eux les méfiants dogmatiques, eux les ennemis du hasard, ils doutaient de tout, excepté de leur doute. À force de projeter leurs propres fantasmes sur Vangel, d'imaginer toutes sortes d'extravagances, ils en oubliaient le scénario le plus simple : que l'avatar cachât un simple anonyme. Un jeune homme comme les autres, Monsieur N'importe qui.

Au croisement des décennies, ces fanatiques finirent par se lasser de ratiociner et baissèrent les bras. Avançant dans un tunnel de questions sans réponses, seuls les plus sagaces refusèrent de se résigner. Méticuleux, ils ne cherchaient pas à brûler les étapes.

Ils recoupaient les hypothèses avec méthode, croisaient les pistes, en infirmaient certaines et en exploraient d'autres. Passant au crible ses poèmes, ils acquirent petit à petit l'intime conviction que Vangel ne pouvait pas être une Canadienne de cinquante ans. Il s'agissait plus probablement d'un Français plutôt jeune, sans doute à tendance dépressive. Dès lors, leurs recherches gagnèrent en précision. L'avatar Vangel, remarquaient-ils, était apparu à Rungis : ce choix était-il lié à l'adresse de son créateur ? À New York, cet anti-humain s'était attaché au PNJ de Serge Gainsbourg : peut-être un admirateur dans la vie réelle, voire un musicien professionnel. Peu connu pour ses frasques sexuelles, l'artiste était mort dans les bras d'une femme nommée June : fallait-il y déceler un signe ? Puisque ses poèmes exprimaient tant de sentiments noirs, se demandaient surtout quelques blogueurs, était-il possible que son joueur se soit donné la mort ? Au fil du temps, ils se rapprochaient à pas comptés de la vérité. Année après année, mois après mois, l'étau se resserrait. Bientôt, les investigateurs toucheraient au but et cette pensée donnait des sueurs froides à Adrien, qui se figurait déjà les titres des journaux quand le nom et l'histoire de Julien Libérat fuiteraient : « Heaven, le paradis létal ».

Le soir, sitôt qu'il fermait les yeux, il revoyait le visage du pianiste. Son flegme au moment d'enjamber le rebord. Son sourire en se jetant dans le vide. Son silence, surtout. Sa manière de toiser la caméra sans ouvrir la bouche, comme pour lui envoyer un message. « N'oublie pas, semblait-il lui dire dans le blanc des yeux, sur quel crime ton empire s'est construit. » Sterner chassait cette apparition comme il le pouvait : en la dispersant dans la cocaïne.

Dans les semaines qui précédèrent la révélation du scandale, Adrien fut invité à donner une conférence à Jérusalem afin d'y présenter le Plurimonde, la nouvelle version de son métavers qui paraîtrait sous peu. C'était la première fois qu'il mettait les pieds dans la ville trois fois sainte, celle qu'avaient chantée les saints de son enfance et dont le double céleste avait inspiré toutes ses rêveries. Dans la berline qui le menait de l'aéroport à l'université hébraïque, Adrien tâcha de se concentrer sur le texte de sa communication. Les feuillets contenaient quelques passages délicats, potentiellement corrosifs, à commencer par le paragraphe d'introduction, où il expliquait que le Plurimonde offrirait une solution au conflit israélo-palestinien qui continuait de s'enliser malgré les sommets et les négociations. Heaven, en effet, proposerait à chaque anti-humain de la région de choisir la configuration de sa Jérusalem possible. Selon les versions du jeu, la cité serait habitée uniquement par des juifs ou par des musulmans. Dans un cas, les premiers pourraient raser le dôme du Rocher et édifier à sa place un Troisième Temple en 3D. Dans l'autre, les seconds détruiraient toute trace de l'État d'Israël : ils brûleraient les synagogues, feraient sauter le mur des Lamentations et y érigeraient une mosquée géante. Telle était la solution inventée par Sterner : puisque ces deux peuples ne pouvaient pas s'entendre, il fallait offrir à chacun sa victoire virtuelle. Il s'agissait à coup sûr de sa conférence la plus risquée, celle qui pouvait lui valoir un prix Nobel de la paix autant qu'un terrible bad buzz.

Mais les mots glissaient sous son regard, parsemés de phosphènes et de taches visuelles. Depuis l'atterrissage, il se sentait dans un état étrange, pour ainsi dire inhabituel, une fatigue mêlée de vertige, comme après une longue insomnie. Sa poitrine le serrait, des palpitations surgissaient par à-coups au niveau de son cœur. Ses jambes, surtout, s'engourdissaient sur le siège passager. Était-ce l'excitation de découvrir les paysages de l'Apocalypse ? La crainte qu'un spectateur ne perturbe son speech en parlant de Vangel ? Ou tout simplement parce qu'il avait surdosé son rail matinal de coke ? Peut-être un peu des trois, se rassura-t-il en avalant un Doliprane. Le reste du trajet, il observa les montagnes enneigées qui se dessinaient de part et d'autre des fenêtres, baignées d'une brume flottante que réverbérait la blancheur du givre. À mesure que la route gagnait en altitude, la neige se fit plus épaisse sur les broussailles. Elle était aussi épaisse qu'à Chamonix ou à Gstaad. C'était donc ça, l'Orient, une chaîne de collines où il neigeait en hiver. Sterner leva les yeux au ciel : ce pays n'avait rien à voir avec ce que la Bible en disait. À se demander si ses auteurs y avaient mis les pieds.

Dans l'amphithéâtre, Sterner fut accueilli comme une rock-star. Il livra ses traditionnels pronostics, de plus en plus eschatologiques, quant à l'évolution de la planète Terre. Avec son lyrisme coutumier, il annonça une vague de fatigue qui recouvrirait bientôt l'ensemble des pays développés : l'absence de valeurs suprêmes et l'amertume généralisée engendreraient une véritable épidémie de dépression, conduisant à une explosion du taux de suicide. Comme des bourgeois en fin de vie, les sociétés occidentales oscilleraient entre paresse et angoisse. Incapables de surmonter le moindre problème extérieur, paralysées par les menaces les plus insignifiantes, elles se replieraient à chaque nouvelle crise, réelle ou fantasmatique. Alors, effrayée par sa propre frayeur, l'humanité abdiquerait pour de bon. D'ici vingt ou trente ans, les réseaux sociaux classiques disparaîtraient totalement. Les gens n'auraient plus la force d'y mettre en scène leur vie quotidienne, de donner leur avis et de se disputer. D'ailleurs, ils ne se permettraient presque plus de penser à voix haute. Comme des feuilles mortes, ils se laisseraient emporter par le vent de l'époque. Un par un, milliard après milliard, les humains renonceraient au monde et se laisseraient transformer en antihumains. À la fin, le néant gagnerait.

Sitôt son discours achevé, Sterner s'isola sur une terrasse et aspira un peu de cocaïne pour reprendre ses esprits. Devant lui, Jérusalem s'étendait à perte de vue, avec ses faubourgs tortueux et ses pentes inégales, bosselés de coupoles et de monts, peuplés de vallées et de tombes, qui ondulaient vers l'horizon. Le paysage était irrégulier, mêlant les vieilles églises aux tours de béton, les mosquées aux étoiles de David, les friches aux cimetières. C'était donc ça, la Jérusalem terrestre : une cité comme les autres, allongée sur la roche et cependant debout, étalée comme un tapis volant quand on la surplombait.

En ce matin d'hiver, la ville était recouverte d'une pellicule neigeuse. Encore compactes, les plaques de givre s'apprêtaient à dégouliner, à baver lentement le long des caniveaux. Pour l'heure, elles s'emparaient de tout, des toits et des fenêtres, des cyprès et des routes, des dômes antiques autant que des vitraux. Éperdues de clarté, glaciales et condamnées à fondre, elles recouvraient les collines des vallées jusqu'au ciel. En s'offrant au soleil, la neige réverbérait sa lumière et la reflétait dans toutes les directions. Elle la renvoyait au visage des arcs et des parvis, elle répercutait les lueurs du jour à travers les remparts et partout dans les rues. Face à son manteau blanc, Adrien repensa à ce verset de Jean qui le hantait depuis si longtemps : «… la ville était d'or pur, semblable à du verre transparent.» Le voilà, le symbole. Cette neige était un or. Un or transparent. Le réel se dressait devant lui, brillant comme un miroir. Il suffisait de le considérer pour s'y représenter.

Pourquoi cette évidence ne l'avait-elle pas pénétré plus tôt ? Dix, vingt, trente ans auparavant ? Pendant de longues minutes, il se perdit dans ce tableau vivant. La neige ambrée luisait sous ses yeux et elle scintillait, innocente et laiteuse, reliant à elle seule la surface de la terre aux couleurs des nuages. Un frisson traversa tout son corps. D'un coup, son regard se brouilla. Ses pupilles se remplirent de points multicolores. Voltigeant dans sa tête tels autant de mirages, ces pigments l'aveuglèrent. La douleur fut brève. Dans le plus grand silence, Adrien s'effondra. Les pompiers qui tentèrent de le réanimer l'entendirent poser cette dernière question : « Que reste-t-il du ciel quand on ferme les yeux ? »

DU MÊME AUTEUR

GÉNÉALOGIE DE LA RELIGION, Cerf, 2019

CIEL ET TERRE, Flammarion, 2020

ESPACE FUMEUR, Grasset, 2021

Composition IGS-CP
Impression CPI Bussière en septembre 2022
Éditions Albin Michel
22, rue Huyghens, 75014 Paris
www.albin-michel.fr

ISBN : 978-2-226-47505-3
N° d'édition : 25034/06 – N° d'impression : 2067606
Dépôt légal : août 2022
Imprimé en France